Rachel au pays de l'orignal qui pleure

Du même auteur

La corde au cou, roman, C.L.F., 1960.

Délivrez-nous du mal, roman, Stanké, coll. 10/10, 1961.

Blues pour un homme averti, théâtre, Parti pris, 1964.

Éthel et le terroriste, roman, Stanké, coll. 10/10, 1964.

Et puis tout est silence, roman, Quinze, 1965.

Pleure pas Germaine, roman, Typo, 1965.

Les artisans créateurs, essai, Lidec, 1967.

Les cœurs empaillés, nouvelles, Guérin littérature, 1967.

Rimbaud, mon beau salaud, roman, Éditions du Jour, 1969.

Jasmin par Jasmin, dossier, Langevin, 1970.

Tuez le veau gras, théâtre, Langevin, 1970.

L'Outaragasipi, roman, L'Actuelle, 1971.

C'est toujours la même histoire, roman, Leméac. 1971.

La Petite Patrie, récit, La Presse, 1974.

Pointe-Calumet, boogie-woogie, récit, La Presse, 1973.

Sainte-Adèle-la-vaisselle, récit, La Presse, 1974.

Revoir Éthel, roman, Stanké, 1976.

Le loup de Brusnwick City, roman, Leméac, 1976.

Feu à volonté, recueil d'articles, Leméac, 1976.

Feu sur la télévision, recueil d'articles, Leméac, 1977.

La Sablière, roman, Leméac, 1979.

Le Veau d'or, théâtre, Leméac, 1979.

Les contes du Sommet bleu, Éditions Quebecor, 1980.

L'armoire de Pantagruel, roman, Leméac, 1982.

Pour ne rien vous cacher, journal, Leméac, 1989.

Maman-Paris, Maman-la-France, roman, Leméac, 1982.

Le crucifié du Sommet bleu, roman, Leméac, 1984.

L'État-maquereau, l'État-mafia, pamphlet, Leméac, 1984.

Des cons qui s'adorent, roman, Leméac, 1985.

Une duchesse à Ogunquit, roman, Leméac, 1985.

Suite à la fin du volume.

Claude Jasmin

Rachel au pays de l'orignal qui pleure

Roman

ÉDITIONS TROIS-PISTOLES

Éditions Trois-Pistoles
31, route Nationale Est
Paroisse Notre-Dame-des-Neiges (Québec)
G0L 4K0
Téléphone: 418-851-8888
Télécopieur: 418-851-8888
C. élect.: ecrivain@quebectel.com

Saisie: Claude Jasmin
Montage et couverture: Roger Des Roches
Révision: Victor-Lévy Beaulieu
Illustration de la couverture: aquarelle de Claude Jasmin

Les Éditions Trois-Pistoles bénéficient des programmes d'aide
à la publication du Conseil des Arts du Canada, du ministère
du Patrimoine (PADIÉ), de la Société de développement des
entreprises culturelles du Québec (SODEC) et du programme
de crédit d'impôt pour l'édition de livres du gouvernement du
Québec (gestion Sodec).

EN EUROPE (COMPTOIR DE VENTES)
Librairie du Québec
30, rue Gay-Lussac
75005 Paris, France
Téléphone: 43 54 49 02
Télécopieur: 43 54 39 15

ISBN 2-89583-090-8
Dépôt légal: Bibliothèque nationale du Québec, 2004
Dépôt légal: Bibliothèque nationale du Canada, 2004

À tous les orignaux trouvés morts
au bord des routes

Chapitre 1

❖

Elle était bien. Elle ne s'était jamais sentie si bien. Elle souriait. Brise légère, belle lumière au firmament. D'où pouvait bien lui venir un tel bonheur? Un mystère! Il faisait beau soleil.

Elle était assise sur un banc. Elle regardait les gens tout autour. On ne la voyait pas, c'était évident. Elle ne souhaitait pas être vue. Elle était différente. Elle n'aurait pas su dire en quoi elle était devenue différente. Ni depuis quand exactement. Juste une sensation… qui tenait d'ailleurs à… elle ne savait trop quoi. Il lui semblait, c'était vague, flou, qu'elle était comme apparue sur ce banc. Elle ignorait d'où elle venait.

Elle aurait dit volontiers qu'elle avait perdu une partie de sa mémoire. Il y avait pourtant une évidence: elle était comme quelqu'un d'autre sauf qu'elle sentait qu'il s'était passé quelque chose. Cela, depuis elle ne savait quand au juste. Simplement, elle se sentait absolument différente.

Elle regardait tout autour d'elle. Elle connaissait bien ce centre commercial. Elle y venait presque chaque jour. Tout lui était donc familier. Les magasins, le supermarché, la pharmacie, la pâtisserie, la boutique de cadeaux, celle de vêtements de sport. Oui, tout était normal, ordinaire, en place.

Il y avait pourtant quelque chose qui s'était passé. Mais quoi donc? Elle ne pouvait répondre.

Elle allongea les jambes. Le soleil de ce beau midi du tout début de septembre l'enveloppait. Elle se sentait bien, si bien, comme rajeunie, comme si elle recommençait sa vie. Oui, c'était cela, une vie nouvelle allait commencer à partir de ce doux midi, ici, sur le banc d'un petit jardin, au milieu du centre commercial. Elle en était très intriguée. Elle ne se souvenait pas d'hier. Où était-elle hier?

Elle ne pouvait répondre à cette toute simple question. C'était inexplicable. Cela l'amusait. Avait-elle vraiment perdu la mémoire? Pas vraiment. Si elle le voulait, elle pouvait se retrouver ailleurs en pensée. Elle pensait à ceci ou à cela et tout se mettait en place. Elle songea à la fête qu'on lui avait organisée le jour où elle avait quitté, pour une retraite anticipée, son emploi à la télé publique.

Tout s'installa aussitôt.

Tout y était dans son souvenir. Les compagnes de travail, des collègues masculins qui lui chantaient une farce ironique en vers de mirliton, le cadeau, un joli vase à fleurs en verre, importé, les bouteilles de vin mousseux, l'étage du restaurant loué pour cette cérémonie des adieux. Oui, elle pouvait se souvenir. Elle n'avait pas perdu toute sa mémoire. Il s'agissait de donner un ordre à son cerveau et, clic, ça y était.

Mais si elle pensait «ce matin?» ou «hier?» il n'y avait plus rien qui apparaissait sur l'écran de sa pensée. Pourtant, quand elle «commandait» un moment précis de son passé, cela s'allumait dans sa tête et elle revivait ce moment précis. Ainsi, comme pour vérifier, elle songea à la mort de sa vieille maman et tout s'installa dans son esprit. Avec minutie. Il y avait la chambre du centre d'accueil, les deux préposées, nerveuses, le corps de sa mère en travers du lit, sa bouche grande ouverte, son visage devenu tout blême. Elle se revoyait qui éclatait alors en sanglots. Chaque fois qu'elle voulait savoir d'où elle venait avant d'être assise sur son banc, c'était le noir. Le vide. Le rien. Tant pis, se disait-elle. Elle était si bien. Maintenant, elle était si tranquille, si calme. Comme jamais, vraiment.

Ce formidable bien-être l'amusait. L'intriguait pas mal aussi, c'était certain. Elle se demandait maintenant si elle était bien réveillée. Elle avait parfois fait des rêves si clairs, si réalistes. Se pourrait-il que tout cela ne soit qu'un rêve? Elle allait peut-être bientôt se réveiller, elle sera dans son lit, à l'étage de la maison du haut de la côte de son cher village. Elle revoyait en y pensant sa chambre, son lit. Lui? Non, il n'y était pas. Elle revoyait la longue galerie d'en arrière, du côté du lac, les grands pins, le petit jardin d'en avant, les cèdres, les lilas.

Elle n'avait pas vraiment perdu la mémoire. Elle était rassurée là-dessus.

Lui? Il était parti. En congrès, dans un séminaire, une sorte de colloque, cela lui revenait. Elle s'était habituée à son nouvel intérêt pour ces réunions, lui, jadis anti-corporatiste convaincu. Depuis que, comme elle, il était retraité, il acceptait volontiers d'aller un peu partout. Conférences à donner, le plus souvent dans des écoles ou des collèges, parfois des universités. Aussi pour des associations, des groupes divers. Du temps qu'il était encore suractif, qu'il enseignait par les soirs, il se moquait de ces « caucus à la con ». Ses mots. Désormais, ces powwow futiles l'amusaient.

Souvent, il insistait pour qu'elle l'accompagne, lui disant : « Cela nous fera une petite vacance payée, un voyage d'agrément, viens donc. » Elle refusait toujours. Elle n'aimait pas les valises à faire, les hôtels, même pour un week-end.

Quand l'avait-elle vu exactement, son Vincent, la dernière fois ?

Là, c'était encore le noir. Le vide. Mémoire capricieuse que celle-là, songea-t-elle. Tant pis, elle ne voulait se choquer de rien. Elle se disait que cet état anormal cesserait à un moment donné, qu'elle allait se sortir de cette bienfaisante sensation actuelle qui la comblait d'aise. Qu'elle devait traverser une sorte d'évanouissement et que cela n'allait pas durer bien longtemps.

Elle éprouvait d'étranges petits élancements, pas vraiment de la douleur, au bras et à la jambe gauches. Elle ne comprenait pas pourquoi, elle s'examinait et elle n'avait rien, pas la moindre blessure.

Elle vit une femme obèse qui avait eu du mal à s'extirper de sa voiture et qui trottinait maintenant vers la pharmacie toute proche de l'autre côté d'un tertre archi fleuri. Elle aimait cette inconnue, cette grosse frisée aux vêtements de couleurs voyantes.

Pourquoi donc éprouvait-elle ce sentiment envers cette inconnue dont le sac à main pouvait contenir des dizaines et des dizaines d'objets tant il était vaste? Elle leva les yeux et lut les affichettes dans les fenêtres de l'étage de la pharmacie. C'était le bureau d'un dentiste. Le sien? Non, elle se souvint, tout de même, que son arracheur de dents avait sa place d'affaires en ville, pas bien loin de l'Oratoire Saint-Joseph. Au fur et à mesure, ainsi, elle retrouvait la mémoire, celle des détails de sa vie ordinaire. Sa vie. Par exemple: les chaises de son dentiste étaient d'un cuir marron foncé.

Un homme jeune, pressé, stationna sa neuve BMW pas loin d'elle. Quand son regard croisa le sien, elle lui fit son plus beau sourire. Pour tester. Lui aussi, ce grand rouquin, il lui était sympathique. Sans raison. On aurait dit qu'il ne la voyait pas sur son banc de bois. Il passa tout près d'elle, enjambant une chaîne peinte en vert, semblant accaparé par l'objet de sa course. Il entra dans un magasin d'outils. Deux femmes s'accostaient derrière elle. Leurs joyeux éclats de voix. La surprise, la joie. L'étonnement de se revoir, apparemment. Elle tourna la tête pour les voir mieux. Les deux jolies jeunes femmes se faisaient des bises, s'exclamaient du plaisir de ces retrouvailles fortuites. Elle était bien, du seul plaisir de ces deux inconnues. Elle en était comme… émue.

C'était fou. Elle ne se reconnaissait pas, elle, la sauvage; une sorte de sentiment chaleureux pour les autres, un sentiment fort, une vraie joie l'habitait.

C'était fou. Elle n'y comprenait rien. C'était tout à fait nouveau cette solidarité sans raison avec tous les passants du centre commercial, elle qui allait à ses courses quotidiennes sans jamais prêter trop attention aux autres. Elle se sentait l'une d'elles. L'une d'elles ? Il se passait quelque chose. Mais quoi donc ? La fillette qui accompagnait une des deux femmes, une gamine maigre mais aux joues rebondies, au teint d'un rose éclatant, aux cheveux nattés, s'approcha tout près d'elle. Aussitôt, elle se tassa sur son banc comme pour inviter la fillette à s'y installer. Elle aurait été comblée de la voir s'asseoir à ses côtés. La gamine alla cueillir une fleur du tertre sans la regarder. Un garçonnet échevelé, venu d'elle ne savait trop où, sortit un bonbon de sa poche et marcha vers elle. Elle tendit la main en souriant. Le gamin passa outre, puis se mit à courir vers un petit chien tout blanc errant dans une allée. Elle n'existait plus. Un autre gamin vint grimper au dossier de son banc. Il agissait sans la voir, c'était évident.

Elle était donc invisible ? Non, c'était plutôt qu'on élevait désormais les enfants dans la méfiance des étrangers. Une méfiance totale. Un vieillard encore solide sur ses jambes se faisait tirer vigoureusement par son gros saint-bernard en laisse, la bête alla flairer à tour de rôle les deux femmes bavardes. La gamine à la fleur creusait maintenant dans le tertre avec un bâton, un bouquet de pétunias s'en trouva vite déterré. Puis elle sembla voir Rachel et remit vite les fleurs en place, comme honteuse, tassant la terre de son petit pied. Était-ce bien à elle qu'elle souriait, rougissante ? Elle ouvrit les mains, comme pour l'inviter, l'enfant sembla hésiter, puis s'enfuit soudainement. Le chien géant approcha du banc, flaira des choses, s'arrêta devant elle, parut l'examiner, repartit en agitant la queue frénétiquement. Les bêtes la voyaient-elles ?

Elle s'appuya plus confortablement au dossier du banc, leva la tête vers le soleil si brillant. Comme elle aurait voulu comprendre à quoi tenait son bien-être hors du commun. Elle était paisible, tellement, si bien dans sa peau, en ce beau midi de lumière. Un midi béni, vraiment.

Elle tenta de savoir alors ce qu'elle allait faire, ce qu'elle devait faire, où elle devrait se rendre… Elle ne savait pas. Le vide encore. Comme elle ne se souvenait pas de la veille, du matin même, elle ne savait pas ce qu'elle ferait en quittant son banc.

Elle était mystifiée de ce fait. Elle qui savait toujours quoi faire, où aller, ce qu'il y avait à faire. Et vite d'habitude. Elle en avait envie de rire. C'était tellement inhabituel, insensé aussi, pourquoi ce vide ? Il ne lui était jamais arrivé de ne pas savoir quoi faire. Même retraitée, elle trouvait que le temps filait trop vite. Elle avait accepté de donner quelques cours, du simple coaching comme elle disait, pour de jeunes réalisateurs. Plus tard, elle avait accepté de lire – et d'analyser – des projets de télé.

Ces derniers mois, totalement libre, elle jugeait que le temps était un voleur. Maintenant, le temps était comme suspendu. Elle ne savait pas quoi faire de cela, le temps. Il n'avait pas de sens.

Il se passait quelque chose. Quoi?

Elle percevait, vaguement, très vaguement, des bribes de souvenirs confus. Cela lui semblait récent. Elle voyait de la tôle bleu marine, était-ce le capot de son automobile? C'était trop rapide. Un éclair. Une vision furtive. Elle apercevait aussi des cèdres, hauts, touffus. En grappes. Étaient-ce bien des cèdres? Elle n'en était pas certaine. Du feuillage dense. En tous cas un boisé. Et quoi encore? Si rouge... fluide... ça coulait. D'elle ne savait où! Du sang, aurait-elle dit. Oui, du sang. Un liquide sombre d'un rouge presque marron.

Du sang? Cela ruisselait dans les éclairs de ses visions. Elle ne pouvait savoir d'où coulait ce liquide rouge. Il lui semblait aussi entendre, dans ces moments fugaces, un roulement. Des moteurs. Un bruit de circulation. C'était familier comme bruit. Cela lui revenait plus souvent, maintenant. La tôle, le feuillage qui bruissait au vent, les bruits d'une circulation lointaine. Elle en éprouvait chaque fois un sentiment oppressant, écrasant, vraiment. Elle se secouait chaque fois pour chasser la vision floue. C'était comme des photos qu'on ne veut pas revoir. Un album ouvert qu'on referme aussitôt. Ces réminiscences nuisaient à sa béatitude actuelle. Elle préféra se lever et marcher vers un autre tertre fleuri, aller fureter le long des boutiques.

Un mini-jardin cernait une jolie petite terrasse, quatre tables rondes, des chaises légères, métal et verre. Deux homme avalaient des sandwiches goulûment, buvaient, dans de grands gobelets, de la bière fraîche. Elle les salua en s'installant à une des tables. Pas de réponse évidemment. Impression d'être une intruse que l'on chasserait bientôt. Avant de prendre place, fallait-il d'abord acheter des victuailles au comptoir de ce bistrot bordant la terrasse ? Elle n'avait ni faim ni soif. Elle était juste une passante, une femme heureuse. Un jeune couple s'installa non loin. Ses salutations restèrent sans réponse encore une fois. Elle n'arrivait pas à se croire invisible. C'était impossible. Elle se sentait si vivante, si bien. Avait-on décidé de l'ignorer, pour quelque raison mystérieuse, de la laisser toute à son bien-être ? Donnait-elle avec son empathie furieuse l'impression d'être folle, une tête heureuse, une dérangée mentalement ? Ou bien devinait-on que ce grand bonheur ne tolérerait aucune intrusion ? C'était bizarre vraiment. Depuis qu'avec son chéri retraité, il y avait dix ans déjà, elle s'était installée dans ce coquet village de collines à conifères, elle avait pourtant apprécié cette sorte de convivialité campagnarde, bien plus présente que dans la métropole quittée sans regret aucun.

Ce midi-là, plus de cette familiarité à laquelle elle s'était attachée rapidement, qui ajoutait de la valeur à leur décision commune de vendre l'appartement de ville, de se débarrasser de leur statut de citadins pressés, stressés. Une serveuse aux allures accortes vint s'enquérir de la commande du jeune couple nouvellement installé. Avant qu'elle ne retourne à son bistrot, Rachel avait tenté de faire des signes à cette serveuse toute ronde, mais ses appels étaient restés sans réponse. Elle avait pourtant vu le regard de cette boulotte, tourné dans sa direction, mais tant pis.

Ça ne cessait pas, cette sensation d'un grand bonheur nouveau, inédit. Elle en était fort étonnée, il n'y avait pourtant rien de spécial ce jour-là au centre commercial, c'était un midi ordinaire. Pourquoi alors cette impression d'un jour de fête chez elle ? Pourquoi était-elle envahie de cette bonne chaleur ? Pourquoi donc éprouvait-elle un amour débordant pour tous ces inconnus, pour cette vieille dame à bijoux qui passait en la frôlant sans répondre à ses sourires, même chose chez cet ouvrier robuste et chauve aux bras chargés d'outils divers, de lassos de fil électrique gainé. Lui aussi dédaigna ses petits saluts, ses sourires.

Une longue fillette maigre, un joli chat tout blanc dans les bras, s'assit sur elle. Quoi ? S'assit sur elle ! Oui, était assise sur elle, s'installant carrément sur ses genoux. Elle en resta interloquée, stupéfaite. La gamine ne pesait rien. Elle ne la sentait pas. Moins lourde qu'une plume. Qu'une fleur. La fillette ne la voyait pas, caressait sa boule de neige tout doucement. Fillette, Rachel avait tant voulu posséder un chaton tout blanc !

C'était donc cela ! Elle n'existait pas. Elle n'existait plus. Elle se leva d'un bond et ce fut comme si elle était passée à travers la gamine au chat. Elle n'avait plus de corps ? Elle était invisible aux autres, elle devait en convenir. Elle était quoi alors, un fantôme, un ectoplasme ?

Elle se leva et marcha résolument, comme pour en avoir le cœur net, vers une boutique de vêtements féminins. Un carton peint annonçait en blanc sur rouge : « Grande vente de fin d'été ». Plein de supports mobiles sur le trottoir. Elle voulut toucher aux cintres chargés de jolies pièces de vêtements légers, très fleuris, aux teintes saturées. Elle ne sentit rien. Elle ne touchait rien. Elle était d'ailleurs ? D'où ? Elle était d'un autre monde ? Elle revenait d'ailleurs... d'où ?

Elle était dans un décor familier sans y être.

Elle entra dans le magasin et aucune des deux vendeuses ne la vit. C'était clair, non ? Oui, elle était tout à fait invisible. Elle marcha résolument vers l'une des vendeuses, se planta devant son regard, ouvrit les bras, agita les mains, laissa tomber un sac sur le plancher de bois franc luisant et cela ne fit aucun bruit. Le double de ce sac resta accroché à sa patère ! La jeune commis passa soudain au travers d'elle. Elle n'avait rien senti ! Elle était quoi, de l'air, du vent, du rien ? Elle marcha vers la sortie. Sous l'embrasure de l'entrée, une femme obèse entra en la traversant ! Sur le trottoir, dehors, elle revit les gens de la terrasse plus loin. Elle se mit à crier, juste pour voir, mais aucun son ne parvint à ses oreilles, rien ne sortait de sa gorge, pourtant elle avait conscience d'avoir crié. Sa voix lui désobéissait, elle n'avait plus de pouvoir, sur rien !

Elle alla vers le supermarché et la pharmacie. Envie, rendue là, d'aller au comptoir de l'apothicaire, de dire : « Je suis malade, je n'existe plus, on ne me

voit plus. Il y a un remède?» Sa voix obéirait-elle?
Comme c'était curieux. Il lui était certainement arrivé quelque chose. Quand? Elle ne savait pas. On
l'avait assommée? ou droguée peut-être. Un événement l'avait changée, transformée?

Elle était sans désir. Sans aucune volonté de quoi
que ce soit. Elle ne savait pas où aller, ce qu'elle
devait faire, c'était insupportable et pourtant cela
l'amusait presque. Elle voulait continuer à se sentir
heureuse et légère sous ce si beau soleil, mais vivante tout de même. Où aller? Se rasseoir sur son
banc et attendre? Attendre quoi? Le temps passe-
rait, il faudrait bien qu'il lui arrive quelque chose,
que quelqu'un finisse par lui parler, par l'aider, par
la sortir de ce... hors temps. Ça ne pouvait pas
durer indéfiniment.

Elle était toujours bien dans sa peau, dans sa
nouvelle peau mais, tout de même, il faudrait bien
que sa vie, que sa nouvelle vie, puisse avoir un peu
de sens, quel qu'il soit. Un sens? Elle croyait à
peine à la survie de l'esprit malgré les croyances de
son cher Vincent. Et si elle était morte?, car elle
venait de revoir dans son désarroi total, cette vision
fugitive de tôle bleu marine, ces feuillages touffus,
ce sang ruisselant et aussi d'entendre comme le roulement lointain de voitures filant à toute vitesse.

Elle aurait tant voulu que ces bribes forment un
tableau plus clair, une image plus solide. Elle voulait savoir, elle voulait comprendre ce qu'il lui arrivait et pourtant, elle était convaincue que jamais,
jamais, elle ne s'était sentie si bien, si aérienne, si

débarrassée, mais de quoi donc au juste ? Elle ne le savait pas.

Elle voulait tout, demeurer dans cet état de bonheur et comprendre aussi.

Elle leva les yeux au ciel, un avion filait en laissant derrière lui deux gros sillons de gaz blanc. Un ballon de promotion se balançait. Annonce aérienne d'une agence d'immeubles. En ce moment, des gens voyageaient en avion, d'autres négociaient sans doute l'achat d'une maison.

La vie réelle. Proche du boulevard, pas loin du centre, des voitures roulaient, tout le monde avait un but clair. Elle, elle était sans but. Elle tentait de ramasser ses esprits. Elle se disait qu'elle traversait une sorte de vide et que cela ne pourrait durer bien longtemps. Que tôt ou tard elle se ressaisirait, retrouverait ses sens... ses habitudes, sa petite vie momentanément suspendue, interrompue par... Elle ne savait trop quoi encore.

Elle voulait sortir de cet étrange rêve éveillé et, du seul fait d'y penser, elle se retrouva dans sa chambre. Elle revit un tableau familier représentant une scène hivernale. Un La Pierre. Puis elle se retrouva dans la cuisine, pensa à son homme, Vincent, si maladroit avec le four micro-ondes. Elle revit l'assiette murale aux entrelacs fleuris, accrochée près de sa cuisinière.

Elle se retrouva dans le vivoir, imaginant Vincent dans son lazy-boy favori, elle regarda le voilier de balsa acheté récemment lors d'un séjour dans le Bas-du-Fleuve. Pour se retrouver ailleurs, penser à quoi, à qui ? À un hôpital. Elle se concentra, mais rien ne vint. Pourtant, elle avait sans doute eu un accident ; cette tôle tordue bleu marine, ce sang qui coulait ? C'était ça, oui, un accident. N'était-elle pas dans une sorte de coma dont il fallait qu'elle sorte ? Elle savait au moins une chose : sa Jetta était marine. Elle voulait bien croire à un accident, un capotage. Il fallait qu'elle émerge, qu'elle s'extirpe de ce temps mort.

Mais lui répugnait l'idée de perdre son grand bonheur actuel, de quitter cette béatitude jamais éprouvée, ce si beau soleil du premier jour de septembre dans le centre commercial de son cossu village de villégiature.

Elle était tiraillée. Un midi si chaud. Être sans aucune projet l'étonnait, mais elle était si bien.

Elle tenta de mieux se concentrer, s'installa sur une sorte de rempart bétonné pour protéger les piétons entre deux parkings. Elle se concentra fortement sur des feuillus, du sang et de la tôle bleue. Elle voulait revivre quelque chose, n'importe quoi, mais du concret. Rien ne se passa. Il y avait impasse. C'était évident, elle existait juste pour elle–même.

Cette curieuse solitude ne l'effrayait pas, elle n'était qu'embêtée pour la suite de la journée, le temps passait, le soleil filait vers l'ouest.

Elle décida d'entrer au supermarché, alla vers le présentoir de revues et journaux. Elle s'empara d'un quotidien populaire, ouvrit le tabloïd aux pages des faits divers, «la trois». Idée folle ? Elle n'y figurait pas. Avait-elle, oui ou non, subi un accident et quand ? S'était-il écoulé plusieurs jours avant son retour en demi-vie? Était-elle une de ces personnes portées disparues dont les journaux se désintéressaient vite? Ou un de ces mystérieux «contactés» dont parlaient les livres d'un Vincent ancien, longtemps fasciné par la parapsychologie?

Elle se demandait maintenant si elle n'était pas victime d'une grave crise cardiaque. Elle était peut-être alitée à l'urgence d'un hôpital voisin. Soudainement, espérait-elle, Vincent lui apparaîtrait, penché sur elle, compatissant, dans une salle de réanimation, il y aurait un chirurgien anxieux mais rassuré, des infirmières dévouées qui la calmeraient. Elle s'en sortirait, tout entubée mais vivante. Au fond, elle se sentait comme en sursis. Pas morte définitivement. Il y avait tous ces clients du marché qui s'affairaient autour d'elle.

Elle traversait une crise dont elle ne se rappelait pas le déclic, le début, la cause exacte. Cette fillette au chat blanc qui ne pesait rien... un fantasme, une poussée de fièvre?

Elle retrouvera son cher Vincent, il lui tapotera les mains et il criera sa joie de la retrouver, et son fidèle docteur Cardin de lui sourire, de la rassurer. Il dira: «Vous revenez de loin, ma chère Rachel.»

Comment admettre qu'elle ne souhaitait pas vraiment ce retour à la vie normale car, une fois rétablie, cette joie, cette sérénité... ce ravissement... seraient terminés. Devenait-elle folle, folle à lier? Ce soleil de septembre, pourquoi ne l'avoir jamais tant apprécié, ce coquet mais banal centre commercial, pourquoi ne l'avoir jamais vu ainsi, en petit paradis d'humanité?

Ce début de septembre était-il si différent des autres débuts de septembre? Non. Tous ces passants, jamais elle ne les avait trouvé si attachants. Cette communion si singulière et muette certes, ces vagues d'amour inconnues... était-ce cela ressusciter? Elle qui voulait tant y croire, à la survie, à l'au-delà. À cela que Vincent désignait comme «un lieu sans espace, un temps sans durée», selon les mots d'Henri Guillemin à propos du paradis promis. Eh bien, songeait-elle, si c'était cela être mort, elle acceptait. Elle était si heureuse aujourd'hui.

Bon, elle était morte quelque part, pas bien loin d'ici, dans un ravin du bord de l'autoroute, il y avait des bosquets sauvages... et elle se mourait, il n'y avait plus qu'à laisser couler tout ce sang. Le sien. Elle acceptait. Juste cela: rester béate, heureuse, aimer les autres, tout le monde, comme elle aurait dû les aimer avant, avant son invisibilité qui la faisait rire intérieurement. Il y avait qu'elle savait que le soir viendrait, que la nuit s'installerait, que ce si brillant soleil au-dessus de ses chères collines allait s'enfuir bientôt... la nuit. Alors, qu'est-ce qu'il arriverait?

Elle ne craignait plus qu'une seule chose: que cette première journée – dans cet état nouveau – s'achève, cesse, que ce soit le noir absolu. La vraie mort peut-être.

Pourtant, toute sa vie, elle avait laissé filer, indifférente, des milliers et des milliers de jours, répétant comme tout le monde le sempiternel «La vie passe trop vite». Ça n'avait aucune importance, le temps. Comme elle regrettait cette négligence commune à tout le monde. Elle avait vu finir chaque

[24]

jour, pas trop mécontente, ayant hâte au lendemain, à un autre jour. Avec ou sans soleil, peu lui importait au fond. L'indifférence commune, trop commune, *humaine, trop humaine,* le seul vrai péché. Et si le temps, pour elle, s'était arrêté, si cette journée n'allait plus finir, espéra-t-elle. L'expression répandue : *elle s'est éteinte,* qui la faisait rire, était donc un mensonge. Elle restait allumée après tout. Trop tard pour les regrets, se dit-elle, c'est la grande leçon de la mort, on ne s'éteint pas du tout.

Elle alla au fond du vaste marché, se rendit vers le comptoir en tambour des poissons et des fruits de mer. Elle piqua une crevette. Tantôt, une robe, non ? Une crevette, oui ? Elle la fourra dans sa bouche. Cela n'avait aucun goût. C'était comme d'avaler du vent. Elle comprit que tous les plaisirs d'antan n'existeraient plus pour elle. Elle s'éloigna.

Dans un recoin de l'épicerie géante, une coquette présentatrice offrait du vin, des bouchées de fromage, des morceaux de pain frais. La mignarde femme ne la voyait pas. Aucun regard, aucun. Elle resta plantée devant elle. Elle avala un verre de vin blanc d'un trait. Aucun goût. Du vent. Elle vit que le verre choisi était toujours en place, à la même place. Il n'y avait rien à faire. Elle arrivait de Dieu seul savait d'où et elle s'en allait Dieu seul savait où. Ou bien elle ne s'en irait plus. Plus jamais. De nulle part. Plus jamais.

Quoi ? L'éternité ne serait donc pas le soleil avec la mer emmêlés ? L'éternité serait ce prosaïque grouillement d'êtres et de choses dans un centre commercial animé ? Bien. Très bien. Elle ne s'ennuierait pas. Il y venait tant de monde. La fin n'était ni l'enfer, ni le purgatoire, lieux tant craints quand elle était enfant. Être condamnée à aimer un monde familier, c'était bien. Ce sentiment d'amour infini lui donnait des ailes, était-elle devenue un ange, elle la fillette mystique de sa petite école ? Des religieuses lui avaient confié ce rôle quelques fois, costumée d'ailes de papier de soie, à des défilés de la Fête-Dieu.

Elle retourna à son banc public. Quelqu'un approchait, une silhouette très familière. Incroyable, c'était son père ! Il la regardait, il lui souriait. Il portait son éternel vieux complet noir de commis de banque zélé.

Le cœur de Rachel battait à se rompre. Son père était mort depuis si longtemps. Elle avait si souvent souhaité le revoir, lui parler de nouveau, juste quelques minutes, lui dire les bons mots, les bonnes paroles. Celles qu'elle n'avait pas su lui dire alors qu'elle était toute prise par les obligations de son métier.

Ce père parfois ronchonneur, si souvent renfrogné, trop muet, il était là, dans ce sentier, il marchait lentement vers elle. Ce fantôme inespéré, souriant sans cesse, s'installa sur un banc voisin, posa son vieux feutre gris près de lui. Une brise légère faisait voler ses rares cheveux. Ses grosses mains se posèrent sur ses gros genoux. Ses souliers usés étaient délacés, son col de chemise retroussé, sa cravate croche, comme s'il était parti à la hâte. Il sortit sa vieille pipe, la bourra en puisant dans sa blague à tabac finement haché.

Le bonheur sur du bonheur, il souriait. Juste pour elle. Jeune, elle avait tant regretté sa perte quand *il s'était éteint*, elle avait vingt-cinq ans. Il y avait eu tant de silences entre eux, tant d'impossibilités niaises, de pudeur exagérée. Un père mutique, muré, souvent absent, comme les pères de ce temps-là. Était-elle suffisamment morte pour pouvoir lui parler ?

S'il ne disait rien, c'est qu'il savait qu'il était... incommunicable. Il a cligné des yeux, lui a fait de petites grimaces, a lissé sa moustache avec sa salive, a fait son vieux taquin, s'est levé pour trépigner comme Charlot. Il s'est rassis, a ouvert la bouche. Allait-il lui dire quelque chose d'important, révéler le secret de cette autre vie ? Elle attend, ouvre les oreilles toutes grandes, fébrile, elle voit les lèvres qui remuent et... n'entend pas ce qu'il lui dit. Elle crie alors : «Papa!» Il n'a pas entendu. Elle se lève, va vers lui : «Oh papa! Je te revois!» Elle ne s'est pas entendu crier, du vent. Cela la désespère. Elle voit les hauts tournesols d'un tertre, derrière son père, qui remuent sous le vent qui se renforce; aussi, les fanions tricolores d'une boutique voisine, qui flottent, applaudissant le vent : clap, clap, clap! Quand elle ramena son regard vers son père, il avait disparu. Où ?

Elle le chercha un peu partout, alla aux devantures de toutes les boutiques. Envolé! Absent comme toujours. Elle courut, se cognant à des gens sans les déranger. Elle était du vent, de l'air. Elle tomba, sans se faire mal, se releva. Elle ne le retrouverait pas. Tant pis, elle savait qu'il était là, qu'il était avec elle, qu'ils se reverraient. Et sa mère? Et tous ses autres morts?

Elle n'avait qu'à attendre. Elle devinait que son nouveau monde se remplirait de ses défunts, que tôt ou tard ils seraient tous réunis à mesure qu'elle s'enfoncerait dans l'autre dimension. Elle le voulait, voulait renouer avec les édifiantes leçons de religion de sa jeunesse.

Revenue à son banc, elle attend. Tout. Rien. Elle est bien maintenant. Elle reverra sa mère dont elle s'ennuyait tant parfois, il n'y a qu'à attendre. Le temps ne compte plus, pas comme avant. Où et quand aura lieu le défilé de ses morts? Elle reverra Marthe, cette sœur méconnue, morte à trois ans de méningite, des tantes qu'elle estimait, des camarades de travail qu'elle aimait. Elle voit un gamin, sortant d'une boutique, un grand cerf-volant à la main. Elle songe fortement à son Vincent, expert bricoleur de cerfs-volants. Elle voit la mer, du sable à perte de vue. C'est donc le secret? Y penser très fort. Un pouvoir simple: y songer avec force. Elle le saura mieux désormais. Facile. Un soleil bas, en forme de ballon mou dans cet horizon océanique d'un rouge aveuglant. Oh! Changement de lumière subit: congé d'école au bord d'une petite plage, en Outaouais, elle a quinze ans. Elle l'aimait, ce beau garçon du même âge qu'elle. Amour secret. Lui aussi? Pas sûr.

Le souvenir se concrétise. Elle y est, c'est fameux. Elle entre en elle-même, si jeune, grande gamine maigre qui plonge d'un petit quai bancal sur ce rivage. Elle avait donc conservé au fond de sa mémoire le soleil magique de son adolescence? Elle lui sourit qui lui souriait. Elle s'efforce d'être comme lui, une bonne plongeuse, elle surmonte sa peur, saute du quai. Il l'observait. Son beau Roméo à la longue mèche blonde plonge à son tour. Sous l'eau, il s'approche, lui caresse les épaules, les jambes, touche à ses cheveux déployés, sa jeune poitrine, ose approcher sa bouche de sa bouche. Ses yeux si doux se ferment et se rouvrent sous l'eau du lac. Ils s'enlacent, remontent doucement vers le soleil. Sur la grève, il lui a murmuré en rougissant: «Tu es la plus belle.»

Le lac s'illuminait à l'aveugler. Jeunes cœurs qui battent à l'unisson, ils sont tout étourdis de se coller ensemble. Unis à jamais, la vie peut venir, Rachel n'aura plus jamais peur. De rien. Il est là, il lui sourit comme incrédule, épanoui. Ils sont deux. Le bonheur pour le reste de leur existence. Ils y croient.

Mais quand elle se concentre sur autre chose, c'est fini, changement brusque, si soudain, changement de lieu, de la neige partout, cette montagne au milieu de la grande ville; ce soir-là, Roméo n'est plus le blond à frange, il est brun, a de belles dents blanches. Côte à côte en ce beau soir de fin de mars, ils portent leurs skis allègrement. Des lampadaires jettent sur le grand parc des lumières orangées, l'ouate cristalline tombée la veille brille, ils marchent vers le terminus des tramways. Baisers volés. Elle est sa consentante captive, ce sera encore l'amour éternel, bien entendu. Il l'enlace, lui aussi, est-ce que ce sera pour la vie encore une fois?

Pas de réponse car, encore la brusquerie d'un changement de décor, c'est une baie immense, le bord de l'Atlantique dans le New-Hampshire, elle joue au ping-pong sur une vaste terrasse. La pluie s'achève et le soleil se défend, force des nuages légers à se dissoudre. L'amour. Un autre beau grand rêve pour la vie! Il aura trente ans bientôt, il est bien dans sa peau; dans quelques mois, elle aura vingt-cinq ans. Son père va mourir bientôt, elle ne le sait pas encore, ne pense qu'à son Arlequin tout neuf. L'amour souffle doucement dans une trompette d'or et elle entend: *pro-mess, pro-mess,* sons au cuivre étincelant. Ils vont former un couple emblématique, c'est le mot qu'on répète autour d'eux. Cette Juliette aime Vincent. Ils se font des serments dans un sentier pédestre romantique, la vague gronde dans des récifs, elle joue à avoir peur pour rire. Ils ont sacralisé un banc de ce sentier en y gravant leurs initiales. À jamais leur banc dans cette *marginal way.* Vincent?

Où était-il, brisé, ravagé d'angoisse, d'une anxiété intolérable? À son retour de colloque, avait-il su aussitôt ce qu'il lui était arrivé? L'avait-il retrouvée dans un amas de tôle bleu marine, sous des cèdres sauvages? Était-ce bien son sang à elle? Ce ravin existait-il? Elle pensa à lui plus fortement. C'était la loi, c'était le jeu. Le jeu des apparitions. Mais non, rien! Il ne lui apparaissait pas. Errait-il de son côté dans son monde mal connu? Venait-il la visiter, matin, midi et soir, dans une chambre de mourante, ployant de chagrin? En larmes, inondant son oreiller? Ou la cherchait-il, téléphonant partout, malade de terreur ? Dans ce ravin de vision, pas loin de cette autoroute, organisait-on des battues, une quête farouche pour la retrouver ? Son Vincent pleurait-il, seul, perdu ? Était-il désespéré ou simplement désemparé ? Criait-il son nom, fou, errant dans toutes les petites rues du village ?

Elle sortit du centre commercial, marcha vers la rôtisserie voisine… puisqu'elle ne savait pas où aller, autant aller n'importe où. Un groupe joyeux surgit pas bien loin d'elle. Des cris de plaisir juvénile. Ils portaient des chapeaux de papier coloré. Ils lui ouvraient les bras, agitant des ballons, des crécelles, des serpentins, soufflant dans des gazous, des sifflets de papier coloré. Ils chantaient, riaient. Certains se cachaient derrière les voitures du stationnement. Organisaient-ils une surprise ? Ils faisaient la fête. Tintamarre fou, hourvari total. Tout près d'elle, un gros gaillard aux bras tatoués faisait des signes, semblait vouloir les prévenir… mais de quoi donc ? Que lui voulait-on ? Une surprise pour qui, pour elle, l'invisible ? Elle souriait à tous ces jeunes qui la cernaient. Un jeu inconnu ? Allait-elle sortir soudainement de ses étranges limbes ?

L'avait-on droguée ? Ils se rapprochèrent davantage, se taisant, faisant des signes cabalistiques. Voulait-on la fêter ? Mais non, son anniversaire était le 8 mai ! Fêter sa survie ? Ce serait bon, ce serait chaud, enfin, des bras humains tout autour d'elle. Un grand gars chauve, les mains dans le dos, cachant quelque chose ?, lui sourit à pleines dents, les yeux pétillants de plaisir. Il fonçait sur elle. Il passa tout près d'elle, cris de mort des autres. Juste derrière elle, quand elle se retourna, une adolescente aux cheveux bleus sortit de sa Honda et la bande de jeunes drilles hilares se débanda, l'entoura pour l'embrasser en chantant *Bon-anni-ver-sai-re*. Rien pour elle. Elle était seule. Elle restait l'invisible. Celle que personne ne voyait ni ne cherchait. Le sang coulé revint. Un éclair encore. La tôle bleue. Les cèdres touffus. Elle ferma les yeux. Elle était bien au soleil. On lui avait menti au catéchisme : on meurt et on se retrouve seul. Pas de retrouvailles, pas de bon saint Pierre avec son trousseau de clés, pas d'archanges jouant sur des lyres dorées. Pas de défunts enfin réunis. Ne lui restait plus que ce sentiment de bonne chaleur, ce bien-être profond… avec la solitude.

Où était-il le paradis promis de son enfance ? Y aurait-t-il un certain purgatoire, laps de temps défini où les âmes des défunts disparus, comme on disait, devaient séjourner ? On lui avait enseigné ça aussi. Où était-elle rendue, elle, la non-pratiquante depuis si longtemps ? Dans les limbes ? Ce centre commercial : des limbes ? Il n'y avait qu'à patienter ? Prenez un ticket. Attendez votre tour. Depuis midi juste, elle avait attendu. La lumière jaillirait quand ? Quand, supposait-elle, les chercheurs la découvriraient enfin. Elle. Elle en morte sous des tôles bleues, sous des cèdres géants, là où il y avait du sang qui se coagulerait. Elle l'aurait alors sa lumière promise.

Les jeunes gens chantaient à tue-tête en marchant bras dessus, bras dessous vers la rôtisserie. Elle retraversa la rue. Pour retrouver son banc. Arrivée, elle voulut en chasser un gras écureuil très noir. Elle frappa dans ses mains. Il ne bougea pas. Elle avait oublié. Les écureuils non plus ne la voyaient pas.

Attendre la nuit. C'était simple. Mais le soleil se sauvait bien lentement de tout le monde.

Chapitre 2

❖

Je devais m'habituer à mon nouvel état. J'avais marché au soleil jusqu'au cinéma du village. Ses affiches me parurent frivoles malgré des annonces de drames, de catastrophes. Toutes ces inventions pour attirer la foule me firent sourire.

Je n'arrivais pas à m'expliquer cette sorte d'hilarité qui m'habitait. Cela tenait, sans doute, à mon bizarre bonheur, à ma béatitude étrange. Béatitude? Par quel mot définir cet état?

On aurait cru que je ne pouvais rien prendre au sérieux, comme on dit «prendre à cœur».

Au carrefour du grand boulevard, une brigadière s'énervait, les écoliers traversaient n'importe comment, sans lui obéir. Avant, j'aurais froncé les sourcils, je l'aurais aidée sans doute. La gardienne à dossard orangé, débordée, furieuse de son impuissance à contrôler les enfants, criait, se lamentait, tentait de faire stopper un immense camion, des autos… J'avais une envie de rire! J'avais changé, c'était clair. J'étais une autre. Mais qui étais-je? Je ne le savais pas. Que m'était-il arrivé exactement? Mon cerveau était devenu une drôle de machine qui m'étonnait. Je me sentais comme en attente. Hélas, je ne savais de quoi. J'étais convaincue qu'à un certain moment tout allait se rétablir, redevenir comme avant.

Ne pas savoir ce qui m'était arrivé, c'était une vraie première pour moi, la contrôlante que j'avais toujours été. Mais cela ne m'embêtait pas vraiment. J'étais une autre. J'avais changé. Une vague envie de m'en énerver m'effleura mais quelque chose me disait de rester calme, de ne pas m'affoler. Que l'on veillait sur moi!

Qui, mon Dieu? Un ange? Cet ange gardien presque palpable de la candide petite fille bien catéchisée que j'avais été. En ce premier jour de septembre, la rue principale, ce boulevard trépidant, était tout de même moins encombré que durant les mois de vacances estivales. J'eus l'envie de monter tranquillement la côte principale du village. Envie d'entrer chez cet artisan joaillier pour jaser avec lui, comme je le faisais parfois... avant... Gilles me connaissait bien. Entrer et lui parler fort, très fort, crier s'il le fallait, le sommer de me voir, de bien me voir. Étais-je lasse de mon invisibilité? Il me semblait qu'il saurait percevoir une présence, la mienne, lui si sensible. Entrer et l'empoigner, le secouer en riant, lui tirer les oreilles... Folie! Une voix me parlait, me guidait. Une présence molle, mais qui? L'ange gardien des revenants? Et comme un fantôme ne doit pas trop inquiéter les vivants...

La patience. Je m'en sentais capable, je me calmai. J'allai m'asseoir sur l'unique banc public, marqué d'un OUF gravé, au milieu de cette côte.

Je vis, qui descendait la côte, l'amie Paulette. Elle allait passer devant moi. Me verrait-elle, moi, devenue un esprit ? Non, c'est entendu. Elle passa, regardant droit devant elle.

J'en étais malade, c'était si bête. Je n'aimais pas vraiment mon état malgré cette drôle de sérénité irrationnelle. Une envie me prit d'aller au cimetière du village à l'est de la station de police. Il n'y avait pas bien longtemps, nous avions voulu, Vincent et moi, réserver notre lot. Ce «dernier» terrain, l'ultime domaine. Oui, y aller, découvrir peut-être mon nom gravé sur un petit cube de granit poli. Apprendre que j'étais morte depuis plusieurs jours, des mois, peut-être ? Ainsi apprendre que *la vie éternelle*, ce n'était que cela, que l'après-mort ce n'était que cela, la permission de rôder, de hanter les lieux familiers, d'apercevoir, tout à leurs petites affaires, les anciens amis. Être invisible mais autorisée, comme moi, à épier la vie d'antan. Ce ne serait que cela, la survie de *l'esprit imputrescible*, prêchée par mon grand amour. Juste cela : le droit, la permission d'errer sans aucun pouvoir sur quoi que ce soit. Grande déception ! Cet état... était-ce pour un temps défini ? Ces limbes... un portique, une antichambre, un préalable à mieux ? Quand on me retrouverait – la vision encore : tôle bleu marine, sang répandu –, quand on enterrerait ou incinérerait mon corps, tout irait-il mieux ? Assez de ces limbes insignifiants, assez ! Écolière, ce lieu – les limbes prêchés – me faisait frissonner d'horreur, c'était pire que l'enfer, tant craint pourtant. Chaque fois que je me demandais où j'étais exactement, me revenaient les images furtives, «tôle, voûte de cèdres, sang». Chaque fois, j'en étais accablée. Chaque fois, j'ouvrais les doigts... pour accrocher, retenir ces images maudites qui, pensais-je, se sauvaient de moi, me cachaient la clé de tout.

Je montai la côte. Je me sentais si perdue maintenant en face de ce restaurant chinois où Vincent lorgnait les menus. Moi je redoutais ce lieu, victime des ragots sur la malpropreté de ce type de restaurant. Je lui disais : « Non, non, on ne va pas là. » Il en était malheureux chaque fois. Maintenant, je regrettais ma méfiance. Quand j'y pense le moindrement, Vincent surgit. Il l'ignore chaque fois. Soit il lit un magazine français ou une de ses chères biographies, soit un livre d'histoire. Comme lui, je lisais tout le temps. Ou bien il brosse vivement une aquarelle primitive, comme il aimait en faire parfois. Peinture accidentelle, automatiste, comme il disait. Ou bien il passe le balai sur la longue galerie au-dessus du lac, le regard vide, si songeur. Chaque fois, cela me fait si mal. La radio joue et il se fait la barbe, s'examine longtemps dans la glace, son visage devenu si triste, si triste. Lui, l'enthousiaste. Là, il y a quelques instants, il m'est apparu encore. Quelques secondes seulement, en larmes, son journal abandonné. J'ai eu mal, si mal. Je l'aimais tant, je l'ai tellement aimé. Non : je l'aime encore. Nous nous retrouverons, pensais-je chaque fois. Il le fallait. Nous n'étions pas si vieux. Après tout, je n'étais pas vraiment morte, je l'attendais sous des cèdres, dans de la tôle froissée et mon sang ne coulerait plus bientôt. Je faisais des efforts immenses pour me souvenir. Quand était-ce arrivé ? Depuis quand, quel jour, à quelle heure de quel jour ? Était-il vraiment parti pour un colloque ? Dans ma Jetta, allais-je vers un devoir familial en ville, chez une belle-sœur malade ? Je ne savais pas clairement. Rien ne venait me renseigner, hélas. J'éprouvais une conviction grandissante, je n'étais que blessée, de là mes visions, je n'étais pas morte du tout. Cela me faisait du bien de croire que j'allais être délivrée de cet état fantomatique : tout voir sans être vue et, hélas, sans être secourue. J'imaginais volontiers des secouristes, nombreux, avec des chiens, sillonnant sans relâche les boisés des alentours. On allait me découvrir, ça n'allait plus tarder.

Je voulais m'en convaincre : on allait me sortir de cette Jetta dérapée et adieu tôles tordues, je partirais en ambulance, sirène hurlante, vers l'hôpital le plus proche, délivrée bientôt. Je m'imaginais, racontant à Vincent la gamine-au-chat qui s'asseoit sur moi, moins lourde qu'une plume, et Vincent rirait. Son rire, oh ! ses éclats de rire, oh ! Ils me manquaient tant à présent. Son féroce appétit de vivre.

Voici, venant comme à ma rencontre, ce si vieil homme, Théo, l'ex-maire du village. Me voit-il ? Il me sourit ? Mon cœur bat très fort. Revenir à la vie ? Il me fait des signes amicaux, hilare. Comment bien le saluer, lui et son bon sourire de sage antique ? J'avais su par Jean, son fils, notre quincaillier, qu'on avait dû le sortir de cette pension pour vieux, rue Lesage, là-haut. On l'avait fait hospitaliser de toute urgence.

Le voilà les bras ouverts, et qui me sourit largement. Je lui dis, fermant un bouton de son manteau d'automne: « Donc, vous allez mieux? » Le vieux Théo me tendit le bras, je m'en emparai. Le vieillard guidant la demi-morte! « Oui, dit-il, ça va beaucoup mieux. » Il ajusta son grand béret basque d'un geste vif, leva sa canne sculptée comme pour désigner tout le bleu du ciel: « Vous verrez, à la longue, on s'habitue à notre drôle de vie. » Je dis: « Vous souffriez de quoi au juste? » Il m'a dévisagée, longuement, grave, le front couvert de rides, puis il a ri: « Aucune importance désormais, ma petite fille. Pas vrai? Nous deux, on ne souffre plus de rien. » Théo ajouta: « Ce message d'outre-tombe du savant Russell dont me parlait votre Vincent, c'était la vérité. *L'homme ne meurt d'aucune mort. Vous voyez bien.* »

Il fit quelques pas de côté, j'avais lâché son bras. Il releva le collet de son manteau, marcha plus vite, me devançant, s'arrêta, tourna vers moi son bon visage d'ancêtre, me fit un sourire énigmatique: « Soyez courageuse, ma petite madame Richer. C'est un peu difficile au début. Accrochez-vous. » Il disparut derrière un paquet de hauts cèdres au coin de la rue. Je courus vers lui. Plus personne! J'aurais tant voulu rester avec lui, mon doux centenaire à la voix suave.

Je marchai en direction de l'église, allant d'abord vers sa voisine, l'entreprise de salons funéraires, j'entrai. Y lire mon nom peut-être à la porte de l'un des salons mortuaires? Écriteaux en lettres blanches aux murs. Non, mon nom n'y était pas. Je n'étais donc pas morte. Aller dans l'église? Prier? Prier, retomber en enfance? Non. Portes verrouillées. Le presbytère pas loin, ses beaux jardins si bien entretenus.

Aller sonner à la porte et demander à voir un prêtre, n'importe qui. Un secours impossible! L'enfance, oui! Y rencontrer le jeune curé Michel Fogel. Me verrait-il, lui? Quoi, n'était-il pas ce qui se nomme «un homme consacré» à relation privilégiée... avec Lui, Dieu? Avec ce que les croyants nomment le ciel? Ce *Paradis promis* auquel je faisais semblant de ne plus croire. Attitude soi-disant moderne. Pourtant, les rares fois où j'avais repensé à tout cela, au fond de mon cœur je voulais y croire encore, me répétant le *Si c'était vrai* de Brel. Secrètement, j'y tenais.

Me voici devant la sonnette sur le porche de ce presbytère aux vieilles pierres polygonales, bâtisse entourée de sombres sapins. Appuyer sur ce bouton. Oui. Une fois, deux fois, trois... Personne! Je m'éloigne telle une enfant trahie, il n'y avait pas d'éden; que le vide, le rien, que cette fausse vie, cette cruelle condamnation à errer futilement. Ce sentiment bizarre de sérénité persistait. Comment bien nommer cette douceur de vivre qui s'est emparée de moi depuis ce midi, depuis que je me suis retrouvée sur ce banc public? Qui, quoi donc? m'insufflait cette béatitude, d'où me venait *ce petit bonheur* m'inondant malgré une certaine détresse?

Le curé Fogel surgit, une bêche à la main. J'aperçus un bout de jardin potager sur une crête proche de la bâtisse. Il était en sueurs. Je lui fis des signaux de la main, vainement. Il passa tout près de moi sans me voir, enfila un blouson léger accroché à une pelle ronde enfoncée dans un tas de terre noire, puis disparut par une porte de cave. J'avais tenté

trop tard un : « Vous ne me voyez vraiment pas ? »
Son silence. Je lui avais crié : « Je n'existe pas, pour
vous non plus, un prêtre du Christ ? » Je savais que
je criais, mais le son de ma voix ne me parvenait
toujours pas, il n'était pas sourd, étais-je un spectre,
une défunte ?

Je n'arrivais vraiment pas à être peinée de cette
invisibilité. Après tout, si j'étais tout à fait morte, je
serais dans cette lumière archi brillante à laquelle
croyait si fermement Vincent. J'irai de nouveau vers
mon grand amour perdu. Je me manifesterai plus
fermement, il finira bien par déceler quelque chose.
Je ferai un tel boucan, je casserai tout, je jetterai au
sol toute la vaisselle, tous les chaudrons, je viderai
les armoires. J'ouvrirai tous les robinets de notre
maison, je casserai les vitres des fenêtres, je dépla-
cerai les meubles, roulerai les tapis. Je serai un esprit frappeur aux polteirgests tapageurs. Je crèverai
l'écran du téléviseur, installerai les chaises sur la
table, il finira par me voir, il finira bien par s'apercevoir qu'un fantôme hante notre demeure.

Cette fois, encore, me voilà subitement au milieu de la cuisine. J'ouvre un robinet, mais l'eau ne
coule pas. Je lève une chaise et l'installe sur le comptoir près de l'évier. La chaise est restée là où elle
était et je vois deux chaises de cuisine semblables, la
mienne sur le comptoir et la même restée à sa place.
Je perdais mon temps. Je montai à notre chambre.
Personne. Pas un chat. J'étais seule. Il était parti à
ma recherche. Il était affolé. Il aidait aux battues, il
cherchait lui aussi une Jetta bleu marine, il fouillait
avec eux, partout. Je vis l'ordinateur resté allumé.

Son espoir d'y lire un message? «Venez vite, on a enfin retrouvé votre compagne, venez vite!» Le téléphone sonna. Je courus à mon petit bureau voisin du sien. Je décrochai, vainement. La sonnerie continuait. Mes gestes ne servaient donc à rien? Pour moi tout était donc futile? Je n'avais pas pu traverser le miroir, ô Jean Cocteau!, cet écran, ce quoi… qui me séparait du monde réel?

Je descendis à son atelier du sous-sol. Amas de ses dessins, esquisses pour une série de sculptures qu'il projetait, papier-mâché, plâtre, je ne me souviens plus trop. Vincent me disait: «J'irai à l'envers de mon cher Giacometti en modelant des personnages nord-américains, hommes, femmes, enfants aux ventres repus, aux chairs rebondissantes, noyés de graisse. Je vais illustrer une humanité d'empiffrés.» Cela l'excitait beaucoup ces derniers temps.

Moi, disparue à jamais, abandonnera-t-il tout projet? J'ouvris la porte de l'atelier, dalles toutes trempées. Il avait arrosé les pelouses, nos fleurs. Quand? Son grand bonheur d'arroseur perpétuel. Une manie. Je refermai la porte et je descendis vers le petit lac. Je voudrais voir des signes d'angoisse, un signal qu'il était désemparé depuis ma disparition récente. Quand donc au juste avais-je été portée disparue? Y avait-il deux jours, deux semaines ou deux mois? Comment savoir sans la mémoire ordinaire, normale. Notre radeau se balançait au large. Le vent soufflait fort, de l'ouest, houle bleue, soleil jaune baissant doucement. Le quai et ses flap, flap, flap…

Verrai-je un des locataires du voisin? Verrai-je un petit nageur de notre famille de rats musqués qui logent sous le long quai? Le canot repeint en rouge est là, à l'envers sous le vieux saule géant dont certaines lourdes branches pendent dans l'eau. Les avirons, sortis du cabanon, sont sur la table de pique-nique. Était-il allé canoter sur le lac, récemment? La voile de sa planche bat au vent autour de son mât, il l'avait encore mal enroulée. Le pédalo bleu tourne sur lui-même.

J'étais si bien ici… il y a longtemps? Il y a deux jours ou deux mois? Nous aimions lire ensemble dans nos transats de plastique blanc. De belles longues heures d'après-midi au bord de l'eau. Deux goélands se posent sur le radeau. Chaque fois, Vincent disait: «Les salauds, ils vont encore chier à profusion sur l'ozite», il tapait dans ses mains, inutilement.

Je l'aimais. Je l'aimais depuis si longtemps. Il me manquait tellement. Comment se fait-il que ce bonheur ait été interrompu? Depuis quand, un seul jour ou des semaines?

Maintenant, je suis moins contente de ce statut d'errante invisible. Je veux être vue, être vraiment vivante ou bien morte tout à fait. Pourtant je suis bien dans ma peau… Dans ma peau? Je me sens juste mal de me savoir devenue une revenante. Quand je veux me retourner vers un bosquet de cèdres… éclair encore!, du sang m'apparaît, de la tôle froissée. Me voilà transportée au pied d'une colline, dans un raide tournant de l'autoroute. Plein de voitures, sifflements habituels des bolides, au loin. Je marche entre des sapins, des talles de bouleaux, aussi des érables, nombreux. J'entends des appels. Quelqu'un lance des ordres. Je marche vers les cris. Silhouettes qui s'agitent au loin. Rendue dans un vallon, j'aperçois une demi-douzaine d'hommes portant des gilets fluorescents. L'homme ouvrant la marche du peloton de chercheurs tient un chien en laisse. Vincent n'y est pas. Je l'aurais vite reconnu. Peut-être y avait-il plusieurs équipes de recherche dans les alentours. Cela me fit du bien. Mais était-ce bien moi que l'on cherchait ? Il y avait tant d'accidents désormais, tant de voitures qui dérapaient, tant de ces sorties de route, par ici.

Je marchai résolument vers eux. Soudain, le chien jappa, tira férocement sur sa laisse. Le maître-chien tomba, se releva aussitôt. Il appela les autres. Des cris, et je courus à leur suite, tous entraînés par la bête renifleuse. M'avaient-ils retrouvée ?

Restes humains, dit la police. Je tombai sur une pierre, me redressai. J'étais au milieu d'eux. Un jeune homme à la peau laiteuse, à graisse de bébé, comme on dit, me jeta un long regard bien pesant. M'avait-il vue, un garçon plus sensible que les autres ? Folie. Il alla juste derrière moi, ramassa un objet, un enjoliveur de roue, le lança au loin, puis trouva une roue de vélo toute tordue, l'examina, la rejeta aussi. J'avais peur, ne voulant pas me voir en sang sous de la tôle froissée. L'homme au chien poussa un cri victorieux. «On l'a! C'est là, venez vite!» Quand j'arrivai avec tous les autres, j'aperçus des os. Un reste de squelette! L'un dit: «C'est lui! Oui, c'est lui!» Un autre: «Oui, regardez, ils ont parlé des bottes de plastique jaunes. Regardez. C'est lui!» J'étais rassurée, je n'étais pas réduite à l'état de squelette. La crainte de me voir ensanglantée, fracturée, exsangue. J'étais heureuse de m'en aller avec eux tous, vers cette bretelle d'autoroute, pas très loin. Si on ne me retrouvait jamais, je me ferais une raison, le deuil de moi-même. Rester pour toujours, seule dans mon drôle de bien-être.

Un gras gaillard, sans le gilet lumineux, survint soudain à mes côtés. Il dit: «Pour la Richer, toujours rien?» Mon nom! On parle de moi! Son compagnon, nabot joufflu aux cheveux noirs frisés: «Introuvable, la fameuse Jetta?» Le géant dit: «Ben voyons, t'es pas au courant? Jos Rhoe l'a trouvée mais la femme, elle, disparue!» Le nabot: «À moé, personne dit rien, tabarnac!» Le géant: «Paraît qu'on a examiné à fond le bazou.» Baissant la voix, il ajouta: «Floti a dit que d'après le labo il s'agirait d'un char qu'on aurait trafiqué.»

Quoi? Trafiquée, ma Jetta?

Une voiture de police surgit pour les ramasser. Un policier passa à travers moi, courant pour rattraper ses compagnons, il portait un sac. Celui du squelette aux bottes jaunes? On aurait planifié ma disparition, ma mort? Impossible, je ne me connaissais aucun ennemi. Me retrouverait-on un jour en squelette? Qui aurait fait ça? J'aimais tout le monde, Vincent en riait, se moquait: «Grande âme, Rachel Richer, tu juges jamais personne, tu trouves des excuses à tout le monde!»

Je ne veux pas qu'on retrouve mon squelette dans six mois, dans un an. Une envie de pleurer maintenant… ma béatitude s'effilocherait? Rien ne vient. Yeux secs. Pourquoi pas une seule larme? Suis-je un esprit, vraiment? Je veux éclater en sanglots et j'en suis incapable.

J'éprouve toujours cette curieuse allégresse. Je suis changée. Je suis une autre. Rien n'a vraiment d'importance pour moi, pas même ces allusions funestes. On aurait voulu me tuer? Mais non, bobards, je ne me connais aucun adversaire. La police aurait-elle fabriqué une rumeur? Pour se consoler d'un échec, excuser l'incapacité policière? Classique alors: des rumeurs. Qui aurait pu planifier, organiser ma disparition? Je ne vois absolument aucune personne agressive dans mon petit monde. Comme à peu près tout le monde, je n'ai jamais fait de mal à personne. Personne ne me haïssait suffisamment pour planifier un tel morbide accident. Foutaise. J'ai changé? Où étais-je avant d'être assise sur mon banc du centre commercial du village? Depuis combien de temps suis-je entre la vie et la mort?

J'ai changé, je reste envahie par cette drôle de sérénité. Je n'ai jamais eu cette envie, ce besoin vague, de m'occuper des autres, de me soucier des autres. Comme tout le monde je vivais enfermée, embarrée dans mon petit monde familier. La routine. J'étais une sauvageonne ordinaire. Disciple de l'égocentrisme répandu. Plutôt indifférente aux autres. J'avais mon petit bonheur routinier, des parents, des amis, des voisins aimables. Cela me suffisait. Si je me retrouve, je serai une autre. Une envie d'aller vers les autres, les démunis, les malchanceux. C'est nouveau. Si j'arrive à m'en sortir, si je ne suis pas morte déjà, oui je serai une autre. *Visiter les malades* disait ma religion, j'irai soulager les maltraités du sort commun. Je m'engagerai dans ces associations caritatives, je me le promets. Je consacrerai de mon temps aux jeunes délinquants ou aux vieillards esseulés. Je ne méritais pas ma bizarre sérénité. Aller en Afrique peut-être, Vincent avait reçu une proposition d'un organisme de l'Unesco. Trop tard?

Où me rendre dans mon état de fantôme repentant? Je convaincrai mon grand amour, il deviendra « l'un d'eux » comme je serai « l'une d'elles ». Suffit d'être à part des autres, de nous réfugier paresseusement dans l'indifférence.

Je pensais tant à Vincent que je me retrouvai dans son bureau à l'étage du chalet. Pas là, cette fois encore. Près de son ordinateur, comme toujours, ces notes, gros paquet de petits papiers divers. Un amas. Mon cher compagnon de vie n'avait pu se résigner à la vraie retraite. Il inondait son site personnel de clameurs, de critiques, de recommandations, d'appels à la dissidence, répétant: « Journaliste un jour, journaliste toujours. » Parfois, son rôle d'imprécateur autoproclamé lui pesait: « Bof! Assez, ça suffit! À quoi bon? » Quelques jours passaient... peinture, sculpture... et il y allait d'un nouvel « on a le droit de se révolter » bien sartrien. Insoumis, il le resterait jusqu'à sa mort même s'il n'avait plus sa tribune régulière. C'était son passé la radio, la télé, le journal de l'imprécateur. Maintenant il signait des chroniques dans des hebdos régionaux, ici au village et à Montréal pour le quartier où nous avions un pied-à-terre. Cela lui faisait du bien. Il aimait provoquer, se braquer contre certaines machines, populaires pourtant.

Devant mon étonnement de son amusement à diverger d'opinion avec les foules, il répondait : « Je ne crains pas d'être détesté, c'est la peur de trop de monde. » Certains intellos se moquaient volontiers de ses emportements, de bons amis parlaient de son « démon de l'apostrophe » niché en lui. On riait ensemble du polémiste perpétuel ! Quand il avait atteint ses 65 ans, il m'avait dit : « Je vais décrocher pour de bon. » Adieu à l'agora, la place publique ? Je ne l'avais pas cru et j'avais bien fait. Le *on ne change guère* s'avérait. Chaque jour, lisant ses quotidiens du matin, je le voyais s'exclamer, se rebeller, « sa batterie à raides imprécations » se rechargeait. Après le petit-déjeuner, je le voyais monter à l'étage, en marche vers son iMac. Défoulement obligé ! Cela durait quelques heures. Il redescendait, soulagé. Il enrageait en découvrant que l'on ne publiait pas ses objurgations. Il en bavait parfois et ses admonestations se retrouvaient sur le Net pour un public d'aficionados. Son projet de sculptures aux formes anti-Giacometti était une tentative de se libérer du fou besoin de corriger l'état du monde. « Don Quichotte », ricanaient ses camarades.

J'étais heureuse de constater que sa faculté d'indignation ne le lâchait pas. Certains amis disaient : « Bof, ça le conserve en bonne santé ! » Certaines de ses démolitions intempestives lui valaient de terribles répliques. Il aimait ça, il aimait ses adversaires. Il retournait à son clavier pour entretenir le débat.

«On dirait, Rachel, que nos gens craignent les salutaires querelles», répétait-il. Il était déçu des polémiques qui tournaient court. «Anormal, disait-il, notre frayeur des bonnes algarades sur le plan des idées.»

Je fis le tour de la maison. Il n'était donc pas là! Où était-il? S'était-il enrégimenté avec les secouristes, les équipes de recherche? Dialoguait-il dans un bureau avec l'expert Jos Rho, ou avec cet enquêteur Floti? Me voilà transportée devant le théâtre d'été du village. Dans le grand lobby de l'entrée, deux énormes plantes vertes de plastique. Je me dirige vers les coulisses, les loges. Deux comédiens que je connais boivent des limonades. Je suis venue ici en fin de juillet pour assister à leur spectacle. J'avais déjà dirigé le grand Robert et le beau Yves, ils ne me voient pas davantage que les badauds du centre commercial de ce midi!

Il y avait que j'avais pensé à Robert, un acteur que j'aimais tant, à son accident cardiaque survenu cet hiver. Il était en tournée, loin, au delà du grand parc national et il y avait eu une tempête épouvantable. Il s'était retrouvé dans un champ glacé après une manœuvre risquée pour éviter un camion en panne, immobilisé au beau milieu de la route. Bing bang! Robert Graveline était resté longtemps enfermé dans son véhicule. Efforts pour se dégager, efforts pour jouer de la pelle… L'ACV fatidique! Plus tard, Robert nous avait raconté sa frayeur à l'idée de ne pas être découvert et de finir par crever comme un chien perdu dans l'immensité de ce parc désert. Encore: vision de la tôle bleue marine. Je veux revenir dans ce théâtre d'été. Aussitôt que je songeai à Robert, à son accident, j'y étais. Il m'apparut dans les coulisses du théâtre.

Dehors, doux soir d'été. Le soleil a disparu. Sonnerie. Le public rassemblé sur la terrasse extérieure se prépare à entrer dans la salle. Je reconnais des visages familiers. On passe à travers moi. La salle va se remplir. Le beau Yves et mon cher grand Robert vont s'installer derrière l'unique décor. Je les accompagne. Ils interprètent deux vieux routiers des scènes de music-hall, réunis une dernière fois. Ils y sont très bons, très drôles. Et très grinçants, comme il se doit. J'avais beaucoup ri en juillet, été très émue aussi. Des répliques d'une saine cruauté, d'une lucidité ravageuse. Vincent, qui n'aime pas autant que moi le théâtre, avait apprécié cette fausse comédie, lui qui se montrait rétif chaque fois que je voulais l'entraîner au théâtre.

Lui, c'était le cinéma mais, pour me faire plaisir, souvent il acceptait le théâtre. Dès mes débuts en réalisation j'avais été comme frappée d'admiration pour ce difficile métier de jouer. J'ai toujours été épatée par ce pouvoir d'incarnation qu'ont les comédiens. Séduite totalement. Et je les ai aimés tout de suite. Vincent répétait: «Rachel? Elle est folle d'eux.» Je les aimais, ils le sentaient, j'obtenais d'eux tout ce que je voulais. Quand j'avais pris cette préretraite, des producteurs m'avaient offert des piges. Ils disaient: «Acceptez, venez, les comédiens vous aiment tant.» J'avais refusé ces offres. Vincent me comprenait mal. Ce métier que j'adorais m'avait été aussi une permanente cause de stress. La peur de n'être pas tout à fait exemplaire? Mon vieux souci, besoin de la perfection? Je m'ennuyais moins de mon métier que des contacts avec mes chers bohémiens, mes romanichels bien aimés, les acteurs. Oui, je m'ennuyais d'eux. Beaucoup. C'était de la magie pour moi de les voir se transformer en… quelqu'un d'autre. De la magie! Je ne me lassais pas de les voir en répétition cherchant cette peau autre… cette différence d'avec eux-mêmes. Ah oui, de la magie à mes yeux! Ils savaient devenir des étrangers à eux-mêmes et pourtant des doubles bien assumés. Un mystère à mes yeux. Cela m'épatait chaque fois.

J'entendis soudain: «Yves, te souviens-tu de Rachel Richer quand elle est venue nous voir jouer?» Je sursautai. Le grand Robert parlait de moi! Yves dit: «Oui, ah oui, son enthousiasme à notre Rachel!» Avaient-ils senti ma présence? Présence invisible. Me convaincre de cela, dégager des ondes vibratoires. Pourquoi pas? Ils ne me voyaient pas qui leur souriais. Mais, soudain, Yves dit: «Tu sais, pour Rachel, ils ne l'ont pas encore retrouvée.» Silence.

Ils semblaient attristés du fait. Cela me fit du bien. Je frissonnai. J'aurais tant voulu qu'ils m'entendent leur crier: «Yves, Robert, je vous aime!» Je me contentai de murmurer: «Je vous aime tant tous les deux.» Puis, j'ajoutai, plus haut: «Je suis là, je vous admire toujours, je suis à vos côtés, pour ce soir, je vous dis: «Merde, merde, merde!»

Je vis Sonia s'approcher, poudrette à la main. Sonia la maquilleuse chaleureuse, si dévouée. Si demandée aussi. Si bavarde, il faut le dire. Elle servait aussi d'habilleuse compétente souvent. Envie de lui sauter au cou, de l'embrasser. De lui dire : « Je m'ennuie de toi, ma petite Sonia ! » Inutile, évidemment. Me voilà transportée ailleurs, dans un studio de télé. Qui m'est familier. Je me vois. C'est bien moi, tout excitée, on va enregistrer. Mon régisseur s'énerve. La petite Sonia y est, corrige une barbe touffue collée au visage d'un comédien. Yves et Robert s'amènent. Robert, le fou-de-théâtre, joue l'ami fidèle de Zénon qu'Yves incarne avec un talent rayonnant, avec un naturel renversant et une force de concentration inouïe.

Je pouvais donc me revoir dans le passé ? Me revoir ? J'avais aussi cette faculté ! J'ai été la réalisatrice – zélée, heureuse – de quelques feuilletons aux intrigues complexes. Surtout celles de mon cher Victor-le-Matamore. Mon dernier opus, ce *Zénon* aux évocations maritimes inouïes, était de la plume de Marie-Jeanne Brossard, auteure surdouée. Cette trop timide et cachottière écrivaine avait enfin consenti à écrire pour la télé. Une première énervante pour cette romancière et dramaturge au langage singulier, aux thèmes non moins singuliers. Notre fierté à tous d'y participer.

Elle avait voulu illustrer un monde fini, celui des mariniers, anciens caboteurs des rivages du fleuve. Un monde disparu mais aux légendes encore vivantes. Je suis donc là, bien visible à mes propres yeux. Je me vois, texte à la main, tendue mais ravie, conseillant mes cameramen, écoutant geindre mon éclairagiste, embêté par un décor trop haut sous la grille du studio. Je me regarde travailler. C'est déroutant. Je me vois choisir un immense baril en accord avec un accessoiriste soucieux. Je vais ranger des bougeoirs dans la cale d'une goélette de plywood. Je déplace ensuite des câbles sur un quai que Galarneau, expert en effets spéciaux, recouvre de brume épaisse. Un petit machiniste nerveux me fait voir un vase qu'il faudra fracasser tantôt sur la tête d'un matelot ivre, fictive céramique de sucre.

J'aimais ce métier. J'aimais savoir que des centaines de milliers de spectateurs allaient suivre les péripéties de l'intrigue, de cette fresque vibrante concoctée par Marie-Jeanne Brossard qui s'amène maintenant. Je marche à la rencontre de cette auteure à frange épaisse, aux yeux d'un noir étincelant. Pour cette mini-série, il y a un bosquet de bouleaux très blancs, si beaux. Si vrais. Suis-je vraiment en studio?

Lumière intense partout maintenant! Elle marche avec moi dans un sentier boisé. Nous sommes près de ce centre hospitalier où elle se débat contre un cancer grave. Pourtant, je sais qu'elle est morte, depuis bien des années. Elle est là pourtant et je suis la compatissante impuissante. Elle semble navrée, elle m'examine avec attention, elle a son regard toujours inquiet. Sait-elle pour ma disparition, mon accident?

Marie-Jeanne tient un petit chien frisé, celui qu'elle amenait souvent en studio du temps de *Zénon*. Est-ce que, dans... l'au-delà, on peut amener son animal de compagnie chéri, sa bête aimée? Elle s'approche tout doucement, met une main sur mon épaule, dit: «N'ayez pas peur, Rachel, surtout ne craignez rien.» Je n'ai pas peur et je lui dis: «Où êtes-vous rendue, Marie-Jeanne, où habitez-vous au juste, où est votre place maintenant?» Elle sourit, regarde au ciel, me fait des signes de la suivre dans une allée de gravier blanc: «Je suis ici et partout à la fois. Et nulle part. Je suis où je veux, là où je veux aller. C'est bien parfait.» Son beau fragile sourire.

Soudainement, elle est loin, marche vers le rivage du grand lac voisin. Elle a une démarche anormale, surnaturelle, comme si elle valsait, une lévitation légère. Elle s'en va d'un pas... d'un pas qui n'est pas celui des humains. Je cligne des yeux, je mets ma main en visière. Elle me fait des petits saluts de la main, sans se retourner pour me voir. Elle marche sur l'eau et le soleil se couche derrière elle dans une longue robe translucide.

Suis-je dans un vrai temps, dans un vrai moment, dans un vrai lieu? Les mots de Vincent me reviennent: «Un temps sans durée, un lieu sans espace.» Est-ce une image? Une hallucination? Est-ce un vrai crépuscule, ou de la fausse représentation? Un décor? Suis-je au lendemain de ce midi du centre commercial quand la gamine au chat blanc est venue s'asseoir sur mes genoux, légère comme une plume d'oiseau? Le ciel au-dessus du rivage devient un tableau. Il se peint de teintes mirifiques, se colore en coulis radieux, murale éblouissante.

Marie-Jeanne n'est plus là. Elle a disparu. La fresque marine se métamorphose. Se déploie au-dessus de ma tête, un vaste dôme, voûte immense en camaïeux de roses. Je suis intégrée dans une toile peinte gigantesque. Je flotte. Suis-je en train de rendre mon dernier souffle quelque part sous un bosquet de vieux cèdres ? S'amène une volée de hiboux aux gris francs, chassant des corbeaux violets de vastes herbiers aux longues quenouilles moussues.

Voici maintenant des oies blanches, plein l'horizon de ce tableau riopellien. Je reconnais, debout sur un quai ruiné, le vieux peintre, mort il n'y a pas si longtemps. Il a vécu non loin de notre village. Étais-je parvenue dans le monde des morts ?

Sur le lac, débarrassée soudain de son dôme d'arc-en-ciel, vogue une mortuaire barque, longue gondole vénitienne passée à la créosote. À sa poupe, un maigrelet bossu. À l'aide d'une longue perche, il fait glisser sa barque goudronnée. Corps sans âge, longue barbe grise, mains osseuses, il me fait des saluts.

Des fumées, comme celles que l'on fabriquait dans nos studios, envahissent les rives du lac. Le vent s'élève, houle d'un vert d'olive mûre.

Ça y était donc ? J'étais morte pour vrai ? J'étais arrivée aux enfers mythologiques, images du manuel scolaire du temps de mon couvent ? Le nautonier, ce charron, ce petit bossu… Verrais-je Cerbère, allais-je voir des âmes errantes ? Il me semblait entendre une musique de Mozart, le *Requiem*. Je voulus me sauver, je fermai les yeux. Je revins alors sur mon banc public.

Ne plus penser à cette éventualité : *on aurait voulu me tuer* ! Ça n'avait aucun sens. Pour quelle raison aurait-on voulu m'assassiner, moi, la retraitée aimable qui, comme on dit, ne ferait pas de mal à une mouche ? Je tentai de me réconforter. Vincent, il y avait des années, avait frôlé la mort, lui aussi, comme le grand Robert. Dérapage de sa Chevrolet, pas loin d'ici, sur l'autoroute du nord. Il m'avait raconté sa grande frousse. Au bon moment il avait pu redresser sa voiture filant sur de la glace vive. C'était l'hiver. Le verglas partout.

Mais moi? En début de septembre, je m'en souviens enfin, oui, la route était propre, malgré la pluie. La route, souvenir vague, ce soir-là, était claire... il me semblait.

Visions furtives encore: du sang qui coule, de la tôle bleu marine et... une forme d'orignal! Ou de chevreuil? Un jeune cerf avait-il surgi très soudainement? Ou bien un ours?

Je ne savais plus quoi imaginer. Surtout pas ma voiture trafiquée. Si j'avais pu mieux me souvenir. Peut-être quelqu'un pris d'alcool, devant moi... une manœuvre de dernière minute.

Qu'est-ce que c'était que cette histoire d'une vieille Jetta trafiquée? Légende, rumeur idiote, bobard bien con? Je cherchai un rapport entre mon *Zénon* télévisé et ce qui m'arrivait. Folie? Quelque chose au plus profond de moi me suggérait des liens à tisser entre notre héros de télésérie et ce qui m'était arrivé. Folie? Je n'arrivais à rien. J'étais perdue... Pour encore combien de temps? Y avait-il, à ce paradis promis, une file d'attente? Allait-on crier: «Au suivant, c'est votre tour, venez maintenant, approchez, on va vous juger!» Toujours ces pieux enseignements, en enfance influençable. Pas d'anges, pas de ciel alors? Ou alors... ma belle morte, Marie-Jeanne, assignée comme «mon» guide? Je revois la tôle marine, le sang, des cèdres et... oui, encore ça: un orignal et son majestueux panache.

Chapitre 3

Elle se sent tout à fait perdue maintenant. Elle se retrouve, ici et là, le plus souvent parmi les visiteurs de son petit centre commercial, et il y a en permanence ce si beau soleil du tout début de l'automne. Elle ne sait si le temps, pour elle, se déroule normalement, a des doutes. Une heure dure-t-elle une heure ? Comment bien savoir ? Un coup, c'est comme la fin d'un après-midi, un coup, c'est le matin. Cette fois, c'est la nuit noire. Elle revoit le centenaire Théo, l'ex-maire du village, déjà croisé. Il tient toujours sa belle canne sculptée, porte fièrement son vaste béret basque. Cette fois, il lui apparaît moins gai, comme accablé. Le beau vieillard aux longs cheveux blancs frisés semblait l'attendre en face de cet ancien couvent de religieuses. Il lui fit des signaux amicaux. «Il me guettait», pensa-t-elle. Aussitôt qu'elle se trouva à ses côtés, il lui dit : «Je souhaitais tellement vous parler, Rachel. Je tenais à vous dire quelque chose d'important.»

Rachel ne se sentait pas bien. Elle éprouvait un grand malaise. Après qu'il lui eût pris le bras fermement, une fois qu'il lui eût dit : «Vous devriez cesser de tant vous questionner, de trop vous inquiéter. Abandonnez-vous à elle, la fin, la mort», elle s'éloigna de lui. Elle avait envie de se boucher les oreilles, car il criait presque maintenant : «C'est inutile, ma pauvre petite fille, c'est une perte d'énergie.» Puis il se rapprocha, parlant plus doucement : «Ne faites pas comme j'ai fait. Il vous sera utile de vous détacher et vous avez intérêt à vous calmer. Abandonnez-vous mieux.» Non, elle ne voulait absolument pas disparaître, se laisser aller. Elle ne voulait pas, pas du tout, se détacher de la vie. Elle se disait qu'on allait la retrouver bientôt, qu'elle allait être sauvée de justesse. Même qu'elle s'imaginait, étendue sur un lit d'hôpital, entourée de soignants valeureux guettant sur des écrans sa lutte pour survivre. Folle intuition ? Non, non, c'était réel, elle le voulait tant, elle vivait, elle se débattait, de là sa situation d'errante. Elle devait fuir Théo, ne pas se laisser séduire par ses recommandations mortelles. N'était-il pas qu'un revenant, lui aussi, qui voulait la voir faire ce qu'il était incapable de réaliser lui-même ? Foutaise, cette théorie du grand malade, du grand blessé qui, en phase terminale, doit abandonner toute résistance, partir volontairement, disparaître. Non, elle ne le voulait pas, il y avait son grand amour, il fallait lui revenir. Non et non, elle ne s'en irait pas. Ces mots : «Le cher disparu» ou : «Elle est partie en douceur», tout ce vocabulaire poli, hypocrite, pas pour elle, Rachel Richer. Non, elle ne baisserait pas les bras. Après tout elle ne souffrait pas. Elle se dit qu'il n'y avait qu'à tenir bon. Tenir.

Elle se questionna encore : on l'avait peut-être alitée à son insu, bourrée de morphine, mais elle n'agonisait pas vraiment et on tentait quelque part de la faire revenir définitivement à la vie. Oui, elle en était certaine, elle se débattait, elle luttait.

Fuyant le doux vieillard, Rachel alla vers le kiosque de lattes tressées dans le jardin de l'ancien couvent. Théo vint la rejoindre, tout souriant, très calme et insista : « Moi aussi, comme vous, je résiste, c'est vrai. À l'hôpital où je suis vraiment, tout le monde s'étonne de ma vaillance, de ma résistance. À mon âge, on juge cela anormal. Mais moi, j'ai une bonne raison de refuser de partir, de m'accrocher, car quelqu'un qui m'est très cher finira bien par me rendre visite, surgira tôt ou tard à mon chevet. » Elle vit son visage soudainement couvert de larmes, ruisselant. Il suffoquait : « Après, je m'en irai. J'aurai la paix éternelle. »

Calmé, il alla s'asseoir sur un banc du kiosque, grattant avec sa canne une balustrade ruinée. « Mais vous ? Vous n'attendez personne ! » Rachel s'écria : « Faux ! Il y a lui ! Lui ! Vincent. » Elle ne s'était pas entendu parler ! Elle savait bien ce qu'elle avait crié, ce qu'elle avait dit, elle avait parlé, oui, mais n'avait pas entendu sa voix. Maintenant elle pleurait. Sans pleurer vraiment. Elle savait sa peine, et qu'elle pleurait. Pas de larmes pour ses sanglots, cette fois encore. Pourquoi, lui, Théo, avait-il ce pouvoir des larmes ? Les revenants étaient-ils différents les uns les autres ? Selon quel critère ? Selon quoi ? se demandait-elle.

Elle lui répéta d'un voix ferme, grave : « Je veux voir Vincent une dernière fois. Au moins une dernière fois.» Elle fut tout étonnée de le voir rire, ricaner. Ses vieilles dents jaunies se découvraient. Sans l'entendre vraiment, elle savait qu'il riait. Maintenant, il lui donnait d'affreux petits coups de canne dans les reins: «Allons, lui aussi, votre Vincent, il s'en ira, il devra partir un jour ou l'autre, alors vous serez ensemble, réunis.»

Le vieux Théo se leva, sortit du kiosque et en fit le tour, se pencha, étonnamment svelte, examina des fleurs sauvages. Puis il alla s'asseoir loin d'elle sur une vieille chaise de jardin usée, croisa ses longues et maigres jambes. Silhouette toute fragile dans la lueur d'un lampadaire. Il enleva son grand béret. Le vent fit onduler ses longs cheveux frisés. Elle l'entendit qui ajouta: «C'est une question de temps. Mon Jean-Jean est un tout jeune homme que j'ai accueilli, soigné très longtemps, élevé pour ainsi dire. Ma fille abandonnée par un mécréant, me l'avait confié. J'ai été son papa-vieux, comme il m'appelait. Il est soldat, loin, dans ces Arabies en querelles mais il aura une permission bientôt, il m'a écrit pour m'annoncer qu'il viendra me voir. Alors, je résiste, je refuse d'être un de ces chers disparus. Ce petit-fils m'a rempli le cœur d'amour si longtemps. Un amour libre, fou, total. J'ai pleuré souvent à cause de lui. Avant ses déserts arabes, il glissait dangereusement sur une très méchante pente.» Elle vit ses épaules secouées. Il pleurait encore? Elle alla vers lui, posa ses mains sur ses épaules, lui dit: «Nous avons raison. Nous avons le droit de choisir le moment exact de quitter la vie.»

Elle aimait tant la vie, Rachel Richer. Elle était si comblée par sa petite vie si heureuse depuis le jour où elle avait fait la connaissance de son Vincent. Une chanceuse, oui. Une privilégiée. Elle n'avait pas vu les année passer. Elle était en amour avec Vincent décennie après décennie. Ce grand amour partagé, c'était en effet une chance inouïe. Un fameux cadeau.

Le vieillard, elle ne s'en était pas aperçu, s'était éloigné et était en train de se façonner un bouquet géant avec des branches de chèvrefeuille chargées de cerisettes rouges. Il se penchait au-dessus des haies voisines. Rachel marcha vers lui : «Pourquoi est-ce que je ne sais pas où je suis? Comment ça se fait, ça? Je n'ai pas toute ma mémoire, je ne sais pas où je suis… en train de mourir.» Théo, le visage grave, laissa tomber à ses pieds son bouquet : «C'est le mystère de cette longue pause entre la vie et la mort.» Rachel ramassa le bouquet sur le trottoir. «Mais vous? Vous, vous savez où vous êtes, vous avez parlé d'un hôpital, là où vous attendez votre Jean-Jean.» Il la regardait, les yeux plissés : «Je suppose que chaque destin varie. Pour chacun de ceux qui sont à la veille de s'en aller, il y a un destin particulier, un sort singulier peut-être… je ne sais pas.» Ils allèrent se rasseoir au banc du kiosque, la lumière des lampadaires de la rue faisait d'eux ces *spectres qui évoquent le passé*, selon le poète Paul Verlaine. Rachel lui parla de ses visions à répétition, de ces saccades visuelles, en éclairs, qui l'effrayaient tant, la tôle marine toute froissée, les vieux cèdres, le rouge du sang.

Une toute jeune religieuse, sa soutane soulevée par le vent, surgit soudain derrière eux. Une lumière orangée éclairait maintenant la grotte à la Vierge envahie de vignes sauvages. Une luminosité d'oratoire, une ambiance de chapelle. Rachel, découvrant cette jeune nonne radieuse, eut presque envie de rire devant ce relent d'images édifiantes de son enfance pieuse. Lourdes, La Salette, Fatima! Elle vit que cette adolescente, comme statufiée, l'appelait de sa main tenant des rameaux pascals. Le vieux couvent de briques rouges, inoccupé depuis longtemps, était pourtant tout illuminé. Dans sa main gauche, l'apparition tenait un long cierge allumé. La statue lui parlait sans remuer les lèvres: «Je suis autorisée à vous dire que vous avez été la victime d'un grave accident de la route.» «Où? s'empressa de questionner Rachel, où exactement?» La nonne ne répondit pas. «Votre voiture est une perte totale, comme ils disent, mais vous ne mourrez pas.»

Elle avait les yeux d'un bleu mirifique, un visage d'un blanc vraiment immaculé, naine angélique, moins grande qu'une enfant de cinq ans. Rachel se dit que cette religieuse nabote faisait partie du monde des ombres. Du monde des morts.

Elle questionna encore: «Pouvez-vous me dire si on va me retrouver bientôt?» L'apparition lui fit entendre: «Il y a très longtemps que j'ai quitté ce couvent et je n'ai que le pouvoir de consoler, de rassurer, rien de plus.» Rachel se tourna vers Théo. Il n'était plus là. La jeune beauté avait disparu elle aussi. Elle était seule dans la nuit. Une lune brillait fort, seule comme elle. Elle était bien de nouveau, rassérénée sans raison précise. Elle se sentait si bien dans sa peau, plus légère que jamais. Se pourrait-il, se demanda-t-elle, que dans son état, l'on en vienne à s'imaginer des choses, des gens? À s'inventer des visiteuses nocturnes? Cette nonne au cierge et aux palmes était-elle une illusion? Lui enverrait-on d'autres escortes fugitives pour la faire patienter? Théo, ce doux vieillard, l'avait-elle vraiment rencontré? Quand elle observait les passants au centre commercial, existaient-ils vraiment? Peut-être qu'en vérité elle n'avait jamais quitté son autre corps, le vrai, celui sous la tôle bleu marine, sous de vieux cèdres. Ce temps d'errance était-il une illusion? Elle était coincée au bord de l'autoroute et c'était tout. Depuis très peu de temps peut-être. Le temps était-il une sorte d'élastique? A-t-elle imaginé, dans son délire, toutes ces rencontres sur ce banc public?

Non, non, elle veut y croire: oui, oui, elle vient de déraper et on va la retrouver bientôt, on va la ranimer, on lui dira: «Vous avez eu de la chance, on vous a retrouvée rapidement.» Elle sera bien soignée, remise sur pied rapidement; tout cela n'aura pas duré deux heures. Vincent veillera sur sa convalescence. Ensemble ils riront de ses passages au centre commercial, de l'ange virginal, de ses rêveries, de la fillette au chat blanc.

Tout en faisant le tour du couvent abandonné, elle se dit qu'elle changera, ne sera jamais plus étrangère aux autres. Une mue extraordinaire. L'accident aura servi. Oui, de retour à la vie, elle tiendra compte, meilleur compte, de ceux qui l'entourent; bien fini l'enfermement mondain, si confortable.

Comment y arrivera-t-elle? Comment va-t-elle réussir à fracasser ses habitudes bourgeoises? Elle se dit qu'à l'article de la mort, chacun devait ainsi faire des vœux pieux et prendre des bonnes résolutions si... Au cas où on en réchapperait? Trop facile? Trop tard?

Soudain il fait grand soleil sur le couvent. Comment cela se faisait-il? Dans quel temps vivait-elle? Et si tout allait s'éteindre pas moins subitement? Clignotement du temps... ou bien, adieu soleil, à jamais.

Elle eut peur. Elle imagina son enfournement, son tombeau, ou l'urne funéraire, l'incinération prévue, oui, le long tunnel d'abord et, au bout, cette supposée lumière... juste après le défilé en mode *fast forward*, ce diaporama fatidique de son récit-de-vie à l'accéléré. C'est qu'elle se souvenait de certaines lectures: le tunnel et cette lumière irradiante, cette envie de s'y baigner, d'y rester. Elle avait lu sur ces condamnés par la médecine qui revenaient subitement à la vie parce que l'on pleurait abondamment à leur chevet. Douleur insupportable qui accordait un sursis aux morts cliniques! Une permission de retour: «Ce sera pour la prochaine fois, pour plus tard, retournez parmi les vôtres, ces inconsolables.»

La voilà de nouveau au centre commercial du bout du village, sur le vaste plancher du magasin à aubaines variées. Vincent aimait bien ces curieux magasins, bric-à-brac, entrepôts aux accumulations folichonnes, remplis de babioles importées de partout, cavernes d'Ali Baba à petits trésors chétifs.

Vincent ne pouvait jamais s'empêcher d'y acheter quelques cossins inutiles. Elle protestait chaque fois à son retour : « Encore d'autres ramasse-poussière » disait-elle en rigolant.

Elle circulait dans les allées où s'offraient ces bimbeloteries, objets hétéroclites en toutes dimensions, inutilités parfois toutes flamboyantes, archi colorées, illuminées, mécaniques, à ressorts, à piles ; l'artisanat des pauvres du tiers-monde. L'Occident riche achetait ces ménageries de bois, de verre, le plus souvent de plastique ou de plâtre peint. Un dollar ! Vincent y avait déniché de petites autos de bois peint, un voilier cocasse, des grenouilles rigolotes, des chiens, cabots joufflus, des chats, minets à rictus, des fauves moulés aux bariolages fous. Il les installait un peu partout, dehors, au pied des arbustes de la cour. Au fond, Rachel s'amusait de sa manie, de ces colifichets ramassés par lui. Elle aurait bien voulu parler aux clients qui furetaient à la recherche de… Ils ne savaient pas eux-mêmes quoi. Foule d'hésitants, consommateurs aux moyens modestes mais fringants. Promenades vaines ? Pour perdre… du temps. Ils en avaient, tous, du temps à gaspiller.

Pour elle c'était tout autre chose : elle attendait. Elle avait tant envie d'être réelle comme avant, de toucher ce petit monde des fouineurs, envie de les faire parler, de les écouter. Se sentir vivante, un peu utile. Elle avait changé. Elle était une autre. Elle, l'invisible convertie, restait impuissante. Comment les caresser d'un simple geste tendre, leur dire : « Je vous aime ? » Elle ne servait plus à rien, à personne, elle en était désolée. Elle n'était qu'une ombre pâle, même pas, une bonne-à-rien qui allait et venait dans ce magasin insolite. Elle était d'outre-tombe, ce terme qui, enfant, l'étonnait tant. D'outre-monde? Lequel? Était-ce bien celui où elle circulait maintenant?

Elle entendait encore ce mot, l'*éternité*. Elle en frissonnait. Ce «toujours-jamais» marqué en gros caractères dans son *Grand catéchisme en images*… terrorisme! Comme tout le monde, elle avait toujours eu si peur de la mort. Mais oui, pourquoi pas… pourquoi ne pas accepter cette drôle de survie parmi le monde? Moins effrayante que la mort après tout. Il faudrait toutefois qu'elle ait le pouvoir de parler, de consoler, de conseiller les autres. Un ange, la petite sœur au cierge du couvent? Prévenir… de quoi donc? Ah, prévenir les gens de… Elle ne savait pas clairement de quoi… Ah! les prévenir de vivre mieux, plus intensément, plus charitablement aussi. Apprécier mieux chaque minute de l'existence. Elle avait tant ri, s'était tant moqué de tous ces zélées conseillères dans les journaux, les magazines, ces apôtres dévoués. Elle n'avait plus envie de rire. De personne. Elle voyait mieux. Elle examinait tout. Les gens, les objets, la nature. Tout. Ce rocher moussu tantôt à la porte du magasin. Ce vieux pin aux branches ébouriffées. Cette mésange aux ailes battantes qui picorait derrière une vitrine du Dollarama. Tout. Un rien. Le moindre signe de vraie vie. Le plus humble.

Comment parvenir à faire signe? Comment alerter ces badauds? Son impuissance l'accablait. Si elle avait su. Comme elle aurait été plus chaleureuse, plus solidaire, curieuse du destin des autres. Elle s'en voulait. N'avoir pas mieux su être *l'un d'eux*. Elle se souvenait de certaines lectures bouddhistes, aussi de simples coups d'œil, par curiosité, dans des enseignements de sagesse, les vieux classiques des Grecs anciens, chez Blaise Pascal ou chez Montaigne. Comme elle saurait mieux apprécier maintenant. Si elle s'en sortait… Bonne résolution encore? Elle a su que la mort peut parfois surgir très vite, d'un seul coup, d'un mouvement sec, ahurissant. Rien d'autre. Le savoir. Elle ne savait pas. Trop tard. Personne ne l'avait avertie. Personne, pas même Vincent qui potassait le domaine. Elle refuse d'être un esprit, futilement, et un immense voile de tristesse l'envahit. Elle veut revenir parmi les vivants, revenir dans son temps, mais changée, offerte, ouverte, généreuse conseillère comme sa mère. Comme tant de ces vieilles généreuses rencontrées dans sa jeunesse et qu'elle n'écoutait pas trop. Elle imagina une affiche posée sur sa porte: *Rachel Richer conseillère*. En quoi? En tout. Elle se trouve soudainement dans la pharmacie du centre avec l'envie de piquer un appareil–photo jetable! Folie? Elle va le faire. Elle le fait. Elle sort vite du magasin. Aucune sonnerie anti-vol ne se déclenche. Elle pourrait revenir, voler tout ce qu'elle voudrait? Est-ce qu'à l'inventaire de chaque magasin, il y a ce mystère des objets volés par des fantômes? Elle marche vers la pâtisserie et sa petite terrasse. Combien sont-ils, se questionne-t-elle, autour d'elle, les esprits errants, les fantômes? Des centaines, des centaines de milliers? Combien de rôdeurs invisibles comme elle ? Y a-t-il un confrérie de zombies ? S'il y avait une association de revenants... un syndicat des fantômes ? Serait-ce plus vivable pour elle ? Elle prend des photos. Clic, clic, clic ! De tout. De rien. Trio de beaux bouleaux aux anneaux d'ocre, jeune chiot dans la vitrine de l'animalerie, coquette jeune fille à nombril exhibé, visiblement à la recherche d'un copain, beau garçon rentrant en sifflant les voiturettes du marché. Il irait bien avec la coquette. Elle prend conscience qu'elle ne pourra pas faire développer ses photos. Elle aurait ouvert un album neuf, le marquant : *Souvenirs fugaces.* Ou : *Images de la vie normale.* Ou : *Les autres.* Elle l'ouvrirait un jour pour se rappeler son long séjour d'outre-monde ? Elle dirait à Vincent : « Mon époque de revenante. »

Elle marche plus vite. Elle va s'installer à une table ronde de métal ouvragé. Vision furtive encore : du bois, des planches de pin, tout autour d'elle. Une chambre de bois ? Fini la tôle bleue marine ? Est-ce un cercueil ? Le sien ? La boîte finale ? Le terminus définitif ? Là, on l'a mise ? Où elle dormira du sommeil du juste ? Plus de bosquet de cèdres, plus de sang ? La vision revint. Une fois encore, deux fois.

Plus le goût de cette jolie terrasse. Elle entre au marché. Elle va près des caissières puis au présentoir des publications diverses. Elle se voit ! Elle est là qui fait la manchette d'un quotidien populaire. La une. Elle lit : «*Rachel Richer toujours introuvable.*» Est-ce Vincent qui a fourni la photo où on la voit accrochant un grand drapeau au mât du rivage du lac? Elle se souvient bien, Vincent avait enfin acheté un drapeau neuf, l'ancien tombait en lambeaux, guenille déchirée aux quatre vents. Il avait descendu sur la berge ce mât fait d'un simple tuyau de plomb. Elle avait tenu à bien nouer les cordes.

«*Introuvable*», criait donc ce titre au-dessus de la photo. On la cherchait. Elle lit sous la photo: «L'affaire reste mystérieuse. Un policier, étranger à la localité, aurait fait accidentellement la découverte de la vieille Jetta bleue de cette ex-réalisateure de télé. L'agent affirme qu'il n'y avait personne à bord du véhicule ni dans les alentours boisés. Les autorités policières de la région se perdent en conjonctures.» Rachel lut un numéro de téléphone et: «Toute information relative à cette disparition sera recueillie en toute confidentialité.»

Elle se regarde, photo d'une femme heureuse, partiellement enveloppée par le drapeau qui bat au vent. S'éloignant, elle se voit partout sur les différentes piles du journal. Être invisible et se voir partout!

Elle retourna à la pharmacie, piqua un autre appareil jetable. Besoin soudain d'aller croquer des images de son cher village. La papeterie sur le boulevard, la boutique de variétés et cadeaux-souvenirs, l'Atelier d'art '85, la tabagie du bas de la grande côte, la boutique du joaillier, le resto de *Nantes*, celui de *Provence*, *Chez Dino*, le Grec du carrefour, son tertre très fleuri encore, le bar discret, cachette des amateurs compulsifs de vidéo poker, le kiosque décoré annonçant l'hôtel voisin, des joueurs de pétanque au parc Grignon, ceux des tennis, les gamins dans le portique du terrain de jeu, l'imprimeur, la banque… tout. Aussi le vieux Théo? S'il se montrait de nouveau, oh oui! Capturer de la vie, la vie ici.

Elle errait. Elle était donc peut-être vivante. Puisqu'on la cherchait c'est que l'on avait pas encore un cadavre. Le sien. «Introuvable» relit-elle encore une fois à la devanture du *Petit Chaudron.* Elle s'imaginait, femme au drapeau bleu et blanc, exposée partout dans toutes les villes et villages du territoire. Peut-être même en Nouvelle-Angleterre? Une femme *missing…* Quelle importance au milieu du vaste hourvari planétaire des guerres d'Afrique et du Moyen-Orient? Aucune! Qui va vraiment se soucier d'elle? Vie sans importance, elle en prend conscience. Ses trophées, ses prix, toutes ces récompenses pour ses bons coups, toute sa carrière… Du vent?

Elle n'est qu'une rôdeuse invisible qui voudrait bien comprendre ce qui lui est arrivé un soir d'orage sur l'autoroute du Nord. Elle alla se réinstaller à la terrasse, s'empara d'une grande cafetière et versa du café dans une tasse abandonnée. Faire un geste concret, comme si elle était vivante vraiment. Elle sourit d'aise. Du café fumant, trop chaud. Ça ne goûtait rien. Le vent se fortifia. Des papiers voletaient dans les venelles du centre, aussi des feuilles mortes, déjà? Elles roulaient dans son allée dallée où des pavés se déterraient à cause de racines trop grosses. Elle n'a pas soif, ni faim; elle n'aura plus jamais soif peut-être… Elle ne goûtera plus jamais rien. Cela la navre. Redevenir qui elle était… en mieux. Mais comment? En tellement mieux, cela elle se le jure. Ni Vincent, ni les amis, ni les parents ne la reconnaîtront. Personne ne comprendra sa mue. Tout le monde sera étonné si elle revient au monde. Elle sera une autre, pleine d'empathie, empressée, attentive, remplie de compassion. Elle étonnera. La voilà étonnée elle-même. Elle songe aux misères du globe, en Afrique, en Amérique du Sud comme en Inde. Elle s'imagine prenant un avion pour aller dans ces contrées. En mission lointaine. Vincent ne lui a-t-il pas parlé récemment d'une offre de séjour de l'Unesco? Elle l'encouragera à y aller. Avec elle. Elle a changé. Elle tente de se remémorer encore le comportement des personnes qui se sont rendues aux portes de la camargue, le maudit cancer, telle amie disparue hélas, tel camarade du temps, moins loin, ses deux belles-sœurs... Dieu merci, maintenant en voie de guérison à présent. Jadis, cette voisine en ville, Mireille, sa maigreur soudaine, ses allures de fantôme un peu avant sa fin. Ces éprouvés avaient-ils changé de caractère? Elle se souvient mal. Elle se souvient du grand Gérard, un petit cousin de sa mère acadienne, un Robichaud. Elle devait avoir quoi, cinq ans? Il revenait de la guerre, estropié, manchot, amaigri, flottant dans sa vareuse kaki. Son gros sac-boudin rempli de souvenirs pour la parenté retrouvée. Ce grand cousin dépenaillé répétait sans cesse d'une voix blanche: «Ma tante, je suis revenu de Normandie, par miracle, j'ai vu la mort en face. Comme je vous vois.» Elle n'arrivait pas à bien savoir si ce jeune vétéran avait été transformé totalement par son séjour chez la Grande Faucheuse. Sa mère avait dit: «Je le reconnais plus. Gérard n'est plus le

même.» La reconnaîtra-t-on, elle, revenue à la vie ?
Soudain, vision encore : des cloisons de bois blond.
Trois secondes. Puis l'œil d'une bête. Œil qui remue. Vivant. L'œil d'un orignal ? Quatre secondes.
Elle tente chaque fois de retenir ces images furtives.
Vainement. La peur maintenant. Un goût que tout
cela finisse ; aussi ce besoin d'amour, ce vœu sincère : être l'un deux. Cette impuissance qui l'énerve
tant. Ses regrets. Mais quoi, ce serait exactement la
leçon de la mort : les regrets ? Les remords ? Elle en
est convaincue maintenant. Découvrir trop tard son
égoïsme. L'individualisme forcené. Elle a été comme
tout le monde. Maintenant elle veut se concentrer
très fort sur son embardée sur l'autoroute, mais
rien ne vient. Elle boit café sur café, juste pour les
gestes d'antan.

Ce «toujours introuvable» du journal revient sans
cesse. Éclair encore : une tête d'orignal sur un mur
de pin blond. Dans sa gueule, une pièce de tôle
marine qu'il mâchouille ! Trois secondes. Quoi ? Quoi,
cette bête clouée au mur ? Qu'est-ce ? Cela revient.
Cinq secondes. Cette fois, il lui a semblé que cette
tête remuait. Que ses yeux bougeaient. Qu'il y a eu
des battements de paupières, des clignements, les
cils, longs… Mystère. Dieu est un ours pour les uns,
un orignal aussi ? Totémisme ? Pour qui ce mani-
tou ? Pourquoi pas un caribou, ou un singe ? Totem
des chamans anciens ! Vieilles lectures anthropolo-
giques qui surgissent.

Elle se souvient, mais pourquoi ? d'un Amérindien du village. Il venait déneiger le toit chaque hiver.
Il faisait des travaux divers autour de la maison et

dans la maison. Clovis. Pourquoi se souvenir de ce Clovis? C'était un solide gaillard, les bras tatoués. Un été récent, il était venu pour couper un vieil érable malade. Pourquoi penser à Clovis Major, le tatoué pas trop vaillant, pas très fiable, qui s'employait un peu partout entre ses virées dans les bars de la région? Il n'avait peur de rien, entendu qu'il ne connaissait pas le vertige. «C'est mes oncles morts, comme mon grand-père, ses fils, qui sont allés construire les gratte-ciel et les ponts de New York, saviez pas ça, hein?» Mais, à jeun, il parlait peu, il acceptait des ouvrages à risques pour pas cher. Il riait souvent. Clovis pouvait se transformer en plombier, en électricien, en menuisier. Payable sous la table, au noir, bien sûr.

Vincent tentait parfois de le faire parler, c'était difficile. «Je suis un vra sauvage, moé, savez ça?» Il répétait sans cesse tout en souriant qu'il était maudit. On ne savait trop par qui ou par quoi. Un drôle de jobber. L'automne venu, il disparaissait. La chasse. «Mon seul grand et vra plaisir» disait-il.

Quand il avait bu beaucoup, il lui arrivait de parler un peu. De ses parents, de son père «encore plus muet que moé», de sa mère, une vaillante ancienne chef de clan, de ses fameuses cachettes en forêt en haut du grand Lac Supérieur, de ses carabines. Il avait dit: «Ma pauvre mère se fait battre des fois, mon père est jaloux de ses pouvoirs.»

Pourquoi penser à Clovis? Ces murs de pin, cet orignal empaillé… ce serait chez lui, chez Clovis Major? Rachel se souvenait de ses rires glauques, comme ceux d'un dément quand, son homme parti

[75]

en ville, Clovis Major tentait de lui enseigner comment se servir des outils de Vincent. Elle en avait peur un peu. Un souvenir plus clair lui revenait. Elle était seule cette fois-là encore et son «bon sauvage» était venu en vitesse pour réparer la vieille fournaise à l'huile de la cave. Le tatoué avait pas mal bu. Elle avait remarqué un comportement bizarre. Il semblait tourner autour d'elle, ralentir son ouvrage. Elle s'était sentie en danger avec lui. Quand il avait fini par s'en aller, elle avait été soulagée.

Trois secondes: encore l'orignal, encore la tôle dans sa gueule et les yeux qui clignent! Elle avala un reste de ce café inodore et sans goût. Une serveuse vint reprendre la cafetière et s'étonna un instant de la trouver vide. Rachel agita une main. Rien. Invisible toujours. La jeune serveuse ajusta sa jupe de cuir jaune trop courte. Belle et jeune. Elle joua dans son immense chevelure. Rachel se souvenait d'avoir été jeune. Il n'y avait pas si longtemps. La photo au drapeau l'illustrait. Il y avait eu le temps. Le vrai. Pas celui qu'elle vivait. Le temps l'avait pas mal brassée, secouée. Vincent lui répétait pourtant: «Tu es la plus belle des femmes de l'Univers.» Cela la faisait sourire. Elle disait: «Aveugle, va!» Il l'aimait tant.

Elle pensait tant à lui qu'elle se retrouva dans le bureau de leur pied-à-terre dans la métropole. Il n'était pas là. Sa déception profonde. Il devait n'être pas bien loin car elle vit sur sa table de travail des paperasses étalées, des photos aussi. Sur le comptoir de la cuisinette, les restes d'un petit-déjeuner, une poire coupée en deux, une pelure de banane, un croissant frais entamé, le pot de marmelade ouvert et du café encore chaud dans la cafetière. Il était donc en ville. Soulagement. Elle attendrait son retour. Était-il allé acheter des journaux chez le dépanneur marocain au sous-sol du vaste manoir, voisin du petit condo? Probable. Verrait-il sa photo à la une du journal? Il allait lire ce «Toujours introuvable», il la verrait avec le drapeau neuf, souriante, sur la grève. Comme il doit se désespérer, pensait-elle, et se ronger les sangs depuis cet accident! Son désarroi! Comment faire quand il rentrera pour lui dire qu'elle n'est pas morte encore? Elle veut l'imaginer encore confiant, élaborant des plans avec les chercheurs, les enquêteurs mis sur son cas. Elle tenta de laver assiette et tasse salies. Elle fit couler l'eau très chaude dans l'évier dont elle actionna le levier du bouchon. Quand elle y trempa la main, elle ne sentit rien. Elle lavait et cela restait sale! Envie de pleurer encore. Mais pas de larmes.

Elle enrageait. Elle retourna au petit bureau. L'écran de l'ordinateur s'illumina avant même qu'elle touche à la souris! Elle lut un long message sur l'écran. Elle vit une signature: Murielle. C'était la sœur bien aimée de Vincent, sa confidente, sa complice. Il appelait Murielle sa quasi-jumelle parce qu'elle n'avait que treize mois de différence d'âge avec lui. Sa sœur tentait de le réconforter, elle l'assurait que bientôt son cauchemar cesserait. De bonnes paroles chaudes. «Une intuition chez moi c'est important», lui écrivait-elle.

Puis Rachel alla examiner les photos sorties d'un vieil album. Vincent repassait-il leur vie commune en revue? Ou sa vie à lui? Photo de 1960 et il est en soutane. Un drôle de clerc avec ses allures athlétiques, son sourire à grandes dents, ses cheveux trop longs, ses yeux bien allumés. Un gitan en bon frère! À cette époque, il enseignait dans un collège privé appartenant à sa communauté. Il était professeur de dessin, de peinture, aussi de céramique. Il lui avait tout raconté de son ancienne vie. De sa famille indigente, de la trâlée d'enfants, mal vêtus, mal nourris. Un père mal instruit, souvent malade. Il était l'aîné et il avait à cœur, à 16 ans, de ne plus être longtemps «une bouche de trop» à nourrir.

Vincent lui avait souvent parlé de son père pieux, ultramontain même, bon paroissien pris dans des petits boulots toujours précaires par manque d'instruction. Un papa insécurisé perpétuellement qui souhaitait voir son «plus vieux» se mettre à l'abri en devenant frère enseignant. Il lui avait dit et répété: «Tu seras logé, nourri, habillé. Plus aucun souci à te faire, mon gars.» Il ajoutait toujours: «Et toi qui aimes tant dessiner, peindre, tu feras ce que tu aimes, tu enseigneras aux enfants ce que tu aimes tant. La belle vie, non?» Vincent-le-rêveur y alla. Une sorte de fuite. Il l'admettait. Aucune vocation réelle. C'était vraiment cela une bouche de moins à nourrir. Il eut dix-sept ans en soutane! Il l'enlevait pour aller à ses cours aux beaux-arts. Aux frais de la communauté. Il avait aimé son métier. Il aimait les jeunes et il aimait peindre. Il adopta un art moderne, automatiste, abstrait, instinctif. Il invitait ses jeunes collégiens à s'exprimer très librement, ce qui déplut beaucoup

à ses patrons en soutane. Les problèmes débutè-
rent. Les menaces aussi.

Rachel regardait une autre photo : sa classe-atelier
avec, aux murs, plein de ces libres images éclabous-
santes. Ses élèves, l'entourant, semblaient fiers et
heureux. Elle prit ensuite dans sa main une photo
du jeune couple qu'ils formèrent. Il y avait vingt ans
de cela maintenant. Le bonheur. Elle avait eu droit
à un congé sabbatique et il avait obtenu un congé
sans salaire tout en décrochant un contrat de reportage, en pigiste. Ils voyageaient. Quatre mois de
découvertes excitantes. Photos d'eux : aux Champs-
Élysées, au Louvre, sur les grands boulevards, au
Quartier-Latin, dans les bois des alentours de Paris.
D'autres photos : À Nice, à Arles, à Avignon, aux Baux
de Provence… Les photos s'accumulaient : ensemble
à Rome, Pise, Sienne, Florence. Puis à Londres. Le
doux temps des amours débutantes. Rachel voulait
pleurer. Sa vie était-elle terminée ?

Vincent, défroqué, fit de l'étalage de vitrines
d'abord. Il peignait par les soirs et les week-ends.
Vers 30 ans, il bifurquait. Il était devenu un homme
qui écrit. Sa nouvelle passion, sa deuxième carrière
eut un déclencheur : ce terrible pamphlet qu'il osa
faire éditer pour oser fustiger *L'enseignement de l'in-
culture*, le titre de son ouvrage. Son brûlot fit des
vagues, il eut un fort succès et lui mérita un voyage
d'études théologiques. En Suisse dans un collège
sévère. Cet exil obligé lui ouvrit les yeux. Revenu,
Vincent voulut récidiver avec un nouveau pamphlet.
Ce fut son congédiement et : «Adieu la soutane,

le froc aux orties!» Honte des parents pieux, accablement!

Une photo les montrait à la porte d'un studio de télé. Rachel se souvenait bien de ce jour du coup de foudre dans un studio où Vincent avait été invité à palabrer sur la pédagogie nuisible d'ici. Elle l'avait trouvé tout à fait de son goût ce rueur dans les brancards, était allé lui parler et leurs regards prirent feu! Un grand galop d'amour commun.

Elle rejeta d'un geste ce fatras de photos anciennes. Il y avait un avenir, il fallait y croire.

Elle devinait la détresse de Vincent quand elle alla à la chambre et qu'elle constata le désordre. Il y avait du linge au sol, sur les commodes et en travers du lit, un désordre qui en disait long. Elle qui avait fini par lui apprendre à «se ramasser». Dégât évident. Le désarroi. Elle en eut mal, très mal. Elle alla griffonner sur un bloc au bureau. Elle traça au feutre noir, en grandes lettres: JE NE SUIS PAS MORTE. JE TE REVIENDRAI BIENTÔT. R.

Elle se sentait fiévreuse. Elle ajouta sur un carton brun qui traînait: «Vincent, mon amour, ne te décourage pas, je suis quelque part où il y a des planches de pin partout et, au mur, une tête d'orignal.»

Au cas où, se disait-elle.

Elle devenait folle, ne savait plus quoi faire, quoi ajouter, ne trouvait pas ses mots. Elle resta là, figée, perdue, un long moment, le feutre entre ses doigts et... elle vit alors les lettres de ses messages s'estomper, un effacement lent!

Quand elle retourna à la chambre pour replacer son linge sur des cintres, ce fut peine perdue aussi, ses vêtements se retrouvaient, aussitôt accrochés, de retour sur le lit, sur le plancher, épars. Au petit salon du condo, elle vit un bouquet d'orchidées, blanches et mauves avec des picots rouge sang. Sa fleur favorite. Un carton disait : « Courage mon frère, tout a une fin. Raymond. » Elle vit ensuite une lettre ouverte et la lut : « Tiens bon, Vincent ! Ça ne va plus durer bien longtemps, c'est impossible, on la retrouvera vite. Crise d'amnésie peut-être ? » C'était signé par la benjamine de sa famille, Marie-Paule. Le tampon de la poste prouvait qu'il y avait au moins trois jours qu'elle était portée disparue. Rachel, désespérée, contemplait les orchidées et une vision surgit encore, celle d'un énorme bouquet de roses rouges !

Trois secondes. Rachel en eut peur. Cela, ces roses rouges, lui était étrangement familier… Des roses rouges dans une anguillère ébréchée sur un meuble rustique !

Elle ouvrit la porte-patio, alla sur le balcon, aperçut deux énormes corneilles au plumage de goudron luisant. Mauvais présage ? De nouveau, la vision du bouquet de roses, grandes ouvertes, fanées. Sa peur. Quel était donc le message ? Où allait-elle encore se voir transportée ? Sa peur. Elle souhaitait rester là, à l'attendre. Aussi elle s'efforçait de ne penser à rien. Elle entendit le son d'une cloche et vit sortir en criant les fillettes d'une école juive en haut de l'à-pic aux feuillus. Les lugubres oiseaux noirs s'envolèrent.

Éclair : l'orignal. Deux secondes. Allait-elle revenir à la vie réelle dans un cabane, un chalet de chasseurs ? Elle revit le pin blond, trois murs de planches, vernies. L'image persista, venait, partait et revenait. Une insistance troublante.

Ça y était? Elle allait enfin savoir où elle était, retrouver son vrai corps?

Non, rien. Plus de vision. Elle alla s'asseoir à la table à dîner du condo. Ils ne venaient ici, l'été, qu'une fois par semaine. Et pas toujours. Par exemple quand Vincent avait un engagement. À la radio ou à la télé. Il aimait bien y aller jouer le libre-penseur, cela l'amusait. Ils y descendaient aussi pour une pièce de théâtre toujours choisie par elle, la dévote de nos scènes. Ou pour un film rare, de répertoire ou une nouveauté cinématographique qui faisait l'unanimité des critiques. Ou encore pour un souper de leur Groupe des Sept.

Elle alla décrocher le téléphone sur une table d'appoint. Aucun timbre. Silence total. Une ligne morte? Il y avait des messages enregistrés sur le répondeur. Elle fit se déclencher l'appareil. Le mécanisme ne bougea pas.

Quoi faire, où aller? Elle entendit une clé qui tournait dans la serrure de l'entrée. Son cœur battait fort. C'était lui! La porte s'était ouverte très lentement. Elle aurait pu le voir, mais elle s'était concentrée sur les orchidées, et puis aussitôt les roses réapparurent ainsi que l'orignal. Elle y fut! Elle se voyait! Sosie, jumelle, clone! Elle se voyait en plongée, étendue sur un lit étroit. Elle désira aussitôt réintégrer ce corps, le sien. Elle s'y engouffra. Elle avait mal à la tête, à sa jambe gauche aussi. Enfin, enfin, elle était quelque part, bien en chair et en os. Enfin! Adieu au fantôme du centre commercial! Bon débarras! Elle s'était retrouvée. Elle se tâtait les cuisses. On lui avait installé des sortes de planchettes le long des deux jambes. Des supports? Il y avait bien ces murs de pin et cette tête d'orignal clouée sur l'un d'eux. Elle essaya de remuer et éprouva une douleur intense à sa jambe gauche. Cassée? Où était-elle donc? se questionna-t-elle, angoissée. Ce carcan aux jambes, on voulait l'immobiliser? Cette chambre rustique n'avait rien à voir avec celle d'un hôpital ou d'une clinique même rudimentaire. Elle devinait qu'elle était une otage. Prisonnière de qui? Sur une vieille commode, elle vit des petits bocaux de comprimés et des pansements. Rougis! Sur une table bancale, une grande cuvette d'une faïence ancienne, d'autres linges souillés, des flacons aux liquides louches. On la soignait donc. Qui? Elle se pencha, eut mal au cou, vit un chaudron rouillé par terre, recouvert d'un carton sale: pot de chambre improvisé? Elle tendit l'oreille. De lointains piaillements d'oiseaux, par séquences brèves et le silence surtout. Une cigale stridula pas bien loin. Elle se savait dans une région isolée, on l'avait amenée loin de tout? Le store troué était tiré à demi, des tentures déchirées encadraient l'unique fenêtre. Qui vivait ici, qui prenait soin d'elle? Pourquoi? Elle n'était pas quelqu'un de riche. Il ne pouvait donc s'agir de rançon.

Enfin, elle entendit des bruits venant de l'extérieur. Le bruit d'une scie mécanique. Elle avait hâte, très hâte, de rencontrer son infirmier inconnu. On coupait du bois, la cigale s'était rapproché, c'était une campagne calme, elle était bien heureuse de se savoir en vie, de s'être retrouvée, d'en avoir fini avec son statut de revenante et ses visions. Elle restait inquiète toutefois : comment comprendre ce qu'il lui était arrivée exactement, ce qu'elle faisait avec ces attelles dans ce lit crasseux ? Par la fenêtre ouverte, garnie d'une moustiquaire métallique, elle apercevait de longues et lourdes branches de pin qui remuaient sous le vent.

C'était bien clair, elle était loin de tout, en pleine campagne. Laquelle ? Elle aurait voulu pouvoir se lever, marcher à la fenêtre. Elle n'avait plus ses anciens pouvoirs. Complètement immobilisée par ce carcan aux jambes. Non, elle ne pouvait plus bouger, aller où elle le voulait comme lorsqu'elle était dans son semi coma. Plus aucune fuite possible désormais ? Être revenue à elle, en elle, mais blessée, impuissante. En se tournant, malgré la douleur, elle vit l'énorme bouquet de ses apparitions. Des roses rouges fanées sur une table dans l'angle d'un mur. Tout devenait plus clair. Elle n'était pas morte dans cet accident sur l'autoroute. La tête d'orignal la fixait de ses gros yeux morts. Yeux énormes qui ne cillaient plus du tout.

Elle voulait se souvenir mieux. Elle roulait dans sa vieille Jetta. Il tombait une pluie à verse, aveuglante. Les essuie-glaces de sa voiture arrivaient mal à chasser les trombes d'eau. Il y avait des éclairs d'orage dans le ciel, aucun tonnerre. Bon. Elle s'y retrouvait un peu mieux. Il y eut une jeep, une vieille, du modèle classique, en travers de la route à deux voies, des phares de secours qui clignotaient. Elle se souvenait de ses furibonds coups de klaxon, de sa peur, aussi de son furieux coup de volant, de sa tentative de freiner brusquement. Elle se rappelait, impression affolante, que ses freins n'obéissaient plus quand elle donna de grands coups de pied. C'est ça, oui, la panique, elle dérapait, ses cris, elle fonçait tout droit dans l'accotement... puis sa sortie de route, le boisé, les secousses horribles. Un tronc d'arbre. Un grand bang! Et puis le noir absolu. Le silence absolu. Elle a mal partout, sa vue embrouillée, elle va s'évanouir...

Plus rien ne lui revient à la mémoire. Juste ce choc terrible et black-out! Ainsi, il se pouvait que l'on ait saboté sa voiture? Ces chercheurs disaient donc vrai? Qui donc était venu à elle? Le conducteur de la jeep aux phares clignotants? Il l'a retrouvée, ramassée et emportée pour la cacher ici? Ce bon samaritain, qui était-il donc? Pourquoi la garder dans ce camp de chasse?

Le bruit de la scie à pétrole avait cessé et elle entendit les aboiements d'un chien dans le lointain. Puis des cris de corneilles, moins loin. Vincent riait de sa haine farouche pour les oiseaux noirs. Démontée quand elle en voyait au bord du lac, elle sortait aussitôt sur la galerie et tapait furieusement dans ses mains, faisant des oush, oush, des fuisch, fuich, inutilement. Vincent disait chaque fois: «Toi si douce, si pacifiste, ta rage violente pour de simples bestioles noires! Tu m'étonnes.» Le chien aboyait plus fort au moment où elle entendit des pas dans l'entrée du cabanon, et puis une porte que l'on refermait violemment. Une porte à moustiquaire, elle en reconnaissait le bruit, se souvenant des portes de son enfance, à Hull, à Sainte-Rose, à Aylmer.

Les corneilles persistaient dans leur vacarme. Elle essaya de remuer, grimaça de douleur, sa jambe gauche... la blessure était au niveau de la cheville. Son cou lui fit mal et elle se rendit compte qu'on lui avait installé une sorte de licou fait de bandes de toile rugueuse. Elle avait aussi un bandeau enroulé autour du front. Elle se tâtait partout, constata que son épaule gauche était enveloppée d'un épais pansement. Elle toucha sa tête, ce fut douloureux, sa main en fut tachée d'un peu de sang. Le sang de ses visions?

L'inconnu n'était plus loin, elle l'entendait qui remuait des objets à côté. Il allait bien finir par s'approcher d'elle, lui expliquer sa haine, sa fureur, les raisons de tout cela. Il rangeait des choses dans une cuisine, bruits de portes d'armoires qu'on ouvre et referme, bruit de poêlons, de casseroles, de chaudrons. Et puis des pas qui se rapprochent... et, enfin, il lui apparut.

Il avait ouvert très doucement la porte de sa chambre. C'était donc lui! Elle n'en revenait pas. Lui, Albert! Albert Marois, un comédien raté, un acteur inemployé qui l'avait harcelé si longtemps.

Il la regardait en silence tout en tenant un plateau dans ses mains. Il semblait fier de lui, les yeux brillants, un mince sourire, celui d'un vainqueur.

Elle avait émis un petit cri d'étonnement. Quelle surprise! Elle n'avait pas revu ce soupirant contrarié depuis si longtemps. Des années! On disait qu'il avait abandonné sa désastreuse carrière d'acteur, chômeur involontaire si souvent.

Elle aussi le regardait intensément. Elle était si soulagée de savoir enfin qui était son ravisseur, son geôlier, si heureuse surtout de se savoir toujours en vie! Elle esquissa un mince sourire. Il lui restait à comprendre la raison de cet enlèvement. Albert Marois, géant, toujours bel homme, finit par lui dire de sa voix bien placée: «Hier soir, Rachel, tu ne pouvais même pas manger. Ce matin, j'ai vu que tu allais t'en sortir. Regarde, je t'ai fait cuire des œufs durs. Tu te souviens, à la cafétéria, l'été? Tu aimais beaucoup les œufs durs dans ta salade.»

Son sourire, encore. Il dépose le plateau de bois écaillé sur une petite table proche du lit. Elle voit les tranches de pain doré, de la confiture, un verre de lait, une grappe de raisins et des ustensiles. Albert, les mains maintenant pleines de coussins, tente de la remonter, il y va prudemment. Elle en a des petits cris tant elle a mal. Albert s'excuse, replace le plateau sur son lit: «Mange un peu, tu en as grand besoin. Tu m'as fait vraiment peur ces derniers jours, tu partais, tu revenais.»

Il ajoute des coussins derrière son dos, sa tête. Elle tente de se redresser un peu. Dehors, la cigale, puis les corneilles, puis le chien enragé, un climat sinistre. Elle prend des raisins, boit du lait, ne le quitte pas des yeux un instant. Il se laisse tomber dans une chaise berçante au treillis de chanvre déchiqueté. Il porte des bottes lacées en cuir jaune,

une chemise à carreaux, celle des bûcherons. Il garde le silence. Il garde aussi son sourire chétif. Il la considère tel un médecin observant sa patiente.

Elle vide le verre de lait, lui dit : « Tu peux m'expliquer, me dire ce qui s'est passé, ce que tu as fait ? »

Il se frotta le visage longuement, enleva et jeta par terre son chapeau de feutre et alluma un cigarillo. Il finit par ouvrir et refermer la bouche, comme s'il cherchait ses mots, puis se leva, alla à la fenêtre, revint aussitôt vers elle, s'installa sur un pouf de cuir ruiné, allongea ses longues jambes bottées.

Il finit par parler enfin : « Il y a, euh… il y a si longtemps… Euh… je ne pouvais plus retarder, euh… je veux dire, attendre. Tu finiras par tout comprendre. C'était toi ou moi, j'ai voulu me tuer, Rachel, tu le sais pas, ça. »

Il se leva de nouveau pour quitter brusquement la chambre. Elle s'écria : « Une minute, reviens ! Je comprends rien, reviens, attends ! » Il claqua la porte. Le chien enragé aboya de nouveau, au loin. Elle se dit qu'Albert n'osait pas lui dire la vérité. Qu'il se savait mal pris maintenant. Peut-être avait-il peur, très peur, songea-t-elle. On la recherchait partout et il devait bien le savoir. Grand danger pour lui désormais. Elle l'avait vu cligner très nerveusement des yeux quand il s'était expliqué. Oui, c'était cela, il se savait perdu. Il lui semblait même avoir vu ses mains trembler. Il savait être allé trop loin, trop fort. Il savait bien qu'il avait commis une énorme bêtise.

Rachel se dit qu'elle devait sans doute avoir affaire à un autre Marois que l'ex-acteur qui, jadis, hantait les corridors et son bureau, se lamentant sans cesse du fait qu'on ne l'utilisait pas. Un autre Marois, un détraqué l'avait enlevée un soir d'orage. Elle se disait qu'il allait falloir ruser avec lui. Le ramener à la raison, le secouer, surtout le convaincre de la libérer et rapidement.

Comment devait-elle s'y prendre? se questionnait-elle. Elle avait mal, si mal à la tête, à l'épaule et à sa jambe. Comment garder son calme et parvenir à raisonner ce kidnappeur déboussolé? Quoi lui dire? Vivait-il une crise de démence passagère ou s'était-il évadé d'un asile? Elle n'en savait rien. Était-il drogué pour avoir imaginé, manigancé et l'accident et l'enlèvement? Avait-il agi seul?

Le choc de la surprise était passé. Elle souhaitait ardemment le retour du comédien dans sa chambre. Elle allait jouer un jeu, le jeu de celle qui va pardonner, tout excuser. Elle dira: «Un moment de folie. J'oublie.» Vite, il lui fallait de vrais soins, un vrai secours, un vrai lit d'hôpital, vite, très vite!

Chapitre 4

❖

Je vois mieux. Je sais mieux. Ce qui m'arrive, ce qui m'est arrivé. Je vois clair davantage. Albert Marois! Je me suis souvenu de tout. Cet acteur n'avait pas un bien grand talent. On peut dire qu'il végétait. Il venait souvent rôder dans nos couloirs, à l'étage des dramatiques. C'était normal. Il quêtait, quoi. Comme tant d'autres.

Le jeu. Il cherchait à se faire employer coûte que coûte. On ne lui donnait que bien rarement la chance de se faire valoir. Parfois, Marois parvenait à décrocher des petits rôles, des figurations, souvent au secteur des émissions pour enfants. Marois n'avait jamais étudié dans une école reconnue d'art dramatique. Il était plutôt un autodidacte. Un après-midi, dans mon bureau, il m'avait dit : « Nous autres, les *self-made-men*, les sans-diplômes, on nous méprise. C'est vrai. »

J'essayais de l'encourager un peu. Cela m'accablait de voir toute cette troupe de gens de théâtre, jeunes et beaucoup moins jeunes, tournoyer autour de nos bureaux de réalisateurs. Il n'y avait pas assez de travail pour tant de monde. Chaque année, il me semblait que le peloton des candidats à la renommée grossissait. Quelques collègues, comme moi, en étaient fort attristés. On entendait sans cesse : « Toujours les mêmes qui ont de l'emploi. » Ce n'était pas tout à fait faux. Nous avions, à la télé, si peu de temps de répétitions que nous craignions parfois de travailler avec des inconnus. Je dois l'avouer. Rien à voir avec le théâtre ou le cinéma. Notre médium exigeait du talent solide, expérimenté, si on voulait voir s'incarner rapidement et efficacement les personnages à faire naître. Marois décrochait des contrats spéciaux, hors de notre petit monde, on entendait dire qu'il allait dans des places publiques, en véritable homme-sandwich, dans des déguisements farfelus, pour vanter des produits, savons et parfums, peintures nouvelles, appareils ménagers, etc. Ou bien il se faisait voir en porte-parole lors de lancements de services nouveaux au domaine des assurances ou de l'immobilier, avec des tournées au fin fond des provinces. Il enrageait de tant de piétinements. Il avait une très haute opinion de ses capacités, il était un grand comédien ignoré, méconnu et… malchanceux. On le laissait dire. Un soir, au bureau, je piochais sur un découpage difficile pour une scène compliquée, il s'amena tout guilleret. Avec un bouquet de roses rouges. Il m'avait dit : « Aimes-tu les roses ? C'est ma fleur favorite. C'est pour toi, ma belle Rachel. »

Mon Vincent ne pensait pas souvent à m'offrir des fleurs. Il était très pris à cette époque. Très populaire. De plus, on venait de lui offrir, son grand rêve secret, l'animation d'une série culturelle, pour un réseau de télé tout neuf. Lui, en débutant ? À son âge, c'était beaucoup de stress. Il avait peur de ne pas être à la hauteur de cette commande culturelle toujours casse-cou. Comment rendre populaire, un peu populaire, le petit monde des bouquins ? Il en bavait pas mal. Je me faisais toute petite. Un rien l'énervait. Je l'encourageais du mieux que je pouvais. La critique allait être sévère à son endroit : « Il écoutait mal, paraissait ultra nerveux. » Semaine après semaine, il se faisait écorcher et au bout d'un seul mois, des chroniqueurs recommandèrent son départ. Il en avait été furieux. Lucide, il avait pourtant prévu l'échec et… ce fut un échec : indice d'écoute maigre et hop, la porte ! Pas de roses pour sa dulcinée, en ce temps-là.

J'ai davantage mal à mon pied qu'à mon épaule et je me demande quand Marois reviendra dans la chambre pour mieux s'expliquer. Il faut que je sache tout. Un jour, tout me revient, j'avais été hospitalisée, les amygdales. À mon âge ! Marois s'était amené avec, encore, un gros bouquet de roses rouges. J'entrais dans la quarantaine. Lui aussi. Il m'avait paru fringant et abattu à la fois. Dans le fauteuil des visiteurs de ma chambre, il avait avalé beaucoup des chocolats offerts par Vincent, aussi des bonbons gélatinés apportés par une de mes amies, l'actrice Monique Maher. La bouche pleine, nerveux, il m'avait déclaré subitement : « Rachel Richer, je suis tombé amoureux. Amoureux fou de toi ! » Ma stupéfaction.

Je ne savais pas trop quoi lui dire. Évidemment, j'avais bien remarqué, depuis pas mal de temps, qu'à chacune de ses visites au bureau, il m'enveloppait de mots mieux que gentils, de regards tendres, de compliments chaleureux. À ses yeux, j'étais la plus douée de mon département, la plus intelligente… et aussi la plus belle, la plus excitante. Je me moquais de lui gentiment.

Par la suite, au lendemain de chacune de mes émissions, Marois venait sur mon étage de bureau, me décrivait minutieusement mon travail de réalisation. «Tu as de ces trouvailles géniales», répétait-il. À l'entendre je devais absolument aller vers le cinéma, j'y occuperais rapidement, disait-il, le premier rang. J'étais une metteure en scène surdouée. Sans rire, un jour, il lâcha: «Ta façon unique de faire bouger ta bande d'ados, hier soir, c'était du Fellini, et en mieux!» Cela me faisait rire. Cette fois-là, je lui avais dit: «Tu viens d'être nommé président de mon fan club, Albert. Hélas, il n'y a que deux membres, toi et moi.» Il ne riait pas. Il me faisait une cour intense, mes camarades finirent par le remarquer. La rigolade quand il se ramenait avec ses roses. On me taquinait. J'étais mal à l'aise. Je ne savais pas trop comment le refroidir sans l'insulter. J'aimais tant mon Vincent. Marois, comme tout le monde, le savait bien, pourtant. Nous formions un couple emblématique, j'y reviens, c'était l'expression un peu ironique des collègues de la boîte. Mais on aurait dit que Marois voulait ignorer le fait. Il agissait comme un prétendant libre, sûr de triompher tôt ou tard. Un temps vint où il ne se passait pas une semaine sans qu'il ne me fît un cadeau. Il me dénichait des présents coûteux parfois. Je protestais, je refusais, il fuyait mon bureau en riant.

Étais-je flattée au fond? Je ne crois pas. J'en avais un peu pitié. En mon absence, malgré les protestations de ma vigilante scripte, il épinglait sur mon babillard des cartes remplies de mots ardents. Puis excédée, embarrassée aussi, je fis part à Vincent de ces avances. Du zèle intempestif de l'acteur Marois. Il rigola. À la longue cependant, je le vis s'assombrir. Il était très jaloux. J'eus beau lui dire très clairement que cet Albert Marois perdait son temps et son argent, qu'il me faudrait un comédien autrement plus doué et plus sexy pour me séduire un tantinet, Vincent resta perplexe, inquiet même.

Oui, un jaloux, et j'aimais sa jalousie. Il tenait donc à moi. C'était insensé, tout de même, cette cour effrénée qui allait s'accentuant. Un soir que Vincent pestait contre ce *con de maudit Marois collant*, je lui avais dit: «Pourquoi jalouser un acteur à si faible réputation? C'est de la folie.»

Marois devenait toutefois bien encombrant avec le temps. Je l'avertissais constamment qu'il perdait vraiment sa peine. Il disait: «Bof! Je ne suis pas pressé. Un jour tu comprendras que jamais un homme ne t'aimera comme je t'aime, jamais.» Je le jugeais fou. Mais inoffensif. C'était stupide. Il m'arrivait de m'en vouloir: pourquoi ne pas l'éconduire définitivement, le décourager à fond et une bonne fois pour toutes? Comment lui faire bien comprendre que j'étais la femme exclusive d'un homme qui m'aimait, que j'aimais? Qu'il n'y aurait jamais *d'après Vincent*? Il arrivait, rarement mais cela arrivait parfois, que les deux hommes se croisent à mon bureau quand Vincent venait me chercher, dans une rue proche du bureau, dans un restaurant, une boutique. C'était comique et triste à la fois. Ils ne se saluaient même pas. Marois quittait ce magasin, ce resto, avec ostentation, le visage long, bougonnant, faisant voir clairement sa déception. Un jeu niais de sa part, je trouvais.

Un midi, le voyant venir à ma rencontre avec une rose rouge à la main, je lui dis carrément : « Ça suffit, c'est assez. Je ne veux plus te voir, Albert Marois, c'est clair ? » Je lui expliquai qu'il devait mettre un terme à ses galanteries vaines. « Sinon, lui dis-je, je serai haineuse, très méchante avec toi. »

Il ne dit rien. Je vis, avec étonnement, qu'il pleurait. De vraies larmes. J'en fus bouleversée, attristée surtout. Il ne m'était jamais arrivé une histoire semblable. Enfin résigné, je m'en souviens, il avait fini par s'éloigner, silhouette courbée, un homme écrasé de chagrin. Je me sentais coupable, me répétant qu'il eût fallu, dès la première fleur offerte, lui mettre rudement les points sur les *i*. Il ne me ficha la paix que quelques semaines. Très tard, un soir, il eut le toupet de me téléphoner à la maison. Je me rappelle, Vincent lisait au lit une biographie de Sartre et moi celle de Marguerite Duras. Au téléphone, Marois m'avait annoncé : « Je m'en vais, Rachel. Je pars pour longtemps. Tu seras délivrée de moi. Je quitte le pays. Je m'exile chez un cousin riche au Mexique. Je voulais te dire adieu ! » Il avait raccroché brutalement après m'avoir dit : « S'il m'arrive quelque chose de grave, d'irréparable, tu sauras que tu en es la cause. » Quand je lui répétai ces propos, Vincent resta muet puis finit par dire : « Bon débarras!» Les lampes éteintes, il me dit: «Je ne suis pas surpris du tout, tu sais. Tu ne sais pas à quel point tu peux inspirer la passion, mon amour.» Il s'était mis à décliner mes atouts, mes grandes qualités, ma beauté… je le laissais parler, me disant: «Cet homme t'a divinisée, c'est formidable», mais je n'écoutais que d'une oreille, connaissant bien mes limites en tout. Je me disais: «Quelle chance tu as, ma fille, ton homme t'aime profondément.» Il m'aimait. Tout allait bien. Le grand bonheur à deux, partagé. J'étais comblée. Cette fois, dans ce lit étranger, souffrante, je pleure. Cette fois, il y a des larmes. Des vraies. J'ai peur. Je vois encore mieux ce qui a déclenché sa noire action. J'appellerais cela *L'affaire Zénon*. Avant de prendre une retraite anticipée – ô la belle prime de séparation alléchante pour se débarrasser des gens! –, le directeur des dramatiques m'avait choisie pour mener à bien un projet important. «Il n'y a que toi pour y parvenir», m'avait-il dit, confiant et enthousiaste. Il s'agissait d'une mini-série, six épisodes de 60 minutes, et les textes portaient une signature prestigieuse, celle de Marie-Jeanne Brossard.

C'était une romancière qu'on ne voyait jamais, nulle part. Une sauvageonne aux talents reconnus à l'étranger. Elle refusait toute publicité. Personne ne savait au juste où et comment elle vivait. Un jour, un écho disait que cette auteure vivait au Portugal, un autre jour qu'elle vivait en Argentine! Elle refusait toute publicité, se contentant de publier un roman aux cinq ans. Un grand mystère, cette Brossard!

Surprise de tout le milieu à l'annonce publique qu'elle voulait, enfin, tâter de la télé dramatique et qu'elle ne méprisait pas du tout le petit écran populaire si souvent tenu pour un piètre moyen d'expression chez les élites littéraires. J'étais donc l'élue, l'héritière de ce cadeau rare et ne cachais pas mon exaltation et ma hâte. La section avait reçu, par la poste – prouvant qu'elle vivait dans le Finistère –, quatre premiers scénarios dialogués. Une lettre spécifiait que Brossard refusait toute publicité personnelle. Aussi, qu'il n'était pas question qu'elle remanie ses textes. Bref, c'était à prendre ou à laisser. Je les avais lus et en avait été emballée. Brossard dépeignait un monde mal connu, celui des pêcheurs isolés avec, au cœur de sa fresque maritime, un drame familial atroce. Gens de cabotage dans le golfe, personnages hiératiques menant une existence d'une frugalité rare.

Cela allait nous changer des sagas niaises avec les falots personnages de la petite vie moderne dans l'inévitable grande ville. Je m'y étais jeté avec entrain, avec zèle. Ma corporation avait cru utile de pavoiser. Une imposante campagne publicitaire avait été organisée, inutile de dire que l'auteure Brossard n'y avait pas participé, mais tous les médias avaient fait écho favorablement au projet. «Brossard, une prise inattendue», avait clamé le plus grand quotidien de la métropole. La série titrée *Zénon loin de son port* allait être un événement, une série-culte. Rien pour me calmer. J'avais décidé et révélé publiquement que ce serait mon dernier opus en télé,

j'étais lasse des budgets ratatinés et des organi-
grammes bureaucratisés.

Comme tout le monde, Albert avait lu cette pré-
publicité triomphaliste : le héros principal, Zénon,
était « un personnage hors du commun, vraiment singulier, poète illettré, mais intrépide caboteur, bref,
un marin inoubliable ». L'énamouré, pas du tout
échaudé par mes rejets, refit alors surface dans mon
cagibi. « Le rôle d'une vie pour un acteur, ce Zénon »,
avait écrit un reporter. Donc, un matin, Albert Marois
s'amena, exalté, pétulant et, aussi, fragile. Roses rouges
plein les mains, il me parla d'une voix fébrile : « Rachel,
tu dois me donner ce rôle, ma chance enfin. Je m'y
consacrerai à fond. » Marois était Zénon, point final.
Il avait eu un grand-père maternel fameux marin, il
avait aussi un grand-oncle qui avait fait du cabotage
sur les goélettes du grand fleuve ; à l'entendre, toute
son enfance avait été nourrie d'images marines. Je
n'en revenais pas de son culot. Il insistait : « Avec ton
génie des images, je te ferai un pilote inouï. Ma
confiance en toi est géante, je t'écouterai avec une
docilité exemplaire. » Albert m'arrosait plus que jamais de compliments. Selon lui, nos deux talents réunis allaient faire un malheur. Je ne disais rien. « Enfin !
clamait-il. Les populations ingrates vont reconnaître
mes brillants talents d'acteur. » Je ne disais rien.

Avant de s'en aller, il osa : « Au nom de mon amour
contrarié, au nom de l'amour que je te porte depuis
si longtemps, tu me dois cette chance rare. » J'étais
muette. J'avais déjà en tête Yves Gagnon, surnommé
le beau Yves, qui avait, lui, déjà fourni des preuves de

talent irréfutables. Yves Gagnon était la coqueluche de tous nos théâtres. Il avait interprété magistralement divers héros, ceux de Camus, de Beckett, de Tchekhov. À mon premier coup de sonde, Yves, indépendant, m'avait seulement dit : « Ce serait bien. » Il voulait lire d'abord. Normal.

Richard Arpin, mon patron, m'avait prévenue : « Rachel, c'est un personnage hors du commun, si différent de la pâtée populaire, il te faut un acteur très aimé pour aider le grand public à s'attacher à un tel zigue. » C'était clair comme message. Il me fallait Gagnon, le bien-aimé. Zénon, c'était un rôle difficile, éblouissant, mais d'un caractère fort inusité. Au cinéma, Gagnon venait de faire florès dans le film *Le temps des bêtes*, à la fois populaire et complexe, rôle d'un jeune ermite, unijambiste, collectionneur de chats abandonnés. Oui, il me le fallait, le beau Yves. Je devais attendre qu'il se libère d'abord d'un alléchant contrat. Soit, j'attendrais. Mon matelot iconoclaste, c'était lui ou personne !

Indigné de mon silence, Albert Marois était revenu me voir, les yeux exorbités, à court de salive : « Si tu ne me donnes pas ce rôle, j'irai me tuer. » J'avais ri. À faux. Il me faisait un peu peur. Le milieu chuchotait qu'il avait attrapé une sale maladie au Mexique, qu'il divaguait, qu'il en était revenu plutôt fêlé. Rien pour me rassurer. Une vieille actrice qui venait de jouer à la radio avec lui m'avait révélé : « Ton courtisan, Marois, le Mexique ne lui a pas fait, il se dit poète maintenant. Des vers faits d'onomatopées, un galimatias. Il m'en a lu quelques strophes, je n'ai rien compris.» Il revenait chaque jour, insistait, guettant ma réponse. Je ne voulais pas le tourmenter. Je finis par lui parler d'un rôle, un compagnon de Zénon, muet. Il devint comme enragé. «Non, non, je veux jouer ton anarchiste philosophe ou rien!» Je lui expliquai: «C'est un beau rôle, tu verras. Ce constructeur de barques fait bifurquer l'histoire à un moment donné, tu liras et tu verras.» Il refusait la copie offerte, criait dans mon bureau: «Je veux Zénon!» Il en tremblait, il avait un peu d'écume aux lèvres. J'en avais eu très peur. Un jour qu'il était revenu hanter mon espace, je lui avais dit: «Albert, c'est le menuisier muet ou rien.»

Il avait fini par quitter mon bureau avec une tristesse totale, voûté, comme anéanti. J'en avais eu vraiment pitié. Je me demandais comment un acteur qui n'avait jamais rien pu prouver de solide, ni rien illustré de transcendant, pouvait prétendre qu'il était tout désigné pour incarner mon singulier marin, Zénon! Espérant le refroidir, je lui avais souvent parlé des difficultés du rôle, bizarreries, comportements inexplicables, traits de caractère inusités, actions déconcertantes… Rien à faire, plus je lui révélais l'étrange psychologie de Zénon, plus il proclamait: «C'est pour moi, c'est tout à fait dans mes cordes!» Lors d'un lunch avec Richard dans un café, je lui avais fait part de l'insistance de Marois. Il m'avait dit: «Tu ne le sais pas? Il est revenu de ce séjour mexicain complètement sonné. C'est un dingue. Parano et mégalomane, un fou!» J'avais eu de la peine pour lui. Et j'étais inquiète. Il y avait une telle folle détermination dans les yeux verts d'Albert. Chaque fois qu'il me crachotait des «je me tuerai», «je veux ma chance», je frissonnais.

Yves Gagnon signa le contrat. J'étais heureuse. Je ne revis plus Marois. Les semaines passèrent. Je n'entendis plus parler de lui. Je travaillais fort à mes découpages et, un soir, à la télé, je l'aperçus dans une publicité de crème à barbe. Des mois plus tard, j'étais dans une salle de montage, je l'aperçus sur un moniteur de régie dans un rôle de bouffon, vêtu en sieur Pantalon, recevant des coups de pied dans une émission pour la jeunesse. Il ne s'était donc pas tué.

Hélas, mon Zénon n'avait pas obtenu un énorme succès. Seul un public connaisseur avait apprécié. Le grand public, habitué aux historiettes sentimentales, n'avait pas suivi, bouda ce touffu conte symbolique. Le beau Yves me consolait: «C'est fait et c'est bien fait. Tu verras, Rachel: on va repasser ça un jour et ce sera la tardive reconnaissance de vos audaces, à toi et à Marie-Jeanne Brossard.» J'aimais le croire. J'avais été si déçue! Yves s'était tant donné et moi j'avais travaillé comme jamais. Mon adieu aux caméras fut donc une sorte d'échec. Marie-Jeanne, indifférente aux échecs comme aux succès, continua de se cacher de tout le monde, publia un nouveau roman pour ses aficionados.

Cette cabane sinistre! J'avais moins mal. Est-ce que je prenais du mieux? L'orignal me fixait de ses grands yeux torves qui ne bougeaient plus. Le silence. La chambre me paraissait maintenant vraiment sinistre. Un chat, tout noir, aux poils arrachés, entra, fit le tour, s'en alla comme il était venu. Et lui, mon dément, que faisait-il, où était-il ? Plus j'y songeais, plus je me disais que, oui, c'était sans doute cela, ce *Zénon* refusé, qui avait engendré cette misérable mésaventure. Je ne voyais rien d'autre. Un jour, on m'avait dit qu'Albert Marois avait abandonné la carrière d'acteur. Plus tard, mon amie Monique m'avait rapporté qu'on avait parlé de lui dans un reportage – un hebdo régional. Albert était devenu guide pour pêcheurs américains sur des rivières à saumon ; l'hiver, en organisateur de randonnées avec traîneaux à chiens pour touristes européens. Il y avait des photos, ses coordonnées. Il demandait à ses ex-camarades de lui écrire.

J'avais éprouvé une sorte de mauvaise conscience. Aurais-je dû lui envoyer un petit mot, lui manifester un peu d'empathie ? Ce reportage parlait d'un grave accident survenu lors d'une chasse à l'orignal. Je n'en fis rien. Dans mon bureau, il n'y eut plus de roses rouges, mais maintenant, l'énorme gerbe dégageait des odeurs mortuaires. Non, la tête d'orignal de cette chambre de bois ne me faisait plus aucun signe d'amitié, aucun clin d'œil. J'avais peur.

Il ouvrit la porte de nouveau. Il avait les cheveux hirsutes comme s'il sortait, mal réveillé, d'un cauchemar. Il avait bu, visiblement, il titubait un peu. Une odeur de gros gin combattait celle des fleurs fanées. Il tenait une carabine dans une main et un long revolver ancien dans l'autre, on aurait dit un pistolet de cow-boy de cinéma.

Il marmotta des imprécations plus ou moins audibles. Oui, il avait beaucoup bu. J'entendais vaguement des mots : « La mort… délivrance… vie mal faite… se tuer. » Je tentai de bouger, de me soulever un peu. J'avais mal de plus en plus, à la tête, à ma jambe gauche. Je sentais que j'allais m'évanouir… je partais, je sortais de cette maudite chambre. Cela m'arrangeait. Je préférais retourner à mon état d'âme errante, de fantôme invisible. Je voulais revoir le soleil, mon banc public, mon village, Vincent peut-être… N'importe qui plutôt que ce geôlier ivre, inquiétant. Je souhaitais la chaleur, cet attachement nouveau pour les autres qui me faisait du bien. Adieu prison, adieu douleurs ! Me promener entre la mégapharmacie et le marché du centre commercial. De nouveau le bien-être. L'étonnant bien-être en moi. Je voulus revoir Roger, mon jeune boucher préféré, à son comptoir de viandes. Il m'aimait bien, je le taquinais souvent sur ses étalages et il me faisait rire. Roger était un rondouillard musclé avec des allures de clown involontaire ; il chicanait mes choix et je le menaçais en riant de virer végétarienne. Je me plantai devant lui. Il ne me voyait pas. Je lui dis : « Roger, je veux un gigot d'agneau, mais parfait cette fois. Mieux que la dernière fois. » Il me regardait, il me semblait. « Va vite, va me dénicher ta plus belle pièce, mon garçon. »

Oui, il me regardait fixement. Il ne m'entendait pas. Il ne bougeait pas. Pourtant, il me dévisageait, c'était bien clair. J'esquissai un pas de danse. Je voulais le voir rire. Son rire si franc, si ingénu. Je voulais le distraire de son grave souci, cette maladie insoignable de son petit garçon, Luc. Un midi, il m'en avait parlé, la bouche lui tremblait. Roger ferma les yeux, bâilla, puis plongea de nouveau son regard dans le mien. Je ne rêvais pas.

Il me voyait, pensai-je, parce que je songeais à son enfant malade. Je passai derrière le comptoir, je posai ma main sur son bras : « Roger ? Roger ? Je crois avoir des pouvoirs maintenant, je vais envoyer des millions d'ondes bénéfiques pour ton petit Luc et tu vas voir, il ira mieux bientôt. »

Il me fixait intensément. Il sentait ma présence au moins. Il me sembla qu'il avait froncé les sourcils. Il frotta la manche de son sarrau énergiquement, là où ma main était posée et il sourit. Pour lui-même ? Sa grosse main me traversait. J'étais folle de joie. Je l'avais réconforté ! Être cela : une bonne âme plutôt que cette blessée, aux mains d'un dément armé, dans un chalet isolé. Ici, pas de tête d'orignal, pas de roses flétries. Je sortis du marché. Je voulus revoir ma petite Madeleine. La pâtisserie sentait bon comme toujours. Comme Roger, elle semblait m'observer. Illusion encore ? J'aimais bien Madeleine, jeune femme rousse au cou si long, un Modigliani.

Aimer ! J'aimais tout le monde. Comme je saurais aimer mieux. Être à fond parmi eux tous, *l'un d'eux, l'une d'elles,* je ne me le répéterais jamais assez. Oui, je saurais mieux m'intéresser au sort de tous. La chère Madeleine ! Elle observait un adolescent aux culottes bouffantes qui hésitait devant la variété des brioches. Il tenait un café d'une main, de l'autre son portefeuille ouvert. Madeleine tourna son regard vers moi. Je la saluai chaudement : « Je m'ennuyais de toi, Mado ! » Elle ne m'entendit pas.

Ça ne me faisait plus rien. À ma façon, je croyais plus que jamais à cette communion des vivants et des demi-morts comme moi. Je lui dis : « Mado, est-ce que ta maman va mieux ? » Elle m'avait confié son inquiétude, cette vieille mère tombée bêtement dans un sentier plein de cailloux sur l'ancien chemin de fer devenu piste piétonne et cyclable. Je m'approchai de son comptoir, je répétai : « Pour ta maman ? Ça s'arrange, oui ? » Mado m'avait dit qu'il fallait l'opérer aux hanches. Hésitation du médecin. Souffrances de la maman.

Ma belle pâtissière invita l'ado aux larges culottes à se décider. Un autre client, en salopette, les doigts tachés de graisse, s'impatientait. L'ado sortit enfin de la boutique avec deux danoises appétissantes. L'ouvrier commanda une baguette de pain, du jambon pressé, se prit un pot d'olives. Gaillard pressé, il la paya prestement, lui fit un compliment graveleux. Mado protesta en riant. Il sortit en arrachant d'une seule bouchée un tiers de son pain. Mado prit un linge et se mit à frotter un de ses comptoirs vitrés. Quand je lui dis : « Tu vas bien, ma petite Mado ? », elle cessa net de frotter et se redressa. Oh ! Elle sembla chercher quelqu'un dans son magasin. Je haussai la voix : « C'est moi, Rachel. Tu m'appelais M'a'me Richère. Je suis avec toi, Mado. Je suis ici même si je n'y suis pas vraiment. Je vais prier pour ta maman hospitalisée. » Elle me tourna le dos, alla se servir une limonade. J'étais étonnée. Ce mot : prier. Il y avait si longtemps que je ne priais plus. Mado revint vers mon tabouret. Je lui redis : « Oui, je vais prier pour elle, pour qu'elle guérisse. »

Mado me souriait! Comme Roger, plus tôt. Je n'étais pas folle, elle m'avait souri. Elle n'entendait pas mes mots, mais peut-être avait-elle senti mes paroles de consolation? J'allai me placer près d'elle, je lui touchai le cou, je lui redis : «Tu vas voir, elle ira mieux, je vais prier très fort.» Elle sortit de son comptoir, semblait chercher quelqu'un, quelque chose. Elle écoutait très attentivement, bien droite sur ses jambes. Il se passait quelque chose. Arriver à cela un jour : faire du bien, réchauffer les gens inquiets. Ah oui, je serai *l'un d'eux*. Mado s'était installée à une des tables de sa boutique, avait ouvert puis refermé un magazine féminin. Elle jonglait, croisait les jambes. Ça suffisait. Je m'en allai.

Quand je serai tout à fait morte, car je finirai bien par mourir tout à fait dans cette cabane, je reviendrai, j'irai rôder partout avec mes mots de solidarité. Oui, je finirai par mourir, il finira par me tuer, là-haut. Ou bien par se tuer, me laissant là, blessée, seule. Après, l'on me permettra d'aller partout, dans tous les centres commerciaux du pays, sur les places publiques du monde entier. J'irai, fantôme aimable, à Boston que j'aime, ou à Nîmes que j'ai aimé, à Amsterdam jamais vu, à Prague, au pays de Kafka. Partout. Je serai si légère, voyageuse sans bagage aucun. Pour l'éternité, je serai la rôdeuse, l'invisible folle au grand cœur, une ombre parmi les ombres parcourant la planète. Combien sont-ils en ce moment à rôder? Tous mes morts, tous les morts? Je reverrai ma mère, mon père, ma petite sœur, morte, enfant. Les vieux parents de Vincent que j'aimais bien. Je voulais y croire. Tellement mieux que la mort athée! Je voulais réapprendre à prier, à faire intercéder des saintes et des saints… retrouver les paroles consolantes, prières de ma jeunesse. Oh ma pauvre mémoire!

Je me souvenais de ce *avocate des causes désespérées*, invocation rituelle à nos prières du soir en famille. Pour quelle sainte ce *avocate des causes désespérées*? Mon cas. Je restais nostalgique de mon amour, déjà il me manquait tant. Lui, mon grand amour. Mon amour qui ne ramassait plus son linge, qui laissait du café dans sa tasse, lui, le caféinomane terrible! Lui qui devait tant s'énerver à mesure que passaient les heures, les jours, peut-être les semaines. Jamais je n'arriverai à me passer de lui. Nous nous aimions tant. Nous nous sommes tant aimés.

Je suis assise au soleil sur mon banc public. Les acheteurs s'amènent, nombreux. L'heure de la soupe, l'heure quand la lumière se colore au ciel. Je comprenais mieux mon incursion au chalet du fou. Je devais avoir repris mes sens et aller un peu mieux. Ainsi, j'étais dans ce lit. Entre vie et mort. J'aurais dû rester plus calme, là-haut. J'aurais pu mieux m'accrocher. Je le questionnerais en ce moment et, au moins, je saurais tout.

Images d'une tête de tortue. Une seconde. Gros plan de ses paupières crevassées. Deux secondes. Images d'une tête d'éléphant, des yeux aux grands cils, bordés de rides. Vision fugace. Ces yeux plissés qui m'observent! Éclair: un nez de perroquet. Couleurs criardes. Deux secondes. J'aurais dû mieux réussir à le calmer. N'étais-je pas une autre? J'ai failli. J'aurais pu lui dire : «J'ai fait une erreur pour Yves Gagnon. Vrai, tu aurais mieux su incarner mon Zénon. Je regrette.» Oui, le calmer et le faire parler.

Serait-il revenu un peu à la raison ? Aurait-il regretté cet enlèvement, cet accident provoqué ? Comment savoir ? Je l'imagine : à son tour, il me demande pardon, il se repend, me soulève, me sort du lit. Il m'aide à marcher, nous sortons de ce chalet à l'orignal empaillé. Nous filons vers un hôpital à toute vitesse. On me soigne, on me sauve la vie. À son procès, plus tard, Albert pleure, regrette sa folie. Son avocat parle d'un crime passionnel, d'un grand amour contrarié qui a viré au cauchemar. Il implore la clémence de la cour. Marois se voit condamné à une longue peine de prison. «Après tout, a crié son défenseur, la victime n'est pas morte ! Rachel Richer est vivante, vous la voyez, intacte, dans cette cour, mesdames et messieurs du jury.» Vincent et moi, magnanimes, irions même le visiter au pénitencier. Assez rêvé.

Éclair encore : les vieux yeux qui m'observent. Tête antique. Si je m'allongeais dans l'herbe, si je me reposais, me calmais, je reprendrais des forces, j'y retournerais, pensai-je. Il abandonnerait sa carabine, son fusil de cow-boy. J'y ai trop pensé, me voilà de nouveau dans cette chambre aux fleurs puantes… quelques secondes… Quelqu'un se penche sur moi. De vieux yeux plissés. Un nez de perroquet. Un visage raviné. Le cliché : le visage d'une vieille squaw amérindienne. Cela a duré quelques secondes. Pas vraiment un retour là-bas, je supposai que mes forces me revenaient sporadiquement.

De retour dans mon lit, la vieille femme me donne à boire, et lui est toujours là, derrière elle avec son revolver de cinéma. Je voudrais lui parler de la mini-série, de *Zénon loin du port*. J'en suis persuadée maintenant : c'est ce rôle refusé qui a déclenché son entreprise morbide. Je veux rester dans la chambre. Le lit est là, sur la pelouse, proche de mon banc du centre commercial. Aller, retour. Aller, retour. Peut-être qu'Albert ne sait plus trop comment se sortir de cette histoire folle, de ce fichu pétrin. Ou peut-être qu'il est sans remords aucun. Comment savoir ?

Je tente de m'accrocher à la vision du banc public, je ne veux plus revenir sous l'orignal empaillé. Vision éclair : le vent, ciel obscurci, une femme échevelée, en robe de nuit déchirée, qui s'accroche à une rambarde au bout d'un quai noyé d'eau sale, dans une tempête effroyable. Des passants la voient, ne s'arrêtent pas. Fin de la vision.

Je m'accroche à mon banc. Des goélands tournoient dans un ciel s'assombrissant. Deux gamins crient en frappant un ballon de foot. J'ai déjà vu ce chien qui tire son maître. La fillette au chat blanc marche de nouveau vers moi. Le temps se rétracte. Les jolies ménagères rient aux éclats. Le temps revient en arrière. Je résiste. Il faudrait un vrai miracle : mon Vincent courant vite à la police, s'écriant : « Euréka, messieurs ! Je connais le coupable, il se nomme Marois, c'est un acteur raté. C'est lui la cause de tout ce qui est arrivé un soir de tempête au bord de l'autoroute, ne cherchez plus. » Mais Vincent se souviendra-t-il du grand jaloux frustré ?

Une force me décroche de ce banc béni. Ce visage tout ridé au-dessus de moi, encore! Face inquiète, peau grêlée, visage me fouillant chaque trait, celui d'une très vieille femme. Nez crochu, paupières ridées de tortue, large pantalon de velours mauve, blouson d'un vert criard. Je la voyais clairement maintenant avec ses longs cheveux gris, grosse natte métallique. Elle me posa sur le front un grand linge mouillé, puis caressa mon épaule blessée. Elle me dit: «Vous m'avez fait peur, ma petite madame. Ça n'allait pas, hein? Mais là, vous allez mieux, non?» Je dis: «Qui êtes-vous?» Elle me sourit, finit par me dire: «Personne. Juste une vieille sauvagesse qui fait ce qu'elle peut. Votre ami, qui est aussi l'ami de mon fils, me l'a demandé.» Elle va me chercher un verre d'eau: «Je suis la mère de Clovis, Clovis Major, votre homme à tout faire, madame.»

Elle lui ressemblait. Je bois un peu. Je ferme les yeux. Ce Clovis Major, le géant qui m'intimidait, qui avait parfois des amorces de gestes déplacés, qui, si souvent, en silence, m'examinait. Je l'observais parfois, immobile, jongleur. S'il surprenait mon regard, il se remettait aussitôt à son ouvrage: fendre du bois, le ranger sous la galerie pour l'hiver, réparer une clôture, poser du goudron, ajuster un gouttière cassée. Il se disait un fier Algonquin. Un jour, Vincent, avant de s'en aller, lui avait rédigé une liste de menus travaux et notre habile dépanneur, la considérant longuement, avait fini par dire, gêné: «J'aime pas lire. Je sais pas bien lire l'écriture des autres.» Vincent lui avait dit: «Rachel vous expliquera tout.» Il avait dit: «Ah ben, oui, ça, je préfère.» J'avais peur de ce que j'imaginais maintenant. Ce Clovis Major aurait été l'homme engagé par Albert-le-fou? Avait participé au manège sordide?

Parfois, nous allions le chercher dans un shack, au fond d'un rang de paysans où il habitait. On le découvrait en train de bricoler une voiture ruinée montée sur quatre bûches, ou bien il jouait dans le moteur de sa camionnette brinquebalante, en panne le plus souvent. Un pick-up rouge, rouillé. Clovis Major s'y connaissait en mécanique.

Aurait-il été payé par l'acteur pour participer à son plan? Je dis à la vieille Algonquine: «Où il est votre garçon maintenant?» Elle me regarda un long moment. Elle calculait donc ce qu'elle pouvait dire. Elle finit par l'ouvrir: «Il vous aimait bien, le savez-vous, ça? Il me parlait souvent de vous, la belle madame Richer.» Elle tenta de redresser les roses, des pétales tombèrent sur le plancher. Elle alla brasser une fiole au liquide vert. Elle revint à mon chevet: «À ses yeux, vous étiez une femme rêvée, merveilleuse, il disait. Si joyeuse aussi. Ah oui, il vous admirait beaucoup, madame!»

Je me souvenais que nous ne l'engagions plus depuis longtemps. L'Algonquine, au même moment, me dit: «Il a eu de la peine. Pourquoi vous lui donniez plus d'ouvrage? Il se questionnait là-dessus, savez-vous ça?» C'était la vérité. Un après-midi, Clovis Major s'était présenté dans un état lamentable, il avait trop bu, avait engueulé Vincent qui n'était pas satisfait de ses tentatives infructueuses pour déboucher un tuyau de l'égout pluvial. Les yeux sortis de la tête, il avait invectivé Vincent, allant très loin dans les injures. Désormais, nous faisions appel à un autre débrouillard du village, pas moins habile.

La vieille marchait dans la chambre, elle prit des pots posés sur une commode, vint les placer sur une table proche de mon lit, brassa une potion, elle compta studieusement des comprimés au fond de sa main, alla vider la bassine. J'entendis qu'elle ouvrait une armoire de la cuisine. Elle revint vers moi à petits pas avec une louche remplie d'un liquide verdâtre : « Avalez cela, c'est très bon contre les douleurs. »

Je lui dis : « Habitez-vous près d'ici, madame Major ? » Elle hésita encore. Je la sentais archi prudente. Albert avait dû lui intimer l'ordre de se taire. Elle balbutia : « Il est venu me chercher avec sa jeep. C'est assez loin. Il avait très peur. Vous alliez pas bien du tout. Il vous aime tant, vous le savez bien. » J'osai : « Vous vous trompez sur lui. Il faut m'aider, il faut me faire sortir d'ici, vous devez contacter quelqu'un, n'importe qui. » Elle me regardait, affolée, ses mains s'agitaient. Était-elle complice ? Je ne savais pas. Je jouai le tout pour le tout : « Écoutez-moi bien, si je meurs ici, vous aurez de très graves ennuis, madame Major. »

Elle alla à la fenêtre, semblait guetter si elle était bien seule. Je haussai la voix : « Madame, vous pourriez vous retrouver en prison, je vous préviens. Vous seriez jugée comme complice. »

J'entendis de nouveau la scie mécanique, dehors. Le chien aboyait au loin. Un coq se mit à chanter. Le front plissé, elle dit : « Moi je n'ai rien vu, je ne sais rien, je ne sais pas ce qui s'est passé. Il est venu me chercher avec sa jeep, il m'a dit qu'il avait une amie mal en point. C'est tout. »

Me disait-elle toute la vérité ?

J'imaginais mieux l'histoire. Marois, l'ivrogne qui s'était fait un allié de ce Major, pilier de bar. Un pacte insensé entre ces deux hommes qui m'admiraient. Les phares clignotants sur l'autoroute, la jeep d'Albert, Clovis à ses côtés, bonhomme fort capable de trafiquer les freins d'une vieille Jetta. Mon enlèvement, cette cache, sans doute la cabane de chasse d'un Major stipendié pour sa collaboration. Un abri commode, loin de toute civilisation. À quatre bras, le complot devenait plus facile à accomplir.

La guérisseuse alla à la cuisine de nouveau et j'élevai la voix : « Où est-il actuellement, votre fils ? » Elle revint à mon chevet après avoir refermé soigneusement la porte de la chambre. Elle me dévisagea avec une moue indéchiffrable, pitié, mépris. Solidarité aveugle avec son grand garçon fautif ? Comment savoir ?

« Clovis est parti travailler à un barrage, plus haut. Je le reverrai pas avant Noël. Il a signé un contrat très payant à ce qu'il m'a dit. »

Ainsi, inquiet, il s'était sauvé ! Major avait compris qu'il trempait dans une sale affaire. Je devais m'échapper absolument : « Écoutez-moi bien : votre fils a participé à un enlèvement. Est-ce que vous comprenez ça ? Si vous voulez l'aider, retournez vite chez vous. Contactez la police. Dépêchez-vous, n'aggravez pas votre cas. »

J'avais senti de l'inquiétude, de l'hésitation. Elle grommela, fragilisée : « C'est que moi, madame, j'habite loin, à des kilomètres. » Je lui rétorquai : « Allez vite retrouver Albert, dites-lui qu'il vous faut retourner chez vous pour chercher d'autres remèdes. Une fois rentrée chez vous, vite, avertissez quelqu'un. » Au même moment, la porte de la chambre s'ouvrit lentement, c'était mon sinistre cow-boy. Il avait fiché son pistolet ancien sous sa ceinture. Avait-il entendu ce que nous venions de dire ? Il affichait un sourire de défiance. Il avait encore bu. Beaucoup. Il tentait de se tenir debout, mais chancelait un peu. Il s'appuya sur une vieille chaise après l'avoir approchée du lit : « Rachel, cette femme est une fameuse guérisseuse ! Tu vas voir ça, elle va vite te remettre sur pied. Tu vas t'en sortir. Il le faut, j'ai besoin de toi. »

Je fixais la vieille femme qui triturait sa natte de laine d'acier. Elle se secoua : « Monsieur, je dois retourner chez moi pour préparer un meilleur remède. Une médecine miraculeuse, vous verrez. » Elle ne bafouillait pas : « Demain matin, vous me ramènerez ici, et madame Richer se rétablira rapidement, ça, je peux vous le garantir. » J'étais contente, mais était-il en état de conduire sa jeep ? Il grogna : « Non, pas demain, on va y aller et ramener votre médicament tout de suite. On n'a pas de temps à perdre, madame Richer et moi. »

Elle me regarda rapidement. Le regarda longuement. Elle ne disait plus rien. Puis, soudain, elle ajouta : « C'est pas facile à préparer, je reviendrai demain, pas avant.» Je comprenais qu'elle avait bien saisi dans quoi elle avait été entraînée. Albert semblait méditer, puis il l'empoigna rudement et l'entraîna en vitesse, disant : «C'est bon, on y va.»

Mon grand soulagement quand j'entendis la jeep qui démarrait.

Seule dans la chambre, j'ai regardé l'orignal, je l'ai imploré de m'aider. Totémisme, chamanisme! Je me demandais si j'allais survivre. Je souffrais atrocement à mon épaule et à ma jambe. Je me tâtai. On avait changé mes pansements à la tête et à l'épaule pendant que je visitais Roger et Madeleine. Plus de sang. J'avais la nausée. Ces potions de la vieille? Je voyais embrouillé. J'avais envie de vivre ailleurs. Que l'on vienne me délivrer demain, consciente ou inconsciente, aucune importance. Je voulais m'en aller. Aller vivre librement, au soleil, amoureuse du monde entier.

Très soudainement, les douleurs s'estompèrent. Des cris de corneilles, loin, très loin. Les jappements du chien ensuite, si loin… L'orignal bougea les yeux, tourna la tête, à gauche, à droite, mes oreilles bourdonnaient, j'avais très mal de nouveau. L'orignal sortit la langue, grimace affreuse. Je devenais folle. Oui, j'allais m'en aller encore, je le sentais, je repartais… Voici mon passage, la ténébreuse zone invisible. Je pars, demain, la police s'amènera ici et ce sera terminé.

Je suis une autre de nouveau, j'éprouve une immense peine pour tous les orignaux du pays et ces beaux élans d'Amérique que les chasseurs traqueront encore cet automne qui vient.

J'ai changé… je le sais… douleurs insupportables.

Je sens que je vais retrouver mon banc public. Oui, des ballons montent au ciel, je vois mon jeune boucher, le cher Roger, qui fume derrière le marché. Je vois Madeleine qui arrose le trottoir devant sa boutique. Elle se moque d'un gras gaillard qui tente de lui couper l'eau en pliant le tuyau.

La vie. Une vieille femme va me sauver. Demain je serai libre. La musique d'un western dans les haut-parleurs cachés dans les arbres.

Je cours vers toi, belle Madeleine.

Chapitre 5

❖

Elle se sentait si bien dans ce petit parc public le long de l'avenue aux restaurants. À une extrémité de ce jardin, une famille grignotait des victuailles sur la pelouse. Mère toute jeune. Le père est en camisole, pantalon de toile légère. Pique-nique heureux, deux enfants, une fillette et un garçon plus jeune, cinq ans peut-être? Ils s'amusaient avec un ballon jaune et bleu. Quand le ballon se retrouva dans la rue, la fillette retint son petit frère faraud qui voulait foncer dans cette rue de restaurants. Elle jouait la gardienne sévère de sept ans!

L'âme errante, assise sur son banc rustique, vivante à moitié, Rachel observa le manège. Les parents se caressaient tendrement, étendus sur une grande couverture à carreaux multicolores. Rachel s'engagea dans un sentier qui conduisait au lac. Sur le sable de la petite plage publique, deux grands garçons dynamiques se lançaient un anneau de plastique rouge en poussant des cris de victoire à chaque bon coup. Au bout du quai aux pédalos-à-louer, une grande et mince femme, seule, vêtue de noir, fixait l'eau du lac, pieds nus, ses sandales dans une main. Plus au large, deux nageurs se rapprochaient à lentes brasses avec, fixée à une cheville, une petite bouée rouge de sécurité. La beauté simple d'un été s'achevant.

Se rapprochant du rivage, le voisin Marcel lui apparut sur sa planche à voile. Elle marcha vite vers la rive, tout en sachant que c'était en vain. Elle lui fit de grands saluts de la main. Étonnement! Marcel, tenant sa fourchette d'une seule main, la salua frénétiquement. Elle n'en revint pas et elle entra dans l'eau du lac. Elle s'avança, de l'eau aux genoux, agitant les deux mains. Marcel se rapprochait. Son franc sourire de retraité heureux. Quoi? Il l'avait donc reconnue? Il la voyait? Possible? se questionnait-elle. Derrière elle, elle entendit la voix de Paulette, l'épouse, c'était à Paulette que Marcel envoyait des saluts. Sa déception. Cris de la voisine: «Prends garde! Si tu tombes, tu vas trouver l'eau pas chaude du tout! L'été est fini, Marcel.» Paulette, son amie Paulette, sa confidente, toute proche, à ses côtés dans l'eau. Sûr qu'elle a su pour sa disparition.

Pourtant Paulette riait, heureuse, légère. Mais quoi, la vie continuait, bien entendu. Elle n'était qu'une de moins dans le décor humain du village. Pas grave. La vie, toujours la plus forte, continuait. Apprendre cela, bien savoir: personne vraiment n'a d'importance. «On est peu de chose», répétait sa mère, à cœur de jour. Constatation cruelle.

Elle retourna s'asseoir dans le parc, des promeneurs consultaient les menus affichés aux entrées des restaurants de la rue. Bien manger. Aller dans un bon resto de temps en temps, rituel commun à tant de petits-bourgeois. Elle se souvenait des bons gueuletons pris par ici, à l'une ou l'autre des terrasses le long du lac, de son goût pour l'agneau rose, pour le mahï-mahï chez Claude le Provençal, le cher vin rouge, tout le reste.

Elle était rendue là où on découvrait que bien manger et bien boire n'étaient pas tout. Que si on en était privé, ce n'était pas la fin du monde, qu'il y avait bien pire : être un fantôme.

Fuyant sa réalité, elle se réfugia dans un souvenir. C'était au printemps, un jour d'avril, un midi spécial. Janine, une autre voisine, lui avait demandé de l'accompagner. Cette Janine était revenue depuis longtemps de tristes dérives personnelles et s'était réformée après avoir suivi une thérapie. Janine avait pris ensuite des cours pour devenir à son tour conseillère auprès des dériveurs dans un centre voisin pour âmes malmenées. Ce jour d'avril, Janine lui avait demandé de l'accompagner et elle avait accepté. Pourtant elle n'avait guère envie de jouer un tel rôle, elle jugeait cette pratique du bénévolat comme un passe-temps, au fond plutôt égoïste. « Soutenir autrui pour ne pas retomber soi-même », pensait-elle, avant ce mois d'avril.

Elle admirait néanmoins ceux ou celles qui donnaient de leur temps de cette façon. Il y avait qu'elle n'avait pas cette… quoi ? fibre altruiste ? Ce besoin de « donner du temps aux autres ». Elle s'était convaincue d'être une sauvageonne, une de celles, comme il y en a tant, qui pensent ne pas avoir le don, ni la force morale pour secourir les grands mal pris.

Toutes prises, ces indifférentes, par leur propre existence. Ce midi-là, à ce centre de désintoxication, il y avait, qui attendait Janine, lèvres gercées, ongles rongés, une jeune fille perdue, en loques. Tatouée. Toute percée. Janine avait dit à Rachel avant la rencontre: «Elle se nomme Chantal et a un urgent besoin de réconfort. Elle a besoin de raconter, de détailler sa chute pénible, son long calvaire, elle n'a pas vingt ans. Maintenant, il y a comme un mur entre nous, mais elle a consenti à ce que j'amène quelqu'un d'autre. Tu n'auras qu'à l'écouter, c'est tout.» Elle se souvenait de son hésitation à devoir faire face à ces grands malheurs. De la peur? Une gêne? Janine lui avait expliqué: «Cette délinquante tente de s'accrocher, veut s'arracher à son idée d'en finir.» Rendue dans le corridor de cette clinique, Rachel avait encore hésité, avait serré le bras de Janine. Elle craignait, toujours, de devoir faire face au malheur. Elle doutait tant de pouvoir aider adéquatement. Elle ne savait pas d'où lui venait ce doute, ou cette prudence? Vincent lui avait déjà dit: «Normal, tu te protèges. Tu es trop sensible. Tu es bouleversée pendant des heures après une seule nouvelle accablante au journal télévisé, tu le sais.»

Elle se disait qu'il fallait des gens blindés pour aider les désespérés de ce monde, pas des émotifs comme elle. Dans un cagibi, cette Chantal s'était amenée, cheveux ébouriffés, yeux cernés, bouche tordue. Elle avait salué Janine d'un geste las. Présentations, puis après un long silence, reprise de son accablant récit de vie. Rachel avait été bouleversée.

Nerveuse, elle avait parlé très peu, avait tenté, au début, de meubler les silences, les blancs qui lui semblaient inopportuns. Plus tard, Janine lui avait expliqué la nécessité de ces silences. Elle s'était détestée de ne pas avoir mieux su montrer sa compassion. Elle s'était trouvé nulle. Au bout d'un certain temps, pourtant, Chantal la suicidaire ne s'était plus adressée qu'à elle. Sa surprise alors! Dehors, Janine lui avait dit: «Tu l'as, le don, tu as vu: Chantal t'avait comme adoptée et moi, je ne comptais plus.»

Maintenant, au parc, elle admirait un ciel aux étonnantes couleurs pastel. Beau comme chaque fois que ces ciels du soir s'amenaient, quand le soleil se sauvait à l'autre bout du petit lac. Ainsi, souvent, le ciel se colorait de tons mirifiques. Soir après soir d'été, elle ne se lassait pas de cette vibrante palette aux coloris inouïs.

Elle était bien débarrassée de cette chambre à l'orignal. Elle savait pourtant qu'elle aurait dû résister, que c'était à partir de cette chambre qu'elle devait lutter pour sortir de son cauchemar. Ces fuites hors d'elle-même ne faisaient que retarder sa délivrance. Elle le savait. Elle préférait errer dans ce parc et, ainsi, fuir le fol acteur démoniaque. Une lâcheté. Elle le savait. Aucune envie de s'accrocher à son lit de douleurs, de retourner là. Le souvenir de cette Chantal perdue: elle s'en voulait maintenant de n'avoir pas tenté plus souvent de s'engager dans les organisations de secours. L'égocentrisme du commun des mortels. Elle en était gênée. Si elle... revenait à la vraie vie, elle se promettait de faire mieux. Elle était sincère.

Après quelques visites auprès de la désespérée, cette Chantal n'avait plus voulu d'autre intervenante que Rachel. Celle-ci en avait été confuse au début, se sachant sans formation sur la manière de faire, la façon adéquate de secourir de telles graves désenchantées. Vincent lui avait souvent dit, après des soirées amicales : « Tu as ce don de t'attirer les confidences les plus intimes. Je ne sais pas pourquoi nos amis se confient à toi volontiers, jamais à moi. J'en suis jaloux. » Rachel se souvenait aussi qu'il lui avait dit : « Tu ferais florès comme psychologue si tu avais choisi ce métier, le sais-tu ? » Elle riait de ses propos, elle ne faisait absolument rien pour s'attirer tant de secrets. D'où pouvait bien lui venir la faculté de susciter tant de confidences délicates ?

Elle évitait de penser trop longtemps à son acteur fou, à sa cachette, aux roses fanées, à cette carabine, à ce revolver. Elle ne voulait plus avoir mal partout. Elle était si bien dans sa drôle de peau de revenante. Elle devinait que cela ne durerait pas. Elle se souvenait maintenant d'une autre occasion du genre de celle où elle avait rencontré Chantal. C'était il n'y avait pas bien longtemps, encore une fois. Son amie, son ex-scripte Marie-Jo, l'avait entraînée dans une organisation de popote gratuite. C'était pas bien loin des bureaux du réseau de télé. Marie-Jo se dévouait bénévolement à la préparation de plats chauds pour des handicapées restant dans leurs foyers, de vieilles personnes.

Elle avait coupé des légumes avec sa scripte, préparé des sauces, des potages fumants. Plusieurs femmes, quelques rares hommes aussi, s'activaient aux fourneaux de l'organisme. Un boucher retraité, joyeux rondouillard chauve, voyait à trier les viandes reçues en cadeaux. Certains de ces bénévoles, avec leurs voitures, s'activaient à livrer ces soupers indispensables chez les esseulés.

Marie-Jo semblait tout heureuse d'assembler les victuailles, d'installer les repas dans les réchauds. Sa scripte en était comme illuminée et elle l'avait enviée, admirative, médusée aussi de découvrir l'existence de ces gens qui, après le bureau, chaque semaine, chaque soir pour certains, consacraient des heures à aider les autres. Au parc, maintenant, elle songeait qu'il y avait sans doute une telle organisation, ici, au village. Elle ira... si... Elle avait donc enfin attrapé ce merveilleux virus du bénévolat. Ce soir de popote volante, elle avait vu plusieurs femmes émigrées qui y travaillaient. Une des aides, venue de la Bolivie, lui avait confié que ce boulot l'aidait à mieux s'intégrer, à apprendre la langue nouvelle. Si heureuse de se sentir utile, elle, une déracinée involontaire. Elle appréciait sa chance d'échapper à un plus grand malheur de vivre, loin des tueries des trafiquants de drogue, des incessants trafics, chez elle. Une autre, venue du Guatemala, lui avait parlé de régénération et d'espoir, lui disant : « Je viens de climats aux antipodes de vos durs hivers et je me sens réchauffée comme jamais, ici. »

Rachel se répétait que, revenue à la vie, oui, elle participerait à cette solidarité aux mille visages.

La noirceur s'amenait tout doucement.

Elle voulut tellement redevenir cette femme heureuse du temps de son vivant… qu'elle se retrouva chez elle. Elle revit les assiettes murales du portique, une céramique primitive du papa de Vincent. Elle se vit dans le miroir à patères, silhouette toute pâle. Une image floue, méconnaissable, renvoyée par le miroir. Du cinéma à la Cocteau?

Elle marcha vers le couloir. Regarda la table du téléphone. Vincent était là! Il était là, un cigarillo fumait encore dans le cendrier. Elle allait le revoir! Il y avait ses clés, son cher vieux briquet Zippo, sur un dossier de chaise, son blouson de toile beige. Elle écouta de toutes ses oreilles. Rien, pas un bruit. S'était-il déjà couché, harassé, abattu, découragé par la traque policière qui ne menait à rien? Elle alla à la cuisine. Personne. De la vaisselle sale traînait sur le comptoir. Elle marcha vers le salon. Personne là non plus. Elle entendit un bruit métallique dehors. Cela venait de la longue galerie. Elle alla regarder aussitôt par la porte patio qui était entrouverte.

Vincent était là. Le barbecue fumait. Il brassait une pièce de viande avec une longue fourchette. Le cœur de Rachel battait très fort. Comment lui communiquer qu'elle était là, à ses côtés, et lui faire sentir qu'elle était bien, presque heureuse à part le fait qu'ils étaient séparés? Comment lui faire comprendre qu'elle ne tenait plus vraiment à sa vie, cette vie où elle souffrait tant, gravement blessée? En sortant sur la galerie où il y avait une sorte de balançoire-canapé, elle aperçut son voisin qui s'y balançait doucement en buvant une bière. Il tenait une compagnie silencieuse à son ami éprouvé,

Vincent. Sa planche à voile, accostée au quai du rivage, dodelinait dans un vent qui se renforçait.

Ainsi, elle en était contente, des voisins tentaient de soutenir Vincent, de le consoler. Paulette s'amena à son tour, gravissant le long escalier. Elle l'écouta dire : «Écoute, Vincent, tu peux pas te tourmenter à cœur de journée, ce soir tu devrais nous accompagner à *La vieille gare*, tu vas voir, c'est un chanteur qui imite ton cher Jacques Brel à la perfection, un clone, ma foi.» Rachel regarda Vincent attentivement. Il semblait absent de lui-même. Il était plongé dans un vide abyssal, cela se voyait sur son visage si triste. Elle en avait mal. Marcel insistait : «J'y suis allé en juin. Fameux, Vincent, je te jure, un type étonnant. Viens avec nous !»

Vincent ne disait rien, bouclé à double tour. Il tournait et retournait son steak sur le grill ; un verre de vin, niché sur la rampe de la galerie, rougeoyait au soleil couchant. Un gros merle voletait auprès de l'une des corbeilles à fleurs rouges et jaunes. Un colibri fit une brève apparition. Au bord de l'eau, un goéland cria fort, sans cesse, le cou agité. Parade de séduction ? Son cri fut enterré soudain par le vrombissement d'un hélico au-dessus du lac.

La vie ordinaire.

Du balcon voisin, Janine, la psy amateur, lui lança : «Vincent ? Préfères-tu m'accompagner au cinéma ? Toi qui aimes tant les bêtes à la télé, c'est un film sur les oiseaux. Du monde entier.»

On voulait lui changer les idées. Vincent marmotta : «Oui, peut-être. Je te téléphone un peu plus tard.» Tout le monde savait son grand amour disparu.

La voisine savait aussi son goût pour les documentaires sur les animaux, il les cherchait en zappant sur toutes les chaînes de télé.

Marcel avala le verre de bière offert, descendit l'escalier, s'en retourna au rivage, désolé du malheur de son voisin. Avant de le quitter à son tour, Paulette lui dit: «Je peux venir demain faire un peu de ménage, si tu veux.» Avait-elle vu son caravansérail? Vincent, c'était visible, ne voyait plus rien de son désordre. Il lui dit: «Non, merci. J'ai téléphoné à notre bonne, Martine, elle va venir après-demain.» Elle était seule avec lui sur la véranda. Elle cherchait un moyen de lui faire sentir sa drôle de présence. Elle tentait de se remémorer le Vincent du temps de sa phase au monde du paranormal. À cette époque, Vincent traversait une certaine crise. «On le bloquait», disait-il. Il n'obtenait plus d'avancement à son journal. Sa grande gueule lui nuisait-elle? Il se sentait tenu systématiquement à l'écart de promotions auxquelles il croyait avoir droit. De là sa plongée au pays des voyants, des télépathes. Courte expédition: une dizaine d'années. Elle l'écoutait, en ce temps-là, lui raconter des faits hors du commun. Les fameuses expériences de Rhine, le célèbre effet Kirlian avec les auras, l'étonnant devin Edgar Cayce, le renommé Kardec. Cette pythonisse, dame Dixon, reçue à la Maison blanche. À cette époque, Vincent se voulut radiesthésiste et s'acheta un pendule. Il souhaitait avoir des dons de sourcier. Il lui arriva même, mi-figue mi-raisin, d'être tenté par l'écriture automatique, d'invoquer les défunts célèbres. Un Victor Hugo à sa table parlante dans son exil ! Ça ne fonctionna pas. Aucune voix fantomatique ne lui parvenait quand il s'installait dans la cave avec son enregistreuse, il ne voyait aucun spectre avec un jeu de miroirs posés savamment. Ce fut une crise existentielle, rien de plus.

Maintenant, Vincent se balançait en surveillant la cuisson de son steak sur le grill. Elle remarqua qu'il avait installé les deux mangeoires avant le temps habituel, début novembre. Voulait-il voir davantage d'oiseaux et au plus tôt ? Elle le vit mettre un couvert sur la table ronde de la galerie. Il allait et venait avec une si triste figure. Elle en avait mal. Il avait ouvert des conserves, fèves jaunes, petits pois. Elle se dit soudain qu'il la devinait, qu'il savait qu'elle était là. Ne s'arrêtait-il pas souvent comme pour tendre l'oreille, voir mieux autour de lui ? Il guettait, lui semblait-il. Serait-il vraiment étonné s'il l'entendait murmurer à ses oreilles : « Je suis là, mon amour, je suis tout près de toi ? »

Elle prononça ces paroles. Plusieurs fois. En vain. « Faites qu'il puisse m'entendre, mon Dieu. Qu'au moins il puisse sentir ma présence. » Elle priait ? Elle s'en étonnait. Elle et sa maigre foi. Quand personne, mais personne au monde, ne peut vous aider, songea-t-elle, à qui s'adresser sinon à lui, à… cela, le dénommé Dieu ? Un autre invisible. Elle avait foi en une sorte de grand créateur, l'Horloger suprême, un Dieu tout-puissant… terme sorti de son catéchisme d'enfant. Comme son Vincent, elle croyait volontiers à une lumière éternelle après la mort, à la survie de l'esprit. Mais elle n'était pas morte. Elle était enfermée dans une chambre de bois avec un orignal empaillé. Un comédien démment la gardait. Vincent lui répétait que le mot lumière était un mot humain, trop humain, qu'il en allait de toute autre chose sans doute, il ne détestait pas la notion de nirvana. Elle partageait avec lui cette idée que cet état restait innommable, que cette sorte de bien-être ne se concrétiserait qu'une fois vraiment passé à trépas, admettant ainsi que, comme pour les ondes, l'esprit était indestructible, imputrescible.

Mais elle n'était pas morte vraiment. De là, se dit-elle, l'impossibilité de communiquer avec Vincent sur cette galerie. Elle quitta la balançoire, alla près du barbecue, se planta sous une des mangeoires, s'installa ensuite sur l'une des quatre chaises de plastique, l'observant qui mangeait du bout des lèvres. Il regardait le lac, les arbres du terrain, plantés par lui, pour la plupart. Un écureuil grimpa dans le lilas. Le visage de Vincent resta empreint de tristesse, lui qui s'amusait tant de ces petites bête agiles.

Elle avait mal. Elle alla s'étendre sur l'une des deux chaises longues, la jaune, la sienne. L'autre, à la toile rouge, c'était celle de Vincent, cela avait été décidé… sans décision. Elle fit s'allonger la chaise par une pression des pieds, ferma les yeux. S'endormir, dormir longtemps. Ne plus se réveiller. Pourrait-elle lui faire comprendre qu'elle préférait vivre ainsi en fantôme heureux plutôt que de revenir à cette vie aux mains d'un bourreau cinglé, lui faire réaliser qu'elle était à bout, qu'elle en avait pris son parti ? Mourir pour de bon là-bas et rester, en esprit, avec Vincent.

Elle se sentait bien, si bien en ce moment. Elle était avec lui, cela lui suffisait.

Elle sursauta, le gros chat tigré de Paulette venait de sauter sur elle. Elle le caressa, vainement, ferma les yeux.

Au bout d'un moment, elle prit conscience que Vincent pleurait, des sanglots le secouaient. Elle alla vite lui serrer un bras, lui tapoter le dos, la main, gestes inutiles, elle caressa son visage inondé, vainement. Il avait repoussé son assiette, les mains sur les genoux, ployé, le visage bas, il pleurait à chaudes larmes. Elle en eut un mal atroce. Son impuissance. Il leva le visage, deux mésanges grignotaient dans une des mangeoires. Il les regarda en s'essuyant les yeux avec son napperon de papier. Sur la colline d'en face, un demi soleil faisait reluire sous le vieux saule l'eau du rivage. Mille milliers de paillettes frémissantes. De l'argent vif. Des merles s'ébrouaient dans ce métal en fusion, papillotement marin qui se reproduisait chaque fois que le soleil sombrait, en été.

Elle murmura son nom. Plusieurs fois. Elle lui caressa la nuque et il eut soudain un geste vif comme s'il avait senti sa main sur sa tête, un geste farouche. Elle ne l'avait pas vu pleurer souvent. Chaque fois, cela avait été un tel déchirement. Voir un homme pleurer, elle le sait, rend les femmes muettes, comme stupéfaites. L'abandon total est si rare chez les mâles. Émue, elle alla s'asseoir dans la balançoire et les insupportables sanglots de Vincent reprirent, avec des hoquets. Elle se boucha les oreilles tant elle avait mal. Elle était humiliée de son impuissance et eut envie, pour en finir, de retourner chez son maudit geôlier, y retourner à ses risques et périls.

Il se leva, regarda vers elle. Elle frissonna. Elle aurait juré qu'il la voyait. Il ne pleurait plus, que des soupirs. Un enfant après une crise. Il descendit l'escalier, elle le suivit. Rendue en bas, elle marcha devant lui, descendit à la petite grève. Elle alla sur le quai et monta dans le pédalo. Il en fit autant comme s'il la voyait, comme avant, comme dans le temps qu'elle était vivante, songea-t-elle, c'était bien. Elle en était émue. Il alla décrocher la corde d'attache, s'empara du gouvernail et pédala lentement. Il se dirigeait vers l'hôtel de l'autre côté du lac. Elle se dit qu'il n'avait pas envie de longer la rive et d'entendre les apostrophes d'encouragement de tous les voisins. Ils furent bientôt rendus au milieu du petit lac. Tantôt, côtoyant leur radeau, deux gras goélands qui y avaient élu domicile s'étaient envolés aussitôt. Elle songea que lui qui aimait tant venir y plonger avait dû y renoncer depuis sa disparition.

Une jeune nageuse au crawl très régulier traversait le lac d'ouest en est, une petite bouée attachée à une cheville, des lunettes rondes de plongée sur le crâne. C'était Josée, la fille de Marcel, elle s'approcha du pédalo: «J'ai rêvé à vous cette nuit.» Elle lui souriait de toutes ses belles dents luisantes. Vincent avait cessé de pédaler, politesse oblige. Il souleva sa canne à pêche, il en gardait toujours une dans le pédalo, et fit mine d'en démêler la soie de nylon. «Oui, à vous, dit Josée. Nous étions équipés en alpinistes, drôle non? Nous transcrivions dans nos calepins des dessins gravés dans le roc.»

Le soleil couchant éblouissait ses yeux d'un vert saturé. Elle s'essoufflait un peu de tant remuer pour se tenir à flot : «Vous teniez à savoir quelle sorte d'hiéroglyphes c'était. Vous aviez une sorte de guide illustré.» Vincent se remit à pédaler vigoureusement comme ennuyé par l'intruse, comme pour lui faire comprendre que son rêve de la veille ne l'intéressait pas du tout. La jeune voisine qui nageait en vitesse, pas découragée, avait élevé la voix : «On voyait, fossilisés, une sorte de crabe et un profil d'orignal. Curieux, non ?» Rachel sursauta au mot *orignal*. Bientôt, Vincent ne l'entendit plus tant il avait pédalé farouchement. Accostant sur la plage de l'hôtel, Rachel entendit des cris joyeux, ceux de deux équipes de jeunes gens se disputant un match de volley-ball. Spectacle de jeunesse vive, se dit-elle, eux, ils sont bien vivants. La joie simple, brute. Un haut-parleur au-dessus d'un cabanon faisait entendre une vieille chanson : *Lucy in the Sky with Diamonds*. D'autres vacanciers se prélassaient dans des transats de bois peints en blanc. Elle vit qu'on s'agitait sous un immense parasol ; à sa gauche, une jeune loueuse d'appareils divers agitait les bras, donnant des consignes de sécurité à des gamins enjoués. Son embarcadère était entouré de quelques canots, chaloupes, kayaks, petits voiliers marqués *Sun Fish*. La rouquine aida deux vieilles dames audacieuses à s'installer sur de hauts vélos à flotteurs instables.

La vie vive encore.

La monitrice regarda Vincent comme s'il était un extraterrestre, car il s'était mis à pleurer très ostensiblement, la monitrice en avait la bouche ouverte. Il sursauta quand, soudain, Josée réapparut derrière lui, criant presque : « Vincent ? Je voulais vous dire aussi : dans ce rêve, il y avait du sang qui coulait de l'orignal gravé, curieux, hein ? »

Rachel sursauta de nouveau. Vincent, sans se retourner, lui fit des gestes qui voulaient dire clairement : « Laissez-moi tranquille. Fichez-moi la paix. Allez-vous-en. »

Rachel pensait trop à cet orignal qui saignait… et elle se retrouva au chalet de chasse. Cette nausée toujours, une envie de vomir et ce bourdonnement dans ses oreilles, acouphène persistant. Elle était seule. Elle se souvint de l'Algonquine. Des policiers étaient-ils en route, sirène hurlante, pour la délivrer ? Elle entendit, pas bien loin, les bruits d'une voiture qui approchait, qui ralentissait. Sa délivrance enfin ? Elle haletait. Allait-on la conduire en vitesse dans un hôpital de la région ? Peut-être était-il trop tard. Combien de jours avaient passé depuis l'accident sur l'autoroute ? Bruit de freins, brusquement. Une fois hospitalisée, allait-on la brancher sur des appareils sophistiqués, allait-on l'endormir et puis l'ouvrir pour l'opérer de toute urgence ? Bruit de portière claquée. Elle écoutait tout. Elle entendit la porte de la cuisine claquer. Était-ce l'acteur frustré, Albert-le-fou ? Sans doute. Ces bruits de bottes de chantier sur le linoléum ! Puis ce fut la porte du frigo qui claqua. Bruit d'une canette de bière que l'on décapsule, le *pschitt*. Pas de policiers délivreurs.

La porte de la chambre s'ouvrit lentement. C'était Clovis, Clovis Major, le tatoué, l'homme à tout faire de jadis, le congédié. Il s'assit carrément au bord de son lit, grommela un: «Bien le bonjour, madame Richer.» Elle ferma les yeux, si déçue.

Le colosse lui dit: «Il a fait tout ça parce qu'il vous aime. Vous le savez, ça, oui? Il est fou de vous, le savez-vous comme il faut à c't'heure?»

La douleur était revenue, terrible élancement, elle poussa un cri, ferma les yeux, grimaça. Major bondit sur ses pieds, la regarda comme intrigué, perplexe. Pensait-il à Albert Marois et à son funeste projet? Il se dandinait sur un pied et sur l'autre, regardait le plancher, comme embarrassé. On aurait dit un vieux petit garçon craignant une maîtresse d'école. Était-il vraiment un complice? se demandat-elle. Il avala une gorgée de sa bière. Goulûment. Il finit par lever les yeux sur elle. Elle revit les regards insistants du temps qu'il bricolait, réparait, chez elle. Le même regard de biais qu'elle n'avait jamais pu décoder comme il faut. Il balbutia: «Moi aussi je vous ai tout de suite trouvée de mon goût, mais j'ai jamais rien osé. Rien, vous le savez.»

Elle garda les yeux fermés.

Il but, rota, alla vers un miroir craquelé audessus de la vieille commode, se coiffa brusquement des deux mains, deux oiseaux furieux. «Au fond, c'est fou hein, j'avais comme un peu peur de vous, madame Richer.» Elle souhaitait revenir sur le lac dans un beau crépuscule, en pédalo avec son homme. «Oui, vous aviez une façon de regarder le monde, les gens, comme hautaine, supérieure. On voyait ben que personne vous aurait convenu, qu'il y avait juste lui, votre Vincent. Je me trompe pas, hein?»

Il alla chercher une autre bière et revint s'installer dans le fauteuil tressé sous l'orignal. «Ça ment pas ces affaires-là, je le voyais bien comme il faut, il y avait pas juste notre différence d'âge, il y avait la classe sociale, je suppose. J'ai expliqué tout ça à Albert, il me répétait que j'avais raison.»

Elle garda le silence. Il était du complot, c'était évident.

Avalant une longue lampée, rotant de nouveau, il dit: «Albert m'a tout dit, vous savez. Votre mépris. Tout. Je sais tout. Comment vous lui en avez fait baver dans le temps. C'est pas vrai, ça?» Il se composa un regard vengeur pour ajouter: «Il vous aimait à la folie, ça oui! Il fallait que ça arrive, vous le comprenez à présent?» Elle l'écoutait sans le vouloir. Un autre fou, un autre grand malade. Il se leva et caressa l'orignal empaillé. Il but goulûment, revint vers elle: «J'ai tout su pour toutes vos injustices. C'était pas correct. À présent, l'admettez-vous?»

Elle ouvrit les yeux. Les roses rouges pourries empestaient et elle en eut un haut-le-cœur. Elle n'avait pas tout remarqué, elle découvrit, à côté de l'orignal, deux photos encadrées. L'une, barbouillée de traits au feutre noir, c'était elle! Un soir de gala télévisé où elle brandissait au-dessus de sa tête, fièrement, un trophée, obtenu grâce aux votes de ses pairs. Celui gagné pour *Zénon loin de son port*. L'autre la montrait avec lui! Oui, avec cet Albert Marois à la cafétéria de la télé publique. Il souriait de toutes ces dents, un bouquet de roses à la main. On voyait bien sur la photo qu'elle était embarrassée.

Clovis Major devait suivre son regard, car il alla décrocher du mur la photo du trophée et se colla au lit: «Cette photo-là, avec votre petit air de triomphe, ben, ça vient de moi. Vous êtes belle là-dessus. Je lui avais donné ça à la brasserie où on se rencontrait.»

Ils étaient donc deux complices! Major prit un visage assombri: «Je l'avoue, je l'avais volée chez vous. C'était dans le temps que vous me trouviez juste assez bon pour vos réparations.»

Il lui souriait tristement, la mine d'un gentil admirateur. Elle le regardait attentivement, se demandant si elle ne pourrait pas le raisonner, l'attendrir. Il devait être moins aliéné qu'Albert le frustré, pensat-elle. Elle l'entendit ricaner: «Dans son condo, à Belle-Neige, mon Albert planifiait son coup, avec ces deux photos devant lui. Ça l'inspirait, faut croire.» Il se laissa tomber sur une chaise en émettant des rires étranges. Les ricanements glauques d'une bête cruelle. Elle en eut peur. Il n'y avait rien de bon à tirer du tatoué congédié. Elle essaya tout de même: «Votre mère m'a dit que vous étiez parti travailler à un barrage lointain. Un mensonge?»

Un rire bref cette fois. Ses yeux s'assombrirent. Il alla à la cuisine chercher une troisième canette de bière. Il grimaçait en buvant, marcha à la fenêtre, se gratta farouchement le dos. «Ma mère, ma mère? Je voulais avoir la paix. J'aurais jamais dû y dire, à Albert, que ma mère était comme un vrai docteur, une guérisseuse reconnue.» Il s'installa juste sous l'orignal, ses cheveux touchaient le menton de la bête. «Albert a voulu l'avoir pour vous soigner. Il a fallu que je sorte de ma cachette. Mais là, elle pense que je suis reparti.»

Il revint vers le lit, se pencha sur Rachel: «Vous auriez pas dû le priver de travail, l'humilier comme vous l'avez fait. Vous êtes responsable de sa déchéance. C'est ça qu'il m'a bien expliqué.»

Il alla tripoter les flacons de médicaments, revint à son chevet, tenta de lui changer son pansement à l'épaule, avec des gestes d'enfant maladroit. Elle avait crié. «Craignez pas! J'ai été préposé. Dans un vrai hôpital. J'ai de l'expérience pour les accidentés.» Elle respira une forte odeur de sueurs. «Qui, vous pensez, a apporté les antibiotiques, les pansements et tout? J'ai des bons contacts. Vous seriez morte si j'avais pas été là.» Il était gauche, elle cria encore, ce qui le fit sursauter et s'excuser.

Quand il en eut terminé avec son rôle d'infirmier, elle l'affronta: «Combien de temps pensez-vous me garder ici? Toutes les polices doivent être après vous.»

Il sembla réfléchir, avala de la bière. «Quand vous irez mieux, Albert a un plan. On va se pousser au loin. Albert a un cousin au Mexique, c'est là qu'on va aller, tous les trois, ensemble.» De nouveau, il eut son affreux couinement. Il vida sa canette de bière, rota encore: «Ferdinand, son cousin, vit sur un grand domaine là-bas. Rendus là, il y a plus personne qui saura où nous retrouver. Albert est un gars brillant. Vous l'avez jamais apprécié. Il est très intelligent. Vous vouliez pas le voir. Tout a été planifié, tout!»

Elle était effrayée. Alors elle essaya la peur: «La police fouille partout. Jour et nuit. Vous allez vous retrouver en prison. Sortez-moi vite, vous pourrez bénéficier de la clémence du juge. C'est votre dernière chance, Clovis.»

Major la fixait avec attention. Elle eut un peu d'espoir. Il caressa le museau de l'orignal, décrocha la photo de la cafétéria, la contempla. Il souriait.

Il vint de nouveau à son chevet: «C'est trop tard. On va voyager à trois. Il l'a averti, son cousin. Il nous attend. Le cousin lui a envoyé un message qu'il m'a lu. Ça disait: "Merveilleuse belle idée romantique. Venez vite, mon ranch vous attend!"» Elle éprouva une vive douleur à sa jambe blessée. Major continua, hilare: «L'hiver pourra bien s'amener, on sera au Mexique. À la chaleur!» Sous les draps, elle remua son autre jambe qui avait été lâchement ficelée à une attelle de bois. Elle réussit à la sortir de l'attache mal nouée. Elle pouvait la faire bouger sans aucune douleur. Albert voulait donc lui faire croire qu'elle avait les deux jambes accidentées? Pour lui enlever toute idée de fuite?

Elle se disait maintenant qu'une fois Major parti, elle pourrait arriver peut-être à sortir du lit, à se traîner à l'extérieur. À se cacher. Elle trouverait bien cette nécessaire ultime énergie, pensa-t-elle, celle du désespoir. Oui, elle se traînerait dehors, irait se cacher dans les bois et finirait par arriver à un chemin public. Cela lui faisait tant de bien de s'imaginer loin de cette chambre maudite. Il fallait absolument qu'elle échappe à ce tatoué alcoolique et à cet acteur fou. À n'importe quel prix.

Major alla à la commode, il était donc chez lui, car il ouvrit un tiroir, en sortit divers objets, une paire de jumelles au cuir usé, un sifflet, une lampe de poche, un masque de plongée, enfin, un camé-scope de modèle ancien. Il referma le tiroir, installa le caméscope dans ses mains et fit s'allumer un voyant rouge, visa l'orignal et puis son lit. «Sainte hostie! Ça fonctionne encore, c'te vieille affaire-là!»

Il pivotait, hilare, filmant tout, le mobilier, la fe-nêtre, les fioles de remèdes, les pansements échoués un peu partout, il alla vers la cuisine, en revint, gla-pissant d'un bonheur grossier. Un vieil enfant aux tempes sel et poivre devenu gaga. Il marchait comme un vieux singe, prudent, les jambes pliées, il glous-sait de plaisir, un primate découvrant un objet mo-derne. Il cria: «Madame Richer, on va avoir de beaux souvenirs du Mexique!»

Il finit par se calmer et s'assit sur un banc, l'ap-pareil sur les genoux. Il but de sa bière, plus lente-ment. C'était un enfant candide.

Elle osa: «Écoutez-moi bien, Clovis, j'ai ren-contré votre maman et je lui ai parlé d'un rapt, d'un kidnapping. Elle a vite compris dans quel piège son grand garçon était tombé. Elle m'a promis de m'ai-der à m'évader.» Aussitôt, Major se leva, cria: «Ma mère a pas à se mêler de ça. Fichez-lui la paix, sinon ça va aller très mal.»

Il fila vers la cuisine, enragé, jurant comme un diable. Elle entendit claquer des portes d'armoire, il se ramena avec une fiasque d'alcool, il buvait au goulot.

Elle chercha les bons mots: «Votre maman est une brave femme, une femme de cœur, Clovis. De raison surtout. Elle a vu dans quel guêpier vous vous êtes fourré. Elle est repartie en me promettant d'alerter quelqu'un. » Il jeta son caméscope sur le lit : « Mensonge ! Vous dites n'importe quoi ! »

Il tournait sur lui-même. Elle cherchait ses mots et finit par lui dire : « Vous lui ressemblez, les cheveux, les yeux, vous êtes comme elle sans doute, bon. Pas comme ce fou furieux. Vous avez toute votre raison. » Elle l'observait, s'énervant énormément, regardant partout et nulle part. Il parla moins fort : « Qu'est-ce qu'elle vous a dit au juste ? » Elle hésitait : « Elle m'a fait boire de ses remèdes et ils m'ont fait du bien. » Assis, la tête entre les mains, les coudes sur les genoux, il marmotta : « La vraie vérité c'est que ma mère a des dons, un bien gros savoir. Elle a guéri beaucoup de monde. On la respecte dans la Réserve, c'est une vraie guérisseuse. » Il se calmait, on aurait dit. Elle parla le plus doucement qu'elle put : « Je suis certaine de ça. Elle va revenir, et pas toute seule, soyez-en assuré. » Major sursauta, se plaqua contre le lit, les jambes écartées : « Ben là, vous mentez ! Albert m'a bien dit qu'il allait la reconduire chez des parents à elle, loin. C'est elle qui lui a demandé de l'amener là. » Elle essaya autre chose : « Vous vous trompez. Albert vous a menti. Allez vérifier vous-même. »

Major la regardait les yeux agrandis, semblait déstabilisé : « Vous dites n'importe quoi. Ma mère a été déménagée. Il est plus que brillant, celui que vous avez humilié. » Elle lui répéta : « Je vous dis la vérité, votre maman a accepté de me faire sortir d'ici, elle est en train de contacter quelqu'un. » Elle le connaissait bien son *jack-of-all-trades*, elle l'avait jugé jadis, candide, pas trop futé, d'une intelligence limitée. Major ne disait plus rien, il cherchait quoi dire et elle en profita: «Bon. Je vais tout vous dire. Après nous être entendues, Albert a surgi dans la chambre. Il a sans doute capté cette promesse que m'a faite votre maman et ce fou est très capable d'éliminer votre mère. Je m'inquiéterais à votre place.»

Major fixait maintenant la porte menant à la cuisine. Il paraissait inquiet, incertain au maximum. Sur le point de sortir de la chambre, il cracha: «Je vais y aller chez ma mère. Si vous m'avez menti, vous allez le payer très cher.»

Il alla donner un coup de poing furieux à l'orignal, reprit son caméscope, sortit en coup de vent. La porte claqua très fort. Le chien aboya. Des corneilles s'époumonèrent en criailleries. Le pick-up rugit. Des pneus crissèrent dans le chemin de terre.

Elle était soulagée. Elle rejeta son drap sali, enleva l'attelle mensongère à sa jambe saine et délaça l'autre. Elle pouvait remuer sa jambe droite à volonté. C'était bien ça: lui faire accroire à deux jambes brisées, l'empêcher d'avoir l'idée de fuir. Elle se redressa. Son dos lui faisait mal. Elle arriva à se sortir du lit, s'en trouva tout étourdie. Il fallait qu'elle le fasse. Sortir de sa prison à tout prix; une force inconnue, qui la surprit, lui permit de se tenir debout. Vacillante, mais debout. Elle s'empara d'un support à patères au coin d'un mur, s'en servit comme d'une béquille, d'une canne de fortune. Elle ouvrit le petit placard et y trouva son manteau court de cuir noir. Elle parvint douloureusement à s'en revêtir, en grimaçant. Elle se rendit à la fenêtre. Elle voyait la forêt partout. Ce chalet était bien caché. Image éculée, *L'ivrogne à son lampadaire*, elle s'accrochait au porte-manteau. Elle vit la courbe du petit chemin par où venait de filer un Clovis inquiet. Elle réussit à ramper jusqu'à la cuisine. Désordre partout, des victuailles jonchaient le comptoir d'arborite crevassé. La table était couverte de détritus divers. Le cœur haletant, les oreilles plus bourdonnantes que jamais, elle s'approcha de la porte à moustiquaire. Elle voulut l'ouvrir mais, aussitôt, un voile noir lui boucha la vue, elle fut plongée dans une étrange noirceur. Elle avait du sang dans la bouche.

Avait-elle trop exigé de ses faibles forces? Elle se sentit devenir toute molle, une guenille. Elle en échappa sa béquille improvisée. Petit fracas. Elle cria. Devenue aveugle, elle entendit les corneilles lui répondre, écho sinistre. Elle voulut s'accrocher au chambranle de la porte et n'y parvint pas. Elle s'écrasa, entendit une chaise qui volait. Maintenant elle était à terre, chiffon inutile. Elle ne sortirait pas vivante de ce camp de chasse! Elle eut très peur et très froid soudainement. Elle était à bout de force. Elle entendit le chien au loin, elle cracha le sang qui s'accumulait dans sa gorge. Elle était nulle part. Le plancher était devenu tout mou, de la plasticine collante, allait-elle enfin mourir pour vrai? Elle n'en doutait plus, c'était la fin. Elle allait pouvoir vérifier si on voyait une apaisante radieuse lumière. C'était le grand départ, le définitif?

Elle pensa à Vincent qui pleurait sur le lac, au soleil. Elle se sentit inondée. De l'eau montait? Une noyade? Elle la voyait, cette lumière, la devinait. Toute proche. La désirait. Est-ce que ce serait le paradis promis de son petit catéchisme?

Chapitre 6

Je ne suis pas morte tout à fait et je comprends mieux: si je m'évanouis, si j'entre dans une sorte de coma, je suis transportée hors de cette chambre sinistre. Est-ce ainsi pour tous les comateux, légers ou profonds? Jamais, il me semble, je n'ai entendu parler de souvenirs précis quand ces grands malades reviennent de leur étrange sommeil.

Moi non plus, je ne me souviendrai de rien si je reviens intacte de mon aventure, je le suppose. Une fois sortie de mes séjours entre la vie et la mort, ce sera donc le blanc total? Je ne me souviendrai pas de ce livreur en sarrau taché de sang au marché du centre commercial. Béatitude encore plus grande sur mon banc. Les couleurs, partout, sont plus éclatantes que jamais. J'admire le vert phosphorescent des feuillages, arbustes, arbres, plantes des tertres. Véritable éblouissement, c'est si joli, une lumière irréelle, un décor de théâtre pour enfants, la peinture saturée de certaines bandes dessinées. Ce centre commercial changé à la sauce disneyland!

Je me lève et marche. Les fleurs des deux grands bacs, aux terrasses, brillent de leurs teintes acides.

Me voilà ravie, souriante. Je ne veux plus, plus jamais, retourner à ce camp de chasse de mes deux cinglés. Quand mon tatoué Clovis y reviendra, avec ou sans Albert-le-fou, ils trouveront un cadavre, moi, un cadavre refroidi sur le plancher de la cuisine. Je vais mourir bientôt sans doute, c'est fini, bien fini. Quoi ? je n'aurai pas eu droit au fameux tunnel noir, au diaporama de ma vie en images rapides, rétrospective de mon existence ? Ni à la sortie libératrice dans la grande lumière bienfaisante dont parlaient les livres sur les moribonds ? Toutes ces couleurs saturées qui m'entourent, cet éclairage étonnant, suis-je dans la lumière promise ? Je me sens libérée, si libre, prête à faire le bien. Le bien ! Répandre l'amour qui me submerge. À quoi bon cet état ? Combien sommes-nous, revenants, esprits désincarnés, à côtoyer les vivants en tentant vainement d'insuffler nos bonnes vibrations, nos ondes bénéfiques ? Vincent, qui essayait de bien comprendre la science mécanique quantique, m'avait dit en refermant un livre : « Ma foi du bon dieu, la matière n'existe pas ! Tout ne serait, en fin de compte, qu'ondes ! »

Ce bonheur, en ce moment… Je me souviens mieux de quelques brefs et bienheureux moments de ma vie : m'être sentie complètement inondée de bonheur, sans raison claire. Une joie confuse. Avoir été transportée par un je-ne-sais-quoi. Je n'aurais su dire, chaque fois. Éprouvons-nous tous de ces trop courts laps de temps bénis ? Une légèreté d'être, enfant surtout, survenant d'on ne sait jamais où, d'on ne sait quoi. Ici, sur mon banc, j'étais comme cela, j'éprouvais un contentement total, sans raison valable. Cadeau du ciel? Quoi, qui donc, venait ainsi me consoler, me soulager? Yvette, ma mère morte, mon père en allé trop jeune, ou Robert? Une grand-mère morte depuis longtemps ou cette tante décédée, qui m'aimait bien? Mystère. Et j'ai tellement changé, tellement!

Mon banc, ma paix. Les couleurs aveuglantes de mon escapade me stimulaient. J'aurais voulu avoir des ailes, devenir un Icare survolant les paysages de la région. Je n'avais que ce pouvoir, me transporter. Je fis des essais. Je songeai à cette plage en République dominicaine où nous avions séjourné un hiver, il y avait quelques années. Je me concentrai et j'y fus. Je nous voyais. Nous lisions côte à côte nos chères biographies, lui celle sur Marguerite Yourcenar, moi celle sur Françoise Giroux, petit paradis organisé d'un Iberostar près de Puerto Plata. Je voyais mon grand sac de plage crème et bleu, nos confortables transats à longs coussins, nos serviettes rayées en marron et blanc, éponges pratiques. Vincent se levait fréquemment pour pratiquer son body-surf bien aimé. Il y avait des marchandes qui rôdaient sur le rivage: photos, coiffures, colifichets divers. Dans des cabanes branlantes, des peintres offraient une peinture folklorique ou bien des pirogues imaginaires en bois sculpté. Nous étions si bien, si libérés de notre hiver arctique.

Ainsi, à volonté, je voyageais. Nous voilà maintenant à Cavaillon, dans ce bistrot ensoleillé où on nous sert des pieds de porc en paquets odoriférants. Pourtant, il y avait bien longtemps de cela. Je me jouais du temps. Nous marchons dans les rues de Saint-Rémy de Provence, dans un square à petits vieux, joueurs de pétanque, ailleurs, une vieille dame nous raconte sa jeunesse aux Sainte-Maries, en Camargue.

Oui, j'y pensais et j'y étais.

Rome ? Je le voulais. Je nous y vois. Nous admirons la *barqua* de vieux marbre au pied de ce bel escalier d'Espagne. En haut, la vieille église, la Trinité des Monts, est recouverte des échafaudages d'une restauration. C'était facile et merveilleux. Mon banc était mon port d'attache. Je voyageais comme ce héros de la *Toupie du temps* de mon enfance. Tous les dimanches, je dévorais le cahier de bandes illustrées comme tous les enfants du monde. J'aimais *Anne la petite orpheline* et aussi *Tarzan*. Je voulais être un garçon souvent : *Guy L'Éclair, Superman*. Je riais des tours pendables faits au Capitaine par les jumeaux, Toto et Titi. Images soudaines du fouillis d'une cuisine. Deux secondes. D'un corps étendu. Moi. Une seconde. Maintenant, hélas, il fallait que j'arrive à faire savoir clairement à mon homme que nous allions être séparés à jamais. Pour très longtemps. J'en avais mal, mais il le fallait. Comment faire ? Lui dire aussi que je ne le quitterai plus jamais, au contraire. Le prévenir de faire cesser les inutiles recherches. Car que l'on me retrouve, bel et bien morte, dans une semaine ou dans un mois, quelle importance ?

Je ne voulais plus continuer à souffrir aux mains de deux fous. Je ne veux plus voir Vincent pleurer. Je songeai à tous ceux qui souffrent dans tous les hôpitaux, aussi à tous ceux qui n'arrivent jamais à faire le deuil d'un être aimé. Pour un enfant mort surtout, ou pour un être trop aimé.

J'aurais tant voulu revenir à la vraie vie. Juste quelques minutes. Le temps, mon Vincent, de crier : « L'homme ne meurt d'aucune mort ! » Lui déclarer que nous sommes présents, nous, les morts. Oui, nous tous, les invisibles, mais bien présents. Qu'il y a cette communion des morts, merveilleuse, avec les survivants. Comme tout le monde, j'en ai douté toute ma vie.

Qui est-ce que je vois soudain, marchant vers moi, courbée, en état d'urgence, apparemment ravie de me revoir ? C'est bien elle, la vieille Algonquine ridée, la mère de notre dépanneur congédié, l'ivrogne Clovis. Rendue à ma hauteur, je vois sa bouche nerveuse aux lèvres rougies qui remuent. Je n'entends rien, mais je sais ce qu'elle me dit : « Votre fou vient de me tuer, il m'a tiré dessus. » Elle sourit pourtant, et puis me tourne le dos, s'en va, remuante, vivante, me semble-t-il. Elle ajuste un grand châle noir sur ses épaules et disparaît derrière les boutiques du petit mail.

Alors, j'ai imaginé la scène : la pauvre vieille innocente ose avertir Albert qu'elle allait le dénoncer à la police. Lui, furieux, sort sa carabine, ou prend son pistolet de cow-boy. Mort de ma vieille guérisseuse. Il allait revenir au chalet pour me tuer moi aussi ! Mais non, son complice, Clovis Major, me l'avait dit : « Il a un plan, le Mexique de son riche cousin. » Il ne va pas me tuer, pas moi. Éclair encore, deux secondes : les pleurs de l'orignal, de vraies larmes qui coulent de ses grands yeux de bête empaillée.

Albert-le-fou voudra fuir au plus vite. Il viendra me chercher. Il m'embarquera de peine et de misère dans sa jeep. Abandonnera-t-il son complice dont il vient d'assassiner la mère ? Il roulera vers la frontière pour filer au Mexique, chez ce Ferdinand qui l'accueillera. Il s'imaginera que je pourrai tenir… Un si long voyage ! Je marche vers la venelle où vient de disparaître la guérisseuse. Personne, pas un chat. Un caddy à l'envers, un grand sac vide en plastique léger qui roule, qui roule dans le vent.

Je voulus me sauver n'importe où. Je songeai à la Côte d'Azur que nous aimions. Et j'y fus… Les vieilles rues de Nice en mai, le marché aux fleurs, des madones à lampion à certaines fenêtres, des persiennes peintes en vert partout. Une colline à l'est de la ville. Nous y grimpons lentement, la main dans la main. Le vent fait friser la Méditerranée en bas, loin. Je tiens mon chapeau de paille d'une main. Soleil sur les toits d'argile de la ville, le rose partout. Nous sommes heureux. À une terrasse d'un château ruiné, un couple de vieux retraités nous recommande chaudement les charmes de Menton. Nous nous trouvons bien jeunes pour penser à la retraite. C'était en 1980; le recteur de l'université, un certain Azaro, avait invité Vincent à parler de journalisme et de littérature engagée. Juste y penser et je nous vois visitant Saint-Paul-de-Vence, forteresse antique. Le soir tombe, nous sommes attablés dans un petit resto, sorte de caverne. *Chez Émile*, écrit au néon rose. Le bonheur ordinaire. Au chalet du comédien fou, je devais souffrir comme jamais, étendue sur le sol de sa cuisine.

Je me souvins : ces lectures de Vincent, ces té-moignages de *morts cliniquement*. Ça parlait de re-tours provoqués par la grande douleur d'un proche inconsolable. Était-ce l'amour de Vincent qui me retenait sur terre, m'empêchait de mourir, mon Vincent qui pleurait ? « Oui, retiens-moi, criai-je, retiens-moi mon amour, aime-moi fort, très fort ! »

Gisant dans la cuisine du dément, je survivais grâce à lui, pensai-je. Est-ce que je me mentais ? Je ne savais plus si je ne préférais pas mon statut de revenante. Allais-je devenir complètement folle, je balançais, recevoir encore ses caresses, l'entendre me dire : « Tu es belle et je t'aime », ou bien quitter tout ? D'une part être disposée à aider les autres, tous ceux qui se débattent avec la vie réelle et, d'autre part, désir égoïste de me retrouver dans les bras de mon grand amour. Oui, je balançais. Cette vie comme en parallèle de la vraie vie, je le sentais, n'allait pas durer encore bien longtemps. Cette mai-son à la tête d'orignal pleureur serait sans doute mon tombeau introuvable. Un jour, mais quand ? on allait découvrir un squelette comme celui aux bottes jaunes reniflé par le chien policier. Mon sort, mon triste sort. Je sentis rôder le vieux stéréotype : ma-cabre faucheur en os, avec sa longue faux. La verrais-je, cette *lumière des lumières*, selon Vincent ?

Au moment où je pensais si fort à lui, j'aperçus des mots qui s'écrivaient au firmament. Aucune trace pourtant de ces petits avions à publicités vapori-sées. Je pus lire, mot après mot : PASSÉ... UN CERTAIN DEGRÉ DE DILUTION... LES PRO-PRIÉTÉS DE NOS CORPS... PERDENT TOUT

SENS. Le nez en l'air, je lisais, relisais ces mots blancs, je vis une signature : TEILHARD. Vincent jubilerait !

Je me suis souvenu d'un Vincent intrigué, méditant son célèbre : « Passé un certain degré de dilution, les propriétés de nos corps perdent tout sens. » Je l'imaginais, découvrant ce message. Son grand bonheur.

Était-ce à cet instant précis que mon fou s'amenait au chalet de chasse, me voyait étendue sur le plancher de la cuisine, ajustait sa carabine pour m'abattre à bout portant ? Je ne sentirai rien, me disais-je. Puisque je n'étais plus là. J'étais sur mon banc, regardant des mots célestes qui s'effritaient : *sé.... lution... cor... sens.* Je voulus aller revoir mon cher jeune boucher, ce Roger à l'enfant condamné, ou bien aller voir Madeleine, la jolie pâtissière. J'hésitais. Morte, j'irai voir tout le monde, je leur apporterai l'espoir, de la chaleur utile, cette charité des morts. Je me sentis de nouveau heureuse, légère comme cette mésange excitée et ce roselin nerveux qui se gavaient ensemble dans un cerisier en fruits, en face de la papeterie. L'apesanteur comme condition de bonheur. Je revoyais des image de cosmonautes heureux de ne rien peser, de défier la gravité. En même temps, je me sentais retenue. La gravité Vincent !

Il me retenait. Je ne crèverais pas ! Ne pas l'abandonner moi non plus, courir vite à la maison, m'y réfugier, jusqu'à la fin de sa vie à lui, fantôme-gamine cachée dans son placard. Lui jouer des tours, déplacer ses effets personnels, mélanger ses vêtements, lui dérober un livre… Folle, va! N'être que cela: une bonne âme, la bonne âme de Vincent, taquine.

L'image de l'orignal en larmes surgit encore. Loufoque éclair. Deux secondes. Du noir s'installe partout. La nuit soudaine? Me voilà au pied de la croix de fer sur un sommet voisin du village. Les ampoules électriques de la croix géante brillent dans la noirceur. Autour, les maisons éclairées, en quinconce. Des lampadaires jettent de lugubres lueurs partout dans les rues. L'image d'un mini village au pied du sapin de Noël. J'entends la voix amie de Monique, comédienne que j'admire tant. Je l'écoute qui s'exclame: «Incroyable ça, on ne retrouve donc pas notre Rachel!»

Me voilà dans une coulisse de théâtre. Je reconnais des visages familiers, le grand Graveline, d'autres que j'avais déjà engagés, que j'ai dirigés. Un régisseur, casque d'écouteurs sur la tête, vient imposer son : «Silence partout, s'il vous plaît, tout le monde». L'envers des panneaux de toile du décor. Des supports aux murs. Des pesées. Des accessoires sur des tables longues. Quelqu'un fait rouler un placard mobile rempli de costumes. J'entendis que l'on frappait les trois coups: Toc, toc, toc! Monique chuchote à un compagnon: «Tout de même, Rachel ne mérite pas de pourrir dans un ravin. Qu'est-ce qu'ils font tous? Dégueulasse, leur inertie.» Elle parle à voix basse, nerveuse, puis je vois qu'elle essuie des larmes. Oh Monique! Je suis très émue, quelqu'un pleurait pour moi. Je ne savais pas qu'elle s'était attachée à moi à ce point. Vivant, on ne sait rien au fond des vrais sentiments des autres, on vit trop vite. Je le constatais. Oui, nous vivons nos vies en vitesse et nous ne prêtons pas attention aux amitiés nouées au cours d'une existence. Cela m'arrivait tard, bien tard. Avoir su mieux... Je négligeais tant ces amitiés, comme tout le monde. C'était de l'acquis, des certitudes bêtes, une certaine indifférence. Comme tout le monde. Allais-je être transportée partout où quelqu'un pensait à moi ? Partout où il y avait quelqu'un qui s'inquiétait de mon sort ? Me voici chez mon frère, Pierre-Jean, dans son bungalow de la banlieue nord, au bord d'une rivière bruyante. Salon sombre. Je l'entends qui parle à Ghislaine, sa femme : « Quand ils finiront par la trouver, il sera trop tard, merde, elle sera un squelette, ma grande sœur ! C'est une injustice. »

Ghislaine lui caresse une épaule et dit : « Rachel a été un peu comme une deuxième mère, c'est ça, non ? » Pierre-Jean s'essuie les yeux. Il jette sa revue ouverte sur une table à café. Je le revois, gamin espiègle du temps où je le gardais si souvent. Ses longs soupirs. Il regarde par la fenêtre, un kayac file sur la rivière des Mille-Îles. Ses sanglots maintenant ! Il m'aimait tant que ça ? Il se laisse choir dans un fauteuil à longs bras. Il se relève brusquement, paraît enragé, ferme les poings. Il va piocher sur le petit piano droit. Tintamarre pour ne plus entendre ?

Ghislaine veut le calmer, se mord la lèvre, impuissante à le consoler. J'ai mal. Elle lui verse un cognac. Il joue en frappant les notes comme un sourd. Enterrer sa rage ? Enfant, il voulait devenir musicien. Le voilà inventant une musique cacophonique. Ode à l'impuissance? Improvisation pour une disparue bien-aimée? Le voilà qui gueule en jouant : «Ma sœur a le droit de vivre, ma sœur a le droit de vivre!»

J'ai mal. Un frère désespéré fait du vacarme! Son gros Labrador se met à aboyer, énervé par son boucan musical. Vrai que je veillais sur lui, le benjamin, sujet à toutes sortes de maladies infantiles. Je l'aimais tant, envie de pleurer. Les zombies ne pleurent pas. Les revenants ne peuvent plus pleurer. Yvan, le fils, s'amène. Devenu grand gaillard musclé. Mon filleul ferme le couvercle du piano, il prend son père par le cou. Il ne dit rien. Yvan le conduit à un canapé, lui tend son cognac. Une marraine perdue, est-ce vraiment bien grave? Yvan va rouvrir le piano, joue tout doucement une vieille comptine d'autrefois.

Mon petit frère s'est calmé un peu, il dit: «Je veux croire qu'on va la retrouver bientôt, qu'il ne sera pas trop tard. Quatre jours, ce n'est pas si long. On a déjà vu des gens retrouvés vivants, sortis d'effrayants décombres lors de bombardements, de tremblements de terre. Pas vrai?» Je sais donc le peu de temps écoulé. Cela m'avait semblé si long, si long.

Ghislaine lui dit: «C'est sûr, ils vont la retrouver et tu vas voir, Rachel viendra manger ici bientôt. Tiens, à la Sainte-Catherine, comme chaque année.» Pierre-Jean, plié en deux, se remet à sangloter, son fils lui caresse la tête. «Viens souper, papa. Tant qu'ils cherchent il y a de l'espoir, ils te l'ont dit: ils fouillent partout dans les alentours.»

Mon cher banc. Je ne sais pas l'heure, je cherche une horloge. Pour moi, le jour, la nuit, aucune importance. Pas de différence pour les fantômes. Je survis dans un monde étranger à tous. Combien sont-ils à se soucier de mon sort? Le soleil revenu, je vois un cardinal, mini toupie rouge, lumineuse, qui frémit dans un cèdre. Oh! Il se pose sur mon bras!

La noirceur survient de nouveau. Je suis de retour au pied du gigantesque crucifix de la colline, ses ampoules électriques brillent d'un rose éclatant. Un lampadaire jette sa lueur orangée sur la rue d'en bas. Les ampoules de la croix sont passées au bleu le plus vif. Maintenant elles clignotent et roulent. Qui donc m'organise ce spectacle? Quel en est le sens? Quel est le message? Les lumières de la croix circulent rapidement, je songe aux marquises lumineuses des cinémas de ma jeunesse. Est-ce Vincent qui m'appelle au pied du sommet? Images de l'orignal en larmes encore. Trois secondes. Il tenait dans sa gueule une maquette d'avion. Je hais ces apparitions.

Me voilà chez moi, dans notre chambre. Le store est ouvert du côté de la rue, je peux voir la croix de la colline sous son éclairage ordinaire et, à droite, dans le ciel bleuté, une lune, mince quartier qui luit violemment.

Vincent dort. Je m'allonge à son côté. Il remue. Tord son oreiller. Je le prends par le cou. Il est tout chaud. Il remue de nouveau. Me sent-il? Je le souhaite tant, je l'espère tellement. Pouvoir lui parler à l'oreille, lui dire: «Je serai toujours avec toi, mon amour!» La veilleuse du couloir éclaire sa table de chevet, je vois un livre sur la table: *La descente aux enfers*, en lettres dorées, Henri La France. Que lit-il donc dans son désarroi, mon Dieu? Est-il revenu à sa période ésotérique? Il y a ses lunettes, un verre d'eau, des comprimés. Des somnifères? Lui qui détestait les médicaments. A-t-il perdu le sommeil, lui qui, aussitôt couché, sombrait vite dans le sommeil… s'il ne lisait pas au lit? Je l'enviais là-dessus.

Je vois une photo: New York. Battery Park. L'été. Je ris et tends la main ouverte vers lui comme si on pouvait être deux quand l'autre prend la photo. Folle. Je me souviens, nous allions en vacances sur une plage du New Jersey. Avec les amis de notre Groupe des sept, nous avions loué un cottage en bord de mer, Océan City.

Mon Vincent, chaman du dimanche!

Ce pendule près de ma photo! Il me cherche donc par tous les moyens. Mon pauvre amour. Je lui chuchote: «J'suis là, j'suis là.» Je vois une carte géographique, toute pliée, avec un feutre rouge, il a encerclé toute notre région. Il voulait absolument me retrouver. J'imaginais les visages des policiers le voyant arriver avec sa carte et son pendule. J'étais bien et mal à la fois.

Une pluie fine dans ma chambre? Non, me voilà sous l'auvent décoloré d'une pauvre maison. Où suis-je? La pluie ne me mouille pas. Est-ce le matin? Un taudis misérable. Un potager pas loin d'une remise à demi écroulée. Des tomates mûres qui luisent dans la lumière tamisée par l'ondée. Les longs tuteurs de bambou sont tordus tant ces tomates ont grossi. Des laitues qui se fanent.

Je le vois. Albert-le-fou sort d'un cabanon de planches moisies. Il crache, regarde autour de lui.

Silence dans cette petite vallée. Il jette sa cigarette au loin. C'est bien lui, avec son pistolet dans la ceinture, ses bottes salies de boue. Je suis au faîte d'un pommier sauvage. Vue en plongée. Il tient une pelle ronde, toute rouillée. C'est mon monstre familier, le cow-boy aliéné. Il marche vers une sorte de fosse, achève de creuser un grand trou, s'essouffle vite, crache encore, jette son chapeau texan au sol, enlève son blouson amérindien à franges. Se crache dans les mains, reprend sa pelle tombée au sol. Il ahane. Une tombe ? Pour moi ?

J'entre dans un cabanon branlant. Une table bancale, des tablettes fixées à un mur, des pots, des médicaments naturistes. Mots sur des étiquettes : noms de plantes sauvages diverses. Je suis chez elle ? La funèbre révélation au centre commercial était donc vraie ! Là, dans un coin, sous cette couverture à carreaux que je soulève, elle ! Ensanglantée. Je vois son châle. Sous la pluie, il y a mon fou s'apprêtant à l'enterrer. J'ai donc eu raison. Elle avait parlé. Bravement, candide, elle lui avait révélé franchement son besoin d'alerter quelqu'un.

La mort aussitôt. Enterrement, et quoi ensuite ? Il reviendra au chalet, c'est certain. Il me verra au sol, inanimée, sortira une pelle encore et creusera mon trou. Ce sera mon tour. Il s'en ira seul au Mexique chez ce riche cousin providentiel. Crime parfait. Insoluble pour les policiers. Quoi faire ? Où est le fils, Clovis Major ? Un chien s'éclate en aboiements furieux, pas bien loin, trépignant au bout de sa chaîne. Le chien de l'Algonquine ? Aussi impuissant que moi. Albert fonce vers l'aboyeur, sort son vieux revolver, ajuste, tire, l'abat. Petit écho dans le paysage tranquille. Le silence de nouveau. La pluie sur la tôle du cabanon. Ma solitude, mon impuissance. Il achève de creuser. S'éponge le visage avec le bras de sa chemise jaune moutarde. Il va dans sa jeep, en sort sa carabine, tire sur… la morte. Un fou! Albert jette la dépouille de la guérisseuse dans le trou, y lance aussi le chien mort. Je le vois qui marche dans un couloir vers moi, vêtu maintenant d'un chic costume, cravate dénouée, la mine basse.

Je voulais fuir, penser à n'importe quoi. Un couloir à n'en plus finir. Tout autour, des salles de répétition. Je tenais serré contre moi mon texte bariolé de mes indications de mise en scène. Un découpage complexe qui m'avait volé des soirées entières, des nuits même. Un dur labeur. C'était la première lecture en équipe des textes de Marie-Jeanne Brossard, pour *Zénon loin de son port*. Je marchais rapidement avec mon régisseur et ma scripte. Avait surgi Albert. D'un angle de ce corridor. Il marchait, le visage fermé, les traits durcis. Il grognait, je l'aurais juré. J'en eus peur. Il se plaqua devant moi, stoppant ma marche. Mes deux adjoints crurent bon de continuer vers la salle de répétition. Ses yeux brûlaient d'une rage impossible sans doute à dissimuler. Il m'apostropha, de la bave aux lèvres: «Jamais, tu m'entends bien, Rachel Richer, jamais je ne te pardonnerai ça.»

Il m'avait craché dessus! Il avait crié: «T'es une vraie salope, une maudite chienne!»

M'essuyant le visage avec des mouchoirs de papier, je le vis disparaître au bout d'un couloir. J'étais renversée. Je le sais maintenant, c'est là qu'Albert a commencé à sombrer dans sa folie. J'aurais dû mieux le comprendre, lui parler, lui expliquer. Mais tout va si vite et nous sommes tous, toujours en retard, pressés. La consécration de ses talents, s'était-il imaginé, venait de lui échapper. Son immense capacité à bien jouer, avait-il cru, allait rester sous le boisseau. Un dépit infernal l'avait envahi. J'aurais dû mieux le voir. J'étais si prise par cette commande énorme, cette série difficile. Et ce crachat ignoble !

Je m'étais dirigée vers ma troupe de comédiens, nerveuse évidemment. Ne rien laisser voir. *The show must go on.* Tous étaient emballés, très excités, d'avoir à donner corps et âmes aux personnages singuliers de l'écrivaine Brossard. Et cela, sans l'aide du talentueux, du génial Albert Marois. Ils ne s'aperçurent donc pas de ce moment de désarroi. Oh oui, j'allais prouver mes talents une bonne fois pour toutes. *Le vieil homme et la mer* d'Hemingway serait du pipi de chat à côté. Rêvons ! Je ne savais pas, pas encore, que ce mirifique Zénon, le récit épique de ce pilote envoûtant, ne ferait pas du tout florès. Que notre intrépide marinier n'allait s'attirer qu'un public restreint. Nous allions passer loin du succès populaire escompté, hélas !

Comme toujours, dans ce foutu métier qui n'en est pas un tout à fait, toute la troupe était convaincue que nous filions droit – dans la barque du vaillant Zénon – vers un triomphe. Que nous allions installer, au palmarès de l'anthologie télévisuelle, de fameuses images. Nous sommes tous faits, romanichels modernes, de cette folle étoffe. Fracassés, nos pauvres espoirs. Je m'étais dit qu'il était grand temps de casser un préjugé, la qualité et la popularité pouvaient s'épouser, la télé pouvait être un art. À part entière. Oh la chute fatale!

Sur mon banc, au soleil revenu, je regarde un bonhomme à l'obésité inimaginable. Il se traîne vers la ferronnerie du centre avec un petite tondeuse à haie qu'il tient d'une main.

J'évite de me concentrer sur quoi que ce soit. Je m'efforce de ne pas penser à l'acteur Albert, très dérangé mentalement. Je garde mon esprit libre, le laissant flotter sur des riens, sur un bac à fleurs en face du comptoir de voyages à forfaits, sur un panier de fruits à un étal extérieur du marché. Une pomme bien rouge, cirée, roule vers moi, je vois un petit garçon qui s'amène, les mains ouvertes, vers sa pomme perdue. Il n'y aurait plus rien désormais, ni passé, ni avenir, pour me hanter. Je le voulais. Mais l'orignal qui pleure m'apparut de nouveau. Cinq secondes. C'était trop long.

Je fermai les yeux, je secouai la tête. Je résistais, je ne voulais plus, plus jamais me retrouver là-bas. Je voulais juste flotter dans un temps suspendu, oui, flotter. L'orignal en larmes encore, avec ce foutu petit avion dans la gueule. Deux secondes. J'allais y retourner, je le sentais, je le devais… une force immuable m'y poussait.

Chapitre 7

Elle allait mieux, elle avait retrouvé ses sens. Elle se voyait, se retrouvait au chalet du fou, dans son lit de douleurs. Elle était revenue à elle. Elle rentrait en elle-même. Qui l'avait trouvée sur le plancher de la cuisine ? Qui l'avait mise au lit ? Le complice, Clovis Major, était-il sur la route cherchant Albert avec sa mère ? Savait-il pour le crime d'Albert ?

Elle était au bout de ses forces, comme on dit, au bout de son rouleau. Le rouleau compresseur de toute une vie. Sa tentative de fuite ? Un échec, c'était clair. Son geôlier, cette fois, lui avait noué les poignets au châlit, lanières de toile rugueuses, nombreuses. S'assurer ainsi qu'elle ne se relèverait pas. Qu'elle n'irait nulle part appeler au secours. En voulant bouger sa jambe saine, elle comprit aussitôt qu'on lui avait attaché les deux chevilles aux barreaux de fer du pied de lit. Qui allait la soigner ? La vieille guérisseuse avait été tuée, non ? Elle entendit des grognements. Le chien de l'Amérindienne avait été éliminé aussi. Avait-elle rêvé ces crimes ? Elle ne savait plus. Par la fenêtre elle voyait tomber des averses, une pluie de septembre en trombes noirâtres. Elle essayait de mieux savoir… Combien de temps s'était écoulé au juste depuis que sa Jetta avait roulé dans le ravin? Le temps? Son état altéré de conscience brouillait tout. Elle cessa vite de calculer. Quelle importance, quatre jours ou dix? Il n'y avait qu'à tout tenter une fois de plus pour s'évader. Comment y arriver? se demanda-t-elle. Par quel moyen? Ce chien invisible qui jappait non loin… un chien errant qui sentait sa présence, ou celle de quelqu'un s'approchant du shack. La porte et la fenêtre étaient ouvertes, seule la moustiquaire la protégeait des moustiques, nombreux par ici. Il faisait si chaud, si humide avec toute cette pluie. Une sorte de canicule. Elle se sentait toute collante sur le drap malpropre. L'été indien déjà? Il arrivait, certaines années, que ce qui se nomme aussi l'été de la Saint-Martin s'installât dès septembre.

La porte claqua. Le chien se calma. Quelqu'un donnait à manger à la bête, bruit d'écuelle métallique. Silence ensuite. Pourquoi Major ne venait-il pas la voir? Elle jonglait: menaces d'abord ou pieux regrets pour ce refus de l'engager, admettre qu'elle avait commis une grave erreur de casting, impardonnable. La croirait-il?

Si Clovis Major avait découvert l'enterrement de sa vieille mère, ce serait un carnage, un fameux duel. Elle l'espérait. Elle imaginait la scène: Major, démonté, accourait au chalet. Armé sans doute. Un duel de mort s'ensuivrait, le genre western d'antan dans les vieux films d'Hollywood, une bataille effrayante. Elle entendrait les coups. Qui gagnerait, Albert ou Clovis? Elle souhaitait bien sûr un Clovis victorieux, vengé, qui viendrait défaire ses liens, qui la conduirait rapidement dans un hôpital. La délivrance enfin! Un Clovis qui l'aiderait à se traîner à son pick-up, elle y grimperait tant bien que mal. Sauvée in extremis comme on dit. Elle reverrait Vincent, elle vivrait. Elle serait bien soignée. Guérie.

La porte de la chambre s'ouvrit lentement. Albert était debout devant elle. L'orignal sur son mur ne bronchait pas, ne pleurait pas, c'était donc un temps réel. Elle sut qu'il ne fallait plus perdre une seule minute. Elle avait si mal à son épaule blessée: «Tu vas m'écouter, Albert, avant qu'il ne soit trop tard pour toi comme pour moi. Je reconnais mes torts.» Il alla s'asseoir, cet aveu le troublait. «J'ai été injuste avec toi, je l'avoue aujourd'hui. J'ai commis une erreur grave, c'est toi qui aurais su incarner, tellement mieux, mon héros, Zénon.»

Il la regardait, les yeux agrandis, très étonné. Puis il se leva, alla s'asseoir dans une vieille chaise berçante. «Je le reconnais volontiers, Albert» répéta-t-elle. Il alluma un cigarillo, jeta son chapeau de feutre au sol, croisa la jambe: «C'est curieux que tu me dises ça maintenant, j'allais te détacher. Oui, je vais te libérer, mais tu dois rester avec moi. Je connais un ami, Saint-Louis, c'est un chirurgien formidable.» Elle se demandait où il voulait en venir. «Oui, mon ami Saint-Louis, pour une peccadille, a été rayé du Collège des médecins. Je l'ai enfin retrouvé, il habite pas si loin d'ici. Je lui ai téléphoné, il accepte de te soigner.»

Il se leva pour caresser le museau de l'orignal. Il lui sembla plus calme, comme rassuré : « Moi aussi, Rachel, je regrette. Je parle de cet accident. C'était con, c'était trop. C'était une idée de Major qui est un ivrogne fini. »

Attendri, souriant, il vint poser sa main sur son bras libre : « Je te voulais à moi, mais saine et sauve, pas blessée comme tu l'es. Je regrette ce qui est arrivé sur l'autoroute. Une grosse connerie. Moi, je voulais seulement t'empêcher de descendre en ville ce soir-là, rien de plus. J'aurais dû agir seul, ma première idée. » Il marcha à la fenêtre, la pluie avait diminué. « Mais c'est fini, ça va s'arranger. Saint-Louis, mon vieil ami, est très réputé. On va aller le voir, il nous attend. » Elle était sous le choc. Il voulait la garder avec lui, il se voyait avec elle ! À jamais ? Elle questionna : « Comment tu as su que je partirais pour la ville ce soir-là ? » Il prit la catalogne qui servait de petit tapis au sol, alla la secouer par la fenêtre, nuage de poussière. Il referma la moustiquaire, revint vers son lit, comme pressé, renversa une fiole de médicaments, enfin s'assit tout près d'elle : « Facile, ça. J'habitais pas si loin de chez toi. Je te voyais parfois au marché du centre commercial, ailleurs aussi. Je me cachais. Je t'aimais toujours. » Mal à l'aise, il toussa, se leva de nouveau, alla vers le placard, fit mine d'y déplacer des vêtements : « Et puis il y a eu Major, votre homme à tout faire, congédié. C'est au pub d'en bas que je l'ai connu. Comme moi, un maniaque du poker. Il a fini par tout me raconter. Il était devenu haineux à ton égard, tu dois t'en douter. D'autres l'avaient largué et il était tombé sur l'assistance publique. Il buvait trop. »

Il revint s'installer près de son lit, sembla se demander ce qu'il pouvait dire ou ne pas dire. Il alla à la cuisine et en revint avec une bouteille de vodka. Il but au goulot. Buvait-il moins que Major ? se demanda-t-elle. « Le temps des touristes tolérants était fini pour Major, il est devenu le comparse indispensable pouvant m'aider pour ton enlèvement. »

Il toussa davantage, cracha dans un bol de cuivre ancien. Il but de nouveau, au goulot : « Major était copain avec le fils de votre femme de ménage. Il savait tout sur vos déplacements, il voulait aller voler chez vous. »

Elle se souvenait qu'elle avait expliqué à Martine, engagée pour le grand ménage, ce qu'il lui restait à faire car elle devait vite quitter le village. Elle avait été nommée juré en remplacement d'un homme tombé malade, pour un concours de jeunes vidéastes. La bonne avait donc parlé à un de ses fils… qui avait parlé à Clovis… enfin, qui avait parlé à Albert, son ami !

C'était donc ça.

Elle ne l'écoutait pas qui disait les mêmes choses qu'elle pensait. Avant qu'il ne s'engage plus à fond dans son désir de la garder près de lui, elle crut bon passer aux menaces. Elle lui expliqua ce qu'il risquait quand il se ferait arrêter. Le coup de la peur, des menaces. Il avait aussitôt fui à la fenêtre. Elle le voyait qui trépignait en écoutant les mots procès, jugement, prison… Il finit par se retourner, les jambes écartées, le torse bombé, le visage rougi :

«Comprends bien ton intérêt, je t'abandonne ici ou bien on file chez mon ami qui peut te remettre vite sur pieds, c'est un as. Nous partirons ensemble tout de suite ou bien… personne ne te retrouvera. Jamais. Ton choix est clair. »

Elle s'affola, lui dit: «C'est toi qui iras te faire soigner, pauvre fou, et le plus tôt possible. Tu t'imagines un avenir impossible, tu rêves! » Il se prit la tête, la secoua, finit par lui jeter un regard de feu, il articula soigneusement: «Il n'y a pas de vrai choix. Tu comprends pas? Je pars seul ou tu acceptes mon projet de tourner mon film. »

Quoi? Avait-elle bien entendu? De quoi parlait-il? D'un film, d'un projet de film? Elle éclata: «Tu dérailles, de quoi tu me parles, là? Je ne ferai jamais de film avec toi. » Il cria: «Ferme-la, j'ai un autre ami, du genre indispensable pour un comédien de ma trempe, c'est un homme très riche. »

Il prit le bouquet de roses, devenu un chicot rabougri, le porta à la cuisine et revint avec d'autres roses rouges, énorme bouquet. Il souriait mystérieusement: «Ma vie va changer. Moi, le comédien bafoué, l'acteur snobé, le rejeté de votre petite congrégation de fins finauds, mon heure est arrivée. Tu vas voir ça, Rachel Richer. »

Il tenta de rallumer son cigare éteint, odeur horrible dans la chambre. Elle reprit son refrain: «Je t'ai dit mes regrets, présenté mes excuses, avoué mon erreur. » Il lui souriait: «Justement, Rachel, tu peux réparer ton gâchis. Pedro Villonga est un producteur mexicain, un débrouillard. Parent avec mon cousin, il a épousé sa sœur. Il est riche à craquer, mon Pedro. Tout est réglé, presque, il a accepté en principe de financer mon film, mon scénario, et toi, tu en seras le réalisateur.»

Elle faisait un autre cauchemar. Elle en était muette de stupéfaction. Il souriait de plus belle: «Ce sera un remake, celui du film fameux de Valentino, *Le cheik blanc*. Villonga Productions Inc. a payé tous les droits d'adaptation. Tu vois ça? Une chance pour toi.» Elle faisait vraiment un cauchemar inattendu. «Avec tout son fric, ça va être un hit. Tous les envieux, les jaloux, iront se rhabiller!»

Un vrai nouveau cauchemar? Elle se sentit plus fiévreuse que jamais. Sa tête allait éclater. Elle écoutait des mots inouïs, les paroles d'un frustré dément. Un délire, se dit-elle. Marois parlait, parlait… d'un tournage à la moderne, d'un site fabuleux, au Mexique – il avait vu des photos –, du vaste ranch du cousin Ferdinand et du nabab, ce Villonga. Aussi de haute définition, de caméra ultra numérique, fabriquée récemment au Japon. Un vrai délire. Elle en restait muette.

Il allait et venait dans la chambre: «J'ai travaillé très fort ce scénario, tu seras emballée, il est fin prêt. Tu seras un réalisateur choyé, très gâté, là-bas.»

Elle l'observait qui se glissait dans ses illusions, s'enterrant dans la complaisance délirante. Il allait prouver à la face du monde qu'il était un acteur fantastique, aux dons puissants; sa revanche, elle entendait sans cesse ce mot. À la fin de sa diatribe, il guetta son assentiment, il voulait la voir toute stimulée par cette offre imbattable. Fou, il s'attendait à de l'enthousiasme de sa part. Il parut déçu de la voir plutôt ébahie: «Tu dois embarquer, Rachel, sinon c'est bye-bye et la mort pour toi.»

Il se tut enfin. Il buvait sans cesse. Elle se questionnait: devait-elle faire semblant d'acquiescer à son projet de film pour ensuite guetter une occasion de fuite? Elle garda les yeux fermés. Elle avait moins mal, ce projet mexicain, après tout, pourrait bien lui fournir un moyen de s'en sortir. Ce médecin, son ami, ce Saint-Louis, quelle bêtise avait-il commise pour se faire rayer de sa corporation? Cette faute concernait-elle sa vie privée?

En ce dernier cas, que risquait-elle? En effet, elle n'avait pas le choix. Sortir de cette macabre cabane avant tout, le plus vite possible. Il y aurait bien un moment propice pour s'échapper des griffes du génial scénariste improvisé, de cet acteur qui allait s'offrir à lui-même un grand rôle de séducteur légendaire: un nouveau Rudolf Valentino! «Bon. Oui, Albert, je marche avec toi. Maintenant détache-moi.» Il souriait: «Tu embarques? C'est vrai, Rachel? Je ne te force pas au fond.» Un fou!

Il alla vers la commode, y prit du linge. Il vint lui refaire maladroitement son pansement à la tête avec des soins d'infirmier improvisé mais tout dévoué. Elle ne saignait plus. Le pansement retiré était resté blanc. Enfin, il lui versa du jus d'orange frais: «Il n'y a pas de téléphone ici et je dois contacter Saint-Louis, pour confirmer. Le prévenir de notre arrivée. Donne-moi quinze, vingt minutes, maximum. » Elle sentit chez lui une sorte de tendresse envers elle. Il devenait le futur associé, très intime avec son réalisateur. Folie ! Elle avait peur de cette affection soudaine. Dans quoi s'embarquait-elle ?

Enfin détachée, elle se frotta les bras, son épaule endolorie, remua ses jambes. Elle se sentit un peu mieux, étaient-ce les antibiotiques de Clovis, les remèdes de l'Algonquine, prénommée Sarah ? N'était-ce pas plutôt son soulagement de quitter ce repaire, de retrouver bientôt la civilisation ? C'était plus facile. Cette lueur d'espoir : arriver à sortir de ce chalet et puis se cacher… Elle s'en trouva un peu ragaillardie. Tellement, qu'elle ne sentait plus trop sa jambe fracturée, ni son épaule meurtrie. Elle glissa sa jambe valide hors du lit, entraînant l'autre, elle était debout une fois de plus et se tenait fermement à la tête du lit. Elle fit un pas, deux puis… quatre… reprit, pour se soutenir, la vieille patère de bois. Tant et si bien qu'elle alla ouvrir le placard. Il y avait surtout des vêtements d'homme. Elle endossa une chemise à carreaux noirs et rouges. Elle enfila, de peine et de misère, un blue jean archi usé. Elle réussit enfin à chausser des bottes de cuir jaune. Il ne lui manquait que la carabine ! Au fait, la trouverait-elle dans une armoire de la cuisine, cette arme qui avait tué l'Algonquine Sarah ?

Le chien invisible était resté… invisible.

Elle trouva une canne rugueuse sur une tablette de la cuisine et s'en empara, clopinant, se soutenant de chaise en chaise, elle aperçut par la porte un chien très noir de poil qui haletait, la longue langue pendue, couché sur des dalles de ciment. Elle vit un soleil timide se débattant contre des nuages de pluie, pour régner. La chaleur pesait davantage. Elle eut vite des sueurs au visage.

Elle alla se regarder dans un miroir de mauvais tain suspendu au-dessus d'un évier crasseux. Elle s'y vit : une misérable carcasse. Elle boitilla vers la sortie. Le fou avait verrouillé la porte. Elle n'avait pas la force de grimper sur le comptoir pour tenter de passer par la fenêtre grande ouverte. Elle prit un marteau dans un tiroir, tenta de fracasser la serrure. Elle cognait trop faiblement. Vaines tentatives, elle tomba de fatigue sur une chaise droite au dossier arraché. Elle avait mal à son épaule, très mal. La fièvre grimpait vite. Ce serait fou, si près de sortir de là, de s'écrouler, peut-être de mourir. Elle essaya de se calmer. Elle alla verser de l'eau dans un gobelet au zinc terni et entendit quelqu'un qui déverrouillait la porte. Impossible qu'il soit déjà revenu ? Elle n'osait regarder. Non. Pas lui ! C'était Clovis Major. Le fils de l'assassinée. Il restait là, debout dans le cadre, se balançant sur ses deux jambes robustes, les mains nerveuses. Il la dévisageait, le regard perdu, la bouche entr'ouverte.

Il semblait comme pétrifié. C'était comme s'il n'arrivait pas à voir la grande blessée qu'elle était, vêtue en disciple de saint Hubert, une Diane chasseresse qu'il n'imaginait pas. Il finit par articuler : « Debout ? Vous ? » Elle ne répondit pas, si désolée de n'avoir pu s'enfuir plus tôt. Elle constata que Clovis avait bu énormément. Il vacillait, s'accrocha à un comptoir. Il alla s'arroser d'eau au robinet puis finit par marmotter : « Et lui ? Il n'est pas là, lui ? Il est donc nulle part, hostie sainte ! Je l'ai cherché partout. »

Elle avait juste envie de crier, crier très fort, mais elle devinait qu'il n'y avait pas âme qui vive dans les parages. À quoi bon ? Il ne fallait surtout pas perdre le peu de force qui lui restait. « Albert sera de retour dans dix minutes » fit-elle. Elle se tourna pour l'imiter, s'arroser d'eau froide au robinet de l'évier. Puis elle lui dit : « Écoutez-moi bien, c'est vraiment votre dernière chance, sortez-moi d'ici. Amenez-moi vite loin d'ici. »

Il sembla réfléchir, le visage ruisselant d'eau. Il sortit un flacon d'une armoire dont la porte pendait toute croche. « Je vous le redis, Clovis, c'est votre dernière chance. » Agile, il se hissa d'un saut sur un comptoir, balançant les jambes : « C'est que… Albert est mon ami. Mon seul ami. » Elle saisit cette occasion : « Votre ami ? Lui ? Il n'est l'ami de personne. C'est un mégalomane qui rêve debout. Il m'a offert de partir avec lui, au Mexique, et sans vous. » Elle s'approcha de lui et il la prit en tenaille avec ses longues jambes, son rire rauque éclata. Elle ne bougea pas. Elle se souvenait de ses mauvais pressentiments à son égard quand il venait travailler chez elle. Il la fixait parfois longuement. Une fois, il avait osé lui faire une furtive caresse dans le dos. Une autre fois, il l'avait prise par la taille mais la voyant effarouchée, prudent, il s'était excusé tel un gamin effronté aux aguets. Elle lui prit les mains et se décida à jouer une carte, la bonne, espérait-elle : « Écoutez-moi bien, c'est un dangereux malade. Il a tué votre mère, je l'ai vu l'enterrer près de son potager avec son vieux chien. Qu'il a tué aussi. »

[173]

Un silence pesant s'installa. Elle continua : « Partons. Aidez-moi à fuir. Je vous montrerai où il a enterré votre maman. »

S'il fallait, pensa-t-elle, que rendus là, il ne trouve aucune fosse, ni sa mère, ni le chien dans un trou inexistant ? Un fantôme comme elle pouvait avoir rêvé ce meurtre.

Rendus au potager, il y aurait, bien vivante, l'Algonquine à ses remèdes, son chien sautillant. Aucun cadavre.

Major, ébranlé, s'était remis sur ses pieds et regardait dehors. Elle l'entendit même qui se parlait à lui-même à voix basse : « Pourquoi Albert aurait tué ma mère ? Pourquoi ? » Il se tourna vers elle, les yeux très noirs : « Hein ? Hein ? Pouvez-vous me le dire ? » Il s'accrochait à elle. Elle trouva la force de le repousser d'un geste et de sortir sur le petit palier de béton effrité. L'air chaud la recouvrit aussitôt. Le soleil dardait et avait réussi à laver le ciel des dernières nuées. Elle respira à fond. Sous une dizaine de cèdres lourds de feuillages, elle vit son pick-up rouge. Sa chance !

Elle répéta : « Je vous le répète, il a tué votre vieille mère. » Il sortit à son tour, criant presque : « Hostie, pourquoi ? Pourquoi il aurait fait ça ? »

Elle s'appuya sur sa canne des deux mains, lui fit face : « Parce que votre mère m'avait promis de me sortir d'ici, promis d'alerter quelqu'un. Albert l'a sans doute entendue, il allait entrer dans la chambre. Vous me croyez à présent ? » Elle boitilla vers sa camionnette, ouvrit une portière. Elle voulait tant fuir.

Il marcha vers elle, lui secoua un bras : «Vous l'avez vu, l'avez-vous vu la tuer, oui ou non ?» Elle répondit : «Non, mais je l'ai vu traîner son cadavre et le jeter dans un trou qu'il avait creusé. Votre maman était déjà morte.» Il la croyait enfin. Sa mâchoire se contractait. Elle n'en revenait pas qu'il ne se pose pas la question : comment aurait-elle pu se rendre là ? Il avait décidément trop bu.

Il monta dans son petit camion, lui fit un geste vague. «On va aller vérifier ça et vous venez avec moi.» Elle monta difficilement en grimaçant et s'installa à sa droite. Il fit démarrer le moteur. Elle jeta un dernier regard sur sa prison, misérable maisonnette recouverte de papier goudron sur deux murs, tout à fait abandonnée. Son cœur battait très fort. Ils roulaient. Elle avait tant craint de crever là-dedans à l'insu de tous. Un rayon d'espoir enfin... enfin... luisait pour elle. Elle en tremblait légèrement. En voyant défiler ces paysages perdus, ces collines d'épinettes, ces champs en jachère, cette route de terre battue sans aucune maison en vue, elle eut la certitude que la police aurait eu bien du mal, aurait mis bien du temps, avant de la retrouver. Il roulait très vite, se fichait des courbes raides, des détours dangereux. Son cœur battait à se rompre. La délivrance enfin ! Elle était débarrassée de son comédien à la cervelle brûlée, ce fou qui échafaudait des lubies cinématographiques. Qui s'imaginait qu'on allait enfin lui reconnaître du génie en réincarnant un célèbre héros du cinéma des années 1930. Son acteur contrarié, son fou frustré, son raté, cette fois, était perdu. Elle s'étonna d'éprouver une certaine compassion. Pour la première fois. De pitié même… pour lui, ce monstre ?

Elle avait changé. Naguère, elle, qui faisait de brèves mais terribles colères, parfois, pour un retard, un décor branlant, un accessoire manquant, un caméraman éméché, était dure. Le boulot à faire, à bien faire, c'était sacré. Elle avait changé.

Clovis, coup de volant raide, emprunta soudain un petit chemin de traverse, poussière de sable qui leva. Il mit en marche ses essuie-glaces. Dans une petite forêt, blanche tant il y avait de bouleaux, il s'engagea sur un sentier très étroit. Au sol, des fougères trempées par la récente pluie s'entassaient, verdure drue. Le soleil luisait comme jamais. De rares petits nuages tout ronds fuyaient sous le vent qui s'était enfin levé. Devant elle, dans les fossés, brillaient des diamants liquides, éphémères, dans les branchages bas et mouillés. Beauté naturaliste qui l'émut malgré tout.

Il lui semblait qu'elle avait été enfermée des semaines et des semaines. Elle regarda Clovis, les muscles des bras bandés, et éprouva pour lui aussi une sorte de pitié. Elle avait changé.

Quelques minutes auparavant, elle se désespérait ; maintenant, elle se sentait plus légère. Elle roulait à toute vitesse avec un voyou saoul qui n'évitait aucune pierre du chemin, elle roulait vers une tombe creusée en vitesse et, pourtant, elle se sentait mieux. Quinze minutes avaient passé et voilà que Clovis s'engageait dans un chemin de gravier.

Elle revit la petite plaine. Elle n'avait pas rêvé. Elle revit les bâtiments délabrés, le triste taudis de Sarah, la vieille guérisseuse. Elle imagine Albert, revenant de son coup de fil au chirurgien ami. Il voit qu'elle n'est plus là. Sa rage! Aura-t-il l'idée d'accourir ici pour retrouver Clovis? Non. Elle s'accrocha mieux au tableau de bord du pick-up, serra les poignées du coffre.

Major avait stoppé brusquement. Ce n'était donc pas une illusion, il y avait le potager, les tomates pendantes, la laitue abandonnée. Clovis se jeta hors du camion et la laissa là. Elle avait mal à l'épaule et quand elle la remuait le moindrement, sa jambe lui arrachait des grimaces. Elle l'observa qui tournait autour des bâtiments, puis autour du potager. Il aperçut le trou, la fosse pour sa mère, la terre remuée fraîchement. Il savait maintenant, il avait compris, se dit-elle. Elle le vit qui s'écrasa. Il était tombé à genoux, frappant le sol. Il se recroquevilla, petit bonhomme qui se lamentait, la bouche ouverte, les mains tendues vers le ciel. Elle eut mal pour lui. Un paquet de linge qui se secouait. La douleur. La pitié de plus belle, malgré sa complicité avec Albert.

Elle était une autre. Elle sortit du pick-up lentement, s'aidant avec sa canne. Elle voulut s'approcher de la fosse. Elle voulut le consoler, lui qu'elle maudissait il y avait si peu de temps, conseiller funeste, complice de ses tourments. Elle ne put y arriver. Elle retourna au pick-up. Son épaule lui causait des élancements atroces. Sa jambe aussi. Elle se savait délivrée. Clovis Major venait de comprendre

qu'il y avait plus dément que lui, qu'il s'était aco-
quiné avec un tueur, un grand détraqué. Elle ferma
les yeux, assise, plus calme maintenant. Clovis, elle
en était certaine, allait l'amener à l'abri quelque
part. Où? elle s'en fichait. Comment ne plus le
voir, ni l'entendre qui criait et pleurait tel un gamin
éploré? Vite, qu'il vienne la conduire à un hôpital.
Vite. Ou à la police peut-être? Elle se voyait, installée dans un lit propre enfin, des médecins com-
pétents allaient l'entourer, pas de ces Saint-Louis
interdits de pratique. On allait la soigner dans une
chambre bien propre, sans grosse tête d'orignal au
mur. Elle redeviendrait la femme de Vincent. Elle
raconterait bientôt son histoire aux amis du Groupe
des sept, des quatre maintenant, car un couple s'était
fracturé et le macaroni, Humbaldo, meilleur ami
de Vincent, était mort d'un cancer. Ah oui, ils en riront de cette épouvantable histoire de septembre,
Vincent et elle, dans un an, peut-être même avant.
Tout s'oublie si vite.

Quand elle ouvrit enfin les yeux, Clovis s'installait au volant, muet, inquiétant, le regard fou. «Clovis, j'ai mal, très mal, il faut vite m'amener quelque
part, n'importe où.» Il lança le moteur sans répondre,
sans la regarder. Il n'était pas vraiment dans sa camionnette. Le moteur vibra, gronda, plein gaz. Il fit
demi-tour en deux secondes et elle l'entendit grommeler: «J'ai mon fusil, faut vite que j'aille le descendre, le rat.»

Elle dit: «Non, d'abord conduisez-moi n'importe où, c'est très urgent.» Il fit: «Ce qui est urgent, c'est qu'il ne m'échappe pas ce salaud.» Elle

en fut assommée. Tout n'irait donc pas comme elle l'avait espéré.

Elle avait changé. Pendant qu'ils roulaient à toute vitesse, elle se demandait combien ils étaient, dans ce monde, les enragés, les déboussolés, les maganés du sort? Combien, juste ici, dans cette campagne environnante, à vouloir régler les problèmes à coups de carabine, comme aux temps des pionniers esseulés? Comme dans le vieux cinéma de cow-boy de son enfance? Une fois revenue à la vie normale, elle se dit qu'il faudrait qu'elle sache mieux à propos de tant de désaxés ne rêvant qu'à des vengeances sanglantes. Oui, elle avait changé.

Elle pensait aux misérables, à ces laissés-pour-compte qui ruminaient sournoisement des projets de mort. Des images de guerre surgirent dans son esprit, images fatidiques aux bulletins des nouvelles télévisées. Écœurantes, troublantes si souvent, pendant qu'ils savouraient, Vincent et elle, un repas bien arrosé sur la longue galerie et que le soleil, sang et or, filtrait ses rayons dans les stores de bambou de la galerie. Elle se promettait de mieux repérer les voisins malchanceux, elle les consolerait, jeunes itinérants, vieux clochards, ceux-là qu'elle croisait parfois dans le centre-ville quand elle sortait d'un resto bien coté ou d'un théâtre aux drames existentiels bien bourgeois. Elle changeait.

Clovis fulminait, conduisait en fou. Elle ne voulait pas revenir là où elle avait craint de crever comme un chien sans collier. En victime anonyme. Il roulait vraiment très vite. Elle ne voulait tellement pas revoir ce grand frustré, Albert. Son chauffeur d'un après-midi égrenait des chapelets de sacres, grognait sans cesse, répandait dans la cabine une obscure litanie d'imprécations furibondes.

Menu sanglant d'une mort prochaine.

Elle ne voulait surtout pas assister au duel de deux fous. Elle revit les bouleaux d'un blanc immaculé. Les nuages disparus, le soleil séchait à fond maintenant les perles d'eau partout dans les feuillus. Des branches basses frottaient très rudement la carlingue de l'enragé. Elle mit sa main sur l'avant-bras de Clovis, remarqua le tatouage, oh, un orignal ! «Clovis, écoutez-moi, tuer Marois ne réglera rien. Allons à la police, ne gaspillez pas vos chances de vous en sortir.» Il grogna, accéléra encore. «Clovis, je ne dirai rien à votre sujet, c'est promis.» Il accéléra de plus belle. La hâte de tuer ? Elle y revint : «Nous ne dénoncerons que lui, j'oublierai l'enlèvement.» Il cria : «Pour qu'il se ramasse en prison un p'tit bout de temps ? Vous connaissez la justice d'aujourd'hui.» Clovis criait : «Le bâtard, il s'en sortira pas vivant. C'était ma mère, l'oubliez-vous ?» Elle tenta : «Il ira en prison pour le reste de sa vie. C'est pire, bien pire qu'une balle dans le ventre.»

Major n'écoutait pas ses je vous en prie, je vous en supplie. Ça ne servait à rien. Il reprit de la vitesse, les dents serrées, le visage tendu dans son pare-brise. Il voulait du sang. Il voulait voir le tueur de sa mère bien en face, le voir pâlir, s'effondrer de frayeur. Et voir, répandu à ses pieds, le sang de l'assassin.

Aussitôt revenus au shack, Clovis se jeta hors de son véhicule. Il tremblait de tous ses membres. La jeep d'Albert était là. Clovis prit sa carabine cachée derrière, dans la cabine, marcha lentement, prudent, vers le chalet. Elle eut une envie bizarre, un besoin vital, de klaxonner à fond. Ce fut un tintamarre dans cette paisible campagne. Le chien invisible se mit à aboyer. Pourquoi avait-elle eu ce besoin d'avertir un condamné, son tourmenteur? L'horreur du sang versé? Était-il là? La porte était restée grande ouverte, comme au moment où elle s'en était allée avec Clovis un peu plus tôt. Non, Clovis n'avait pas trouvé Albert, car elle le vit sortir, les yeux exorbités, marchant avec prudence, la carabine dressée. Elle se dit qu'Albert, après son coup de fil au chirurgien Saint-Louis, était sans doute revenu à toute vitesse, avait évidemment constaté sa disparition et avait compris: son otage avait fui. Il ne pouvait perdre l'ouvrière de son futur chef-d'œuvre cinématographique.

Major orphelin cherchait partout. Comme Marois devait le faire, certain qu'elle n'avait pu aller bien loin sur une seule jambe valide. L'acteur raté n'était pas loin dans le bois. Sans doute avait-il entendu le long signal du klaxon. Elle lui avait sauvé la vie et elle en était contente. Elle avait vraiment changé. Blotti dans un fourré, voyait-il tout: un Clovis armé et elle dans la camionnette? Avait-il, lui aussi, le fusil à la main? Allait-elle assister au duel de deux chiens enragés? Les interrogations fusaient dans sa cervelle. Il abattrait Clovis dans le dos, après? N'allait-il pas la tuer? Creusera-t-il deux trous dans la forêt? Ce serait la fin. La fin. Albert Marois s'enfuirait chez le cousin du Mexique. Il retrouverait son producteur riche, dénicherait un réalisateur de

là-bas, ferait le Valentino nouveau, un grand pé-
plum. Il se réincarnerait, beau sultan, pacha séducteur, cheik adoré, dans sa fresque en couleurs avec
sa caméra numérique sophistiquée, importée du
Japon. La fin. On verrait le film dans des salles mé-
diocres, sur des écrans de province, Albert chevau-
chant un bel étalon crinière au vent, enveloppé
dans une djellaba décorée d'arabesques aux entrelacs araboïdes, keffieh sur le crâne. La fin. Des pu-
blics candides verraient un désert mexicain habilement
arabisé. La fin. Elle avait une fièvre rare, suait de
partout à grosses gouttes. Elle vit Clovis Major entrer dans la forêt voisine, à l'affût, avec les pas pru-
dents d'un fauve prédateur. À part les cris des
corneilles, le silence partout. Stéréotype de cinéma :
la scène finale, prévisible, du western fatal. Elle
sortit, se traîna hors du pick-up, serra sa canne en
tremblant. Sa jambe abîmée était une torche de feu.
Elle grimaçait comme jamais, vit des gouttes de
sueurs tomber sur ses pieds. Les douleurs de son
épaule meurtrie lui devenaient intolérables, elle aurait voulu se l'arracher. Son cou se gonflait pensait-
t-elle et elle crut s'évanouir.

Pour une fois, elle ne voulait plus du tout retourner à ce joli banc décoré du centre commercial : « Pas
maintenant, pas cette fois, mon Dieu ! » pria-t-elle.

Elle aperçut Major qui sortait du bois. Il rôda
autour de la jeep d'Albert, il semblait y chercher la
carabine de… l'autre. Duel.

Éclair : elle revoit l'orignal qui pleure. Non, non…
elle refusait de partir. Elle voulait absolument rester. Clovis s'éloigna de la jeep, la carabine en l'air,

il fit le tour du chalet lentement. Pas loin, le chien mystérieux se remit à japper, il sursauta. Elle lui cria: «Clovis! Allons-nous-en, vite, sauvons-nous.»

Il fila rapidement vers la cuisine du camp. Il avait peur? Un abri? Elle n'avait plus aucune importance. Elle était une nullité dans ce combat. Nulle. Deux hommes allaient s'entretuer, elle n'existait pas.

Albert observait-il, caché pas loin, la colère de son complice? La voyait-il, énervée, accrochée au capot du pick-up? Albert avait-il compris que Major savait pour sa mère ensevelie près de son potager? Avait-il saisi l'alliance nouvelle entre elle et Clovis? Il attendait, il rusait, il guettait, il restait caché?

Elle vit le ciel se noircir, c'était le signal, elle allait encore s'en aller, sortir, se fuir, s'échapper d'elle-même.

Elle refusait, s'accrochait au camion, tenta d'y grimper, de se réinstaller à la place du mort.

Sa canne tomba, puis elle tomba aussi. Il y avait son banc... flou, si loin...

Elle vit alors un gamin rieur qui tirait sur son père, le ciel s'allumait, comme un éclairage de scène, au lever du rideau, qui monte lentement sur un décor de théâtre. Le gamin tenait un gant de base-ball trop grand pour sa petite main. Un commis de l'agence de voyages fumait près de sa vitrine aux alléchantes affiches à décors tropicaux. Une fillette, vêtue de cuirette beige, releva sa chevelure surabondante, marcha vers elle en offrant son beau sourire, celui de la jeunesse, de la santé. C'était fou, elle entendait encore les jappements du chien invisible, les croassements des corneilles, mais aussi la musique de jazz du centre commercial. Elle eut envie de sourire à cette jeune adolescente. Ne venait-elle pas de fuir un enfer de haine ?

Une belle écuyère, gantée, bottée, le chapeau rond sur le front, s'installa sur un banc voisin et la jeune et jolie chevelue se pencha sur elle et l'embrassa : « Allô, maman ! T'es revenue du manège ? »

Aussitôt le chien se tut et les corneilles aussi.

Chapitre 8

❖

Je me suis échappée de tout. Du duel comme de l'orignal qui pleurait. Je me suis sauvée. Je me suis envolée. Une réfugiée. Il le fallait : les douleurs insupportables et les premiers coups de feu, échange mortel entre Clovis et Albert. Ne pas vouloir, absolument pas, assister à l'élimination de l'un de mes deux fous. Des deux peut-être ? J'ai fermé les yeux. J'ai pensé à mon banc. Puis à la belle Madeleine entourée de ses chaudes brioches et… elle fut devant moi aussitôt. Ça sentait bon les bonnes brioches et le café frais dans sa petite boutique. Je la regardais qui installait ses tartes au sucre d'érable dans l'une de ses vitrines éclairées.

Un jeune bouffon me fit ostensiblement – à moi ? – ses simagrées comiques. Il vint vers moi. Je le fuyais, il me suivait ! Dans l'entrée, ce clown hilare fit résonner la clochette de la porte. Un de ces amuseurs à bon marché payés à l'heure ? Il portait un haut-de-forme à rebords garnis de guirlandes roses. Il revint vers moi ; je le fuyais, il me suivait. Sortait-il de mon exil, appartenait-il à ce temps hors du temps ? Le mien ? Interstices indispensables aux méchants moments quand je m'approchais de trop près de la portière de ma vraie mort. Rieur, ce Charlot coloré se contorsionnait avec une élasticité inimaginable. Un inhumain ? Un ectoplasme ? Un elfe ? Un gnome monté sur échasses ? Madeleine semblait ne pas le voir. Ou bien elle y était habituée. Venait-il tous les jours ? Je m'amusais de ses culbutes d'une acrobatie inouïe.

Il sortit, rejoignit sur le trottoir deux fillettes médusées. Il enleva du linge, pelures sans nombre. En cabriolant il jeta ses nombreux oripeaux derrière lui. Des gamines ramassaient le tout en riant aux éclats. La vie ! Des badauds se rassemblèrent pour l'applaudir. Ô le joyeux chahut !

Il n'était plus qu'un squelette maintenant, costume d'os phosphorescents. Un petit cabriolet jaune s'approcha dans une allée, le clown y courut, y grimpa, sortit un bouquet de ballons multicolores, les distribua, s'en alla. Dans quel autre centre commercial irait-il épater des petits enfants ravis ?

Vision soudaine : l'orignal mâchouillant… un avion miniaturisé ! Deux secondes. Excédée, je marchai vers la vaste épicerie, désir de revoir Roger, mon boucher, sa bonne bouille me faisait toujours du bien. J'irais encore parler toute seule… avec lui ! Dire n'importe quoi, faire n'importe quoi, ne plus me retrouver chez l'orignal empaillé. Là où, en ce moment, la mort rôdait, où il y aurait du sang versé sur un sentier sablonneux.

Avant d'arriver au marché, je vis, qui s'approchait, la silhouette floue de mon sauvage perdu.

Lui, Clovis Major? Il semblait m'avoir vue, me faisait des signes véhéments des deux mains. Il était dans l'allée qui conduit au grand stationnement derrière le centre. Il m'appelait.

Je marchai résolument vers lui. Il avait le visage tout blanc, le visage enfariné du clown de tantôt. S'était-il maquillé? À quoi jouait-il? Son pick-up rouge était là, stationné. La carrosserie, aux tôles bosselées d'un rose délavé, semblait un tacot de fourrière. Un véhicule sorti tout juste d'un terrible accident. Il ne bougeait plus, ne remuait plus un seul doigt, figé, planté là, tout raidi, la bouche ouverte, le regard morne. Pourtant, il me parlait, les demi-vivants peuvent donc s'entendre entre eux? Major me parlait d'une voix rauque, étouffée, ses lèvres ne remuaient pas. Lui aussi agonisait donc, là-bas? Je l'écoutai: «Votre grand acteur, Albert, il m'a tué, madame Richer. Il m'a eu. Je vais mourir. C'est fini pour moi. Je regrette tout.»

Je m'approchai pour mieux l'entendre: «Mon sang coule là-bas. Il a tiré, j'ai senti la balle. J'ai fait le mort, il l'a cru. Il est parti dans sa jeep sur les chapeaux de roue.» Je lui dis: «Mais moi, moi?»

Ses prunelles blanchissaient, deux trous blancs. Il balbutia: «Il vous a… Il vous a… traînée, installée à ses côtés. Vous… Vous étiez inconsciente… Il est parti à toute vitesse avec vous… dans la jeep. À toute vitesse.» Quoi? Quoi? Je voulus le toucher mais sa silhouette fantomatique se dissipa aussitôt. Il n'était plus là, ni lui, ni sa camionnette. Où, Albert, vainqueur du duel, voulait-il me conduire?

Je ne voulais pas y penser. La peur. Je ne voulais plus retourner là-bas, ni aller nulle part dans sa jeep. Nulle part avec ce fou furieux.

Je revins sur mes pas, je m'attachai très volontairement à observer une très jeune femme, mais aux cheveux déjà tout gris. Elle tentait de démêler les guides de ses quatre chiens. C'était comique, ses deux mains ligotées de laisses en cuir noir, jeune gardienne inexpérimentée, embarrassée. Je souhaitai ne me concentrer que sur des banalités, penser à n'importe quoi. Mes forces, je le sentis, mes dernières forces, me lâchaient. La peur. Je pourrais mourir pour de bon cette fois sur le siège d'une jeep, la place du mort, comme on dit. Je regardai vers le stationnement, je voulais revoir le pick-up, ce Clovis livide. Plus rien. Je supposai qu'il était vraiment mort à présent. Définitivement mort. J'éprouvai de la peine pour le complice de mon enlèvement. J'avais changé. Baignait-il déjà dans cette bienfaisante lumière à laquelle Vincent croyait si fort ? Assistait-il au rassemblement de tous ses morts, ancêtres de son clan ? Aux pires moments de ma mésaventure, j'ai souhaité ces retrouvailles avec tous mes morts. Je songeais : si je ne meurs pas, dans la jeep ou ailleurs, survivante, je ne reverrai plus jamais ni ce Clovis Major, ni sa vieille mère, la guérisseuse algonquine enterrée dans son potager.

À ma droite, le long d'un mur aveugle, une porte de métal gris. C'était l'arrière du marché où je souhaitais revoir mon gentil boucher. Au moment où je voulus ouvrir cette porte métallique, elle le fit d'elle-même, très lentement. J'avançai prudemment dans un vaste espace d'entreposage, longues allées de caisses de carton, colonnes empilées à perte de vue. Un instinct me commanda d'aller au fond de cet espace sombre. Le mur du fond, dégagé des caisses, offrait une dizaine de portes colorées. Je marchai vers la porte bleu marine, l'ouvrit, comme mue par un besoin irrépressible.

Éclairage tamisé, j'y vois le vieux salon de mon enfance, son mobilier modeste, la lampe torchère sur pied, le tapis usé. Mes parents sont là. Yvette, ma mère, lit une revue féminine, ne bouge pas, ne me voit ni ne m'entend m'approcher. Mon père, Roger, fume sa grosse pipe de bruyère, ronds de fumée au-dessus de son crâne chauve. Il regarde le téléviseur, semble-t-il, aucun son, juste les images d'un match de hockey. Je vais lui toucher une épaule. «Papa?» Il ne sent rien. Je lui dis: «Oh papa, comme je suis heureuse de te revoir!» Rien. Il échappe sa pipe. Sa tête s'écroule soudain sur sa poitrine. Il dormait? Je sortis rapidement et refermai la porte bleue. Je le savais, je le sentais, si je restais là, c'était ma mort. J'allai vers la porte peinte en rose, l'ouvris.

Un studio de télé. Des gens remuent partout sous la grille d'éclairage, on s'active. Je reconnais le beau Yves. Il porte le costume de Zénon, mon pilote fringant. Un éclairagiste tourne autour de lui, son photomètre à la main. Yves rit, prend des poses. Sonia va à lui, retouche son maquillage. Il grimace. Yves fait de joyeux saluts. Pour moi? Non, derrière s'avance le grand Robert, costumé en vieux loup de mer, pipe d'écume de mer au bec. Il danse, se tape sur les cuisses. Toujours ce *Zénon*! Notre grande entreprise qui avait échoué. Robert s'empare de Monique, la fait tournoyer sur place, rigole de plus belle. Le régisseur sort de derrière un décor de fausses pierres en moellons, tape frénétiquement dans ses mains, le texte roulé sous le coude: «Attention, on va refaire la scène treize!» Il ajuste ses écouteurs, déplace une ancre de barque ancienne. Il gueule, soudain: «Rachel descend de la régie et je vous préviens les amis, elle n'est pas contente.»

Je me vois! Soucieuse, sévère, très stressée. Sonia, Monique, Yves, Robert, tous m'entourent. Je me vois vivre! Mon désir alors d'aller vers eux tous, vers moi-même? Si je le fais, je meurs, c'est ce que je crois. Je quitte le studio en vitesse. Je referme la porte rose. Je regarde la porte jaune puis la porte peinte en pourpre. Devoir choisir? Non. N'aller nulle part. Ça ne sert à rien. Ça suffit, le passé. Assez. Choix de tentations pour m'évader de… quoi? De mon reste de vie… Où ça, ma vie? Dans le chalet d'un fou?

Un éclair, trois secondes: l'orignal pleure. L'image stupide. Je dois m'en aller, fuir!

À l'extrémité de ce long mur de parpaing, il y a une porte minuscule peinte en vert, décorée d'un sigle inconnu de moi, un logo fait d'une croix avec deux parenthèses sur le trait vertical. Une force me pousse à y aller, à l'ouvrir. Je dois me pencher pour entrer. Lumière très vive, je cligne des yeux. C'est un extérieur. Immense champ de marguerites ondulant sous le vent, un soleil au zénith, radieux; des cabanes ici et là, caches, mausolées, huttes primitives?

Aucune ombre au sol. Maigres feuillus autour de ces cabanons. J'entends ces aboiements du camp de chasse, oh, mon Dieu, ne pas m'en rapprocher!

Éclair: l'orignal pleure. Je m'avance à grandes foulées dans les pâquerettes immaculées, si blanches, si luisantes, je me sens dans une conte de fées, retour à ma petite enfance. Je suis bien. Comme je l'étais sur mon banc, la première fois. J'aperçois un lièvre, un lapin? qui m'observe, frétille de la queue, bouge les oreilles nerveusement, se dresse sur ses pattes arrière. Une grasse marmotte s'avance vers moi, boitillante et, rendue à mes pieds, agrandit frénétiquement un trou, son terrier? À l'horizon, un raton laveur géant qui court, son loup noir au visage. Il m'a vue, stoppe, me tourne le dos, se pourlèche une patte d'où pend un piège métallique rougi. Une petite Alice aux pays des merveilles? Verrais-je le bonhomme à la montre de poche, le chat perché? En marchant, je découvre un caveau, silhouette pierreuse à demi enterrée. J'y vais. Un escalier de roches mal ajustées, grossières, s'offre. Je vois un panonceau accroché à la porte du caveau avec mon nom en lettres de graffiteur pressé, peintes comme à la chaux: RACH-HELL. Une Eurydice aux enfers? Tombeau appréhendé, la mort proche? Je comprends qu'il faut que je m'engage là-dedans, d'abord descendre ces quelques marches couvertes de mousse. Au bas de l'escalier, pousser sur cette porte de bois vermoulu. Descendre sous terre. Ma mort proche? Mausolée improvisé?

Pentures rouillées qui ont grincé, un espace éclairé par de longs cierges, une table ronde, bougeoirs ici

et là, lampions sous des icônes aux visages lugubres. Des lueurs orangées dans cette mini-caverne.
La dernière grotte. Celle de mes fins dernières,
autre expression de jadis. Cette sorte de caverne,
serait-ce mon ultime refuge contre l'homme à la
jeep? J'entends maintenant une musique vaguement grégorienne. Surgit un alerte vieillard vêtu
d'un costume religieux, mitre sur la tête, sorte d'ar-
chiprêtre. Qui ne me voit pas. Il tient des instru-
ments liturgiques dans ses deux mains. Installation
méticuleuse, calice, ciboire, patène, et ostensoir, le
petit autel en est vite encombré. Ustensiles de la
religion oubliée de mon enfance! Cérémonieux, il
fait des gestes cabalistiques, va à une armoire, en
sort un mouton, une brebis? un cadavre mou qu'il
allonge sur son autel.

Je le vois maintenant qui s'étend sur le sol, la face
cachée dans ses mains grandes ouvertes. Marmot-
tage de cantiques inconnus. Suis-je dans les pages
d'un livre ésotérique de Vincent? Ai-je affaire à un
magicien spirite, est-ce la chapelle d'un magnéti-
seur, d'un illusionniste? Aux murs arrondis, derrière
cet autel, je distingue mieux des tableaux d'un art
vaguement égyptien, genre inventé par le fameux
médium Augustin Lesage dont Vincent m'a tant
parlé. L'officiant s'est relevé et boit dans son calice
doré, se tourne vers moi, me fait signe d'approcher.

Il a enfilé une sorte d'étole brodée à motifs géométriques, brasse un encensoir d'argent qui boucane. Odeurs d'encens précieux. Ce grand prêtre
d'un ordre inconnu porte un anneau à l'index de
sa main droite, cabochon extravagant sur son gant

violet. Je file vers la sortie, mais il court vers moi, me retient de sa main gantée, me dit: «Vous allez vous en sortir, madame. Bon courage.» Je dis: «Qui êtes-vous, où suis-je?», mots clichés des phylactères de bandes dessinées. Ce pope inconnu répond: «On a mis Olga avec ceux qui vous cherchent, ça va aider. Vous vous en sortirez.» Je dis: «Je sens ma mort proche, monsieur.» Il proteste: «Mais non, non! Olga est très forte, elle est avec votre cher Vincent.»

À ce nom, me voici chez moi. Vincent est assis, les mains jointes sur la table à manger. Un policier est présent, c'est Jos Rhoe, l'expert dont parlaient les chercheurs au chien. Il tapote l'épaule de Vincent, lui présente une femme: «Madame Olga», dit-il. Elle est sans âge, courbée, maigre. Le policier Rhoe la fait s'asseoir. Il dit à Vincent: «Quand plus rien ne fonctionne, nous faisons parfois appel à des gens comme elle. Ça fonctionne, ou pas du tout. Il n'y a rien à perdre, pas vrai?»

La femme se frotte le visage, lentement. Elle est mal maquillée, un voile de musulmane cache ses cheveux. L'agent parle doucement: «Vincent, vous verrez: madame Olga nous a déjà été fort utile.» Mon amour semble abattu, sourit à faux, poli, si las. Il n'est peut-être pas si incertain que ça des visions de cette pythonisse engagée par la police. N'avais-je pas vu son vieux pendule?

Il se lève, s'installe assez loin de la voyante stipendiée. On a disposé devant elle un briquet m'ayant appartenu, un collier hérité de ma mère, un anneau d'or offert par Vincent, une broche d'ambre achetée à Puerto Plata. Aussi une photo de moi. La voyante s'empare de la photo, la palpe, la froisse même. Elle ferme les yeux, se frotte les tempes.

Je vois tout, personne ne me voit. Je me suis installée dans son fauteuil favori, pas loin. Je fixe cette photo de moi. On me cherche et je suis là, invisible et muette. Madame Olga devient vite énervée, se trémousse sur sa chaise, marmotte. Rhoe se penche pour bien l'entendre : «On l'a transportée ailleurs… À l'étranger, pas très loin de nos frontières.» Elle se rejette en arrière, semble examiner le plafond, puis la lampe à abat-jour au-dessus de la table, y touche, sourit. Elle a repris soudainement son sérieux, frotte ma broche d'ambre, soulève mon collier, l'anneau ensuite. Elle ferme les yeux et soupire : «Il y a près d'elle… Je vois mal… Un homme en sarrau blanc.» Elle a rouvert les yeux, semble se demander où elle est, regarde dans ma direction. Me voit-elle, me devine-t-elle, cette clairvoyante ? Le policer qui a griffonné des notes lui dit tout bas : «Pouvez-vous voir si c'est un infirmier, un ambulancier, un médecin peut-être ?»

Olga fait des signes négatifs de la tête. Repousse ma photo, mes bijoux, semble lasse. Subitement, elle se redresse encore, semble recevoir une nouvelle vision, hausse le ton : «Il y a quelqu'un d'autre. Grand. Très grand, bien fait de sa personne. Il tient dans sa main gauche un masque, dans l'autre main, il a une perruque. Blonde. Un magicien, un hypnotiseur ? C'est quelqu'un du monde du spectacle. Un acteur peut-être ?» Je suis debout.

Vincent s'est levé d'un bond, s'agite. Je me colle à lui, dans son dos. Cette Olga ajoute : «Attendez, je vois un nom, c'est flou… Robert, Adalbert… Albert, peut-être ?» Vincent cette fois saisit fougueusement le bras du limier : «Je crois que je sais de qui il s'agit.»

Je devenais haletante, folle de joie. Il a compris. Tout. Il doit se souvenir de tout maintenant : la cour intempestive de l'acteur Albert Marois, les incessants envois de roses rouges. Les billets doux. Le harcèlement à la fin, les coups de fil hargneux, menaçants, face au refus pour le rôle de Zénon. Vincent exulte, il prend la main de la voyante : «Madame, pouvez-vous bien le voir ? A-t-il les yeux clairs, très pâles, les cheveux presque roux ?»

La télépathe garde les yeux fermés : «Oui, des yeux d'un bleu très pâle et les cheveux presque roux. Très grand, très bel homme.» Je voudrais tant pouvoir parler, crier. Vincent, excité, secoue les bras du détective : «Il s'agit d'un acteur. Son nom est Albert Marois, c'est l'histoire d'une déception grave. Je le connais.»

Olga s'est levée, marche dans le salon, aspire et expire avec force, toute contente d'avoir réussi. Rhoe l'expert dit : «Cet acteur déçu, ce Marois, serait-il allé jusqu'à un enlèvement ?» Alors, vitement, Vincent raconte en bribes échevelées le harcèlement, l'espoir déçu de l'acteur, son désespoir, l'immense déception, sa rage et ses menaces.

Jos Rhoe va remettre une enveloppe cachetée à la voyante qui semble se sauver, revient vers Vincent : «Olga nous a fait coffrer un pédophile il y a un an. Elle nous a aussi fait découvrir un vieillard, pris d'alzheimer, noyé. Elle est forte mais, parfois, il y a des erreurs. Alors, gardez tout ça pour vous, il lui est arrivé de se tromper complètement. »

Comme je voudrais pouvoir parler! Rhoe continue : « Nous allons vérifier, retracer les allées et venues de votre Marois. Il a sans doute une voiture, on le fera suivre. »

Vincent n'en démord pas, il dit : « Ça ne peut pas être un autre que lui, il était comme fou à la fin, je ne connais personne d'autre qui en voudrait à Rachel, ce comédien déboussolé est un grand malade. »

Rhoe marche déjà vers la sortie. Je me sens mieux. Si heureuse de voir Vincent enfin un peu soulagé. Un Vincent qui ne sait rien du chalet isolé, de mes blessures, de l'Algonquine tuée, de l'orignal qui pleure, du pick-up rouge, de la jeep, du duel avec Major.

Sur le petit balcon d'en avant, Vincent dit : « Vous allez vraiment me tenir au courant ? Je peux vous accompagner, vous me le permettez ? » Sa voix tremble. Le policier fait : « Écoutez, notre médium a parlé d'un lieu hors de nos frontières, vous l'avez entendue comme moi. Laissez-nous travailler et gardons le contact. Ce sera sans doute un peu compliqué. » Il s'en va en faisant claquer la porte.

Vincent, seul dans la maison, ne tient plus en place. Il va sur la longue galerie. Le lac brille. Il songe à cet homme en sarrau blanc d'Olga. Elle est blessée et on la soigne ? Je le suis, je l'accompagne, je ne veux pas retrouver mon fou et, sans doute, ce docteur Saint-Louis, *l'homme en sarrau blanc*. J'ai peur. Je regarde Vincent qui est allé ouvrir une bouteille de Pernod, qui va chercher mon vieux bottin de l'Union des artistes. Il compose un numéro. Je le vois guettant la fin de la sonnerie. Je me colle sur lui pour entendre. Des notes de musique, puis une belle voix bien placée, c'est lui : « Qui que vous soyez, sachez qu'Albert Marois a abandonné volontairement sa carrière et qu'il est en voyage. Il est donc inutile de laisser un message. Je vous remercie néanmoins de cet appel. »

J'ai entendu Vincent grommeler : « Le salaud ! » Il est nerveux. Je le suis, je marche dans ses pas. Rentrer en lui, m'y blottir à jamais !

Vision : l'orignal mâche son avion jouet. Deux secondes.

Derrière Vincent, je monte à l'étage, il ouvre le tiroir de ma table de bureau, il en sort une chemise, des coupures de presse élogieuses pour mon *Zénon* malgré la désaffection du grand public. Sur le mur du couloir, il contemple quelques instants une photo encadrée, colorée à la mode du temps : moi à quatre ans, sage bambine toute rose. C'est lui qui avait tenu à accrocher cette photo.

Il redescend l'escalier du cottage avec les coupures. Je le suis encore. Rhoe téléphonera, dira : « Votre comédien déboussolé est parti en voyage, mais nous questionnerons ses voisins, ses parents, ses amis, toutes ses connaissances seront passées au peigne fin. Gardez confiance ! »

Vincent se brasse un nouveau Pernod et sort sur la longue galerie. Il avait pourtant coupé l'alcool. Mauvais cholestérol. Il avale goulûment. Rentre s'en préparer un autre. J'ai mal partout. Il est désespéré. À bout. Deux pics se tiraillent dans le lilas, un oiseau-mouche vibrionne et se gave de jus sucré rouge, fiole que j'avais suspendue au bout de la galerie. Vincent l'observe en buvant. Le fidèle écureuil noir grimpe l'escalier. Il le nargue, on dirait. Vincent tape du pied, il fuit. J'ai très mal pour lui. Et j'ai peur. Comment savoir combien de temps l'on peut tenir sans craquer? Et moi, dans mon état? Combien d'excursions involontaires vivrai-je encore? Est-ce que je rêve une fausse vie totale? Est-ce que les mourants font des rêves? Des cauchemars où il y a un caveau à icônes, à cierges et lampions, un diacre mitré, un champ de pâquerettes habité par un raton laveur piégé, une marmotte éléphantesque, un bouffon dansant en costumes de squelette? Est-ce possible qu'il ne me soit rien arrivé du tout depuis le dérapage sur l'autoroute? Aucune apparition insensée? Pas même cette voyante, Olga, voilée de noir? Tout pourrait-il n'être que l'effet des médicaments d'une guérisseuse, ou de ceux d'un certain docteur Saint-Louis clandestin? Est-ce que, blessée gravement, j'aurais rêvé cette fausse vie sur un banc tranquille du centre commercial?

Au bord du lac, je suivais Vincent qui tirait le canot sous le vieux saule. Il s'empara d'un aviron sorti du cabanon aux matelas pour transats. Reviendrai-je lire ici, tranquille, avec lui, au soleil? Le voisin Maurice faisait brûler des feuilles mortes précocement tombées et des branches cassées. Une fumée droite montait au ciel. Le vent s'était calmé vraiment. Tantôt, ce vent sur les marguerites... une autre illusion? Je m'installai en vitesse au milieu du canot. Vincent avironnait avec une sorte de rage. Il accosta à la plage municipale près de la décharge du lac, attacha son canot à la haute chaise à croix rouge des jeunes secouristes maintenant retournés aux études. Sous un très vieux pin, deux jeunes femmes grignotaient des anciens biscuits à la mélasse. Un long vieillard, d'une maigreur rare, enlevait sa veste et son gilet, puis ses souliers et ses chaussettes. On pouvait voir ses côtes saillantes. Il fit quelques pas dans l'eau, ses souliers à la main. Il sourit à Vincent qui ne le voyait pas, ne voyait plus personne. Je pris un morceau de bois et j'écrivis dans le sable de la plage en grandes lettres : *l'une d'elles.*

Était-ce un miracle, une permission spéciale du ciel ? Vincent s'approcha de moi, se pencha, sembla lire mes mots sur la grève, prit un bâton, celui que je tenais tantôt, écrivit à son tour sous mes mots : LUNE D'AILE.

Aile ! Il m'avait donné ce sobriquet, il y avait quelques années. Il voulait publier son journal et je lui interdisais d'y fourrer mon nom. Je devins donc Aile. En grandes lettres il avait écrit LUNE D'AILE. *Lune* ? Oh oui !, moi, la si souvent dans la lune, me disait-il en riant.

Deux adolescents dynamiques s'amenèrent en riant et en criant, jetèrent leurs lourds sacs à dos remplis de manuels scolaires, luttèrent férocement sur le sable, effaçant rapidement tous nos mots frais tracés.

Vincent sauta soudainement dans son canot, je n'eus pas le temps de m'y embarquer. Il ramait, seul, dans le soleil déclinant. Je partis marcher dans l'avenue des restaurants. Sous un auvent de bois tressé près du rivage, j'aperçus Paulette avec Janine qui disait : « Incroyable ! La police aurait engagé une voyante pour la retrouver ! » Paulette répliqua : « Belle foutaise de croire à ces bohémiennes de nos jours », puis se ravisant : « Quoique, à Haute-Rive, notre famille a connu un sourcier épatant qui fonctionnait avec une baguette. Il trouvait toujours des sources d'eau. » Janine renchérit : « Moi aussi, pas loin du parc Lafontaine, j'ai côtoyé un clairvoyant, un télépathe. Certains voisins le consultaient. Il se disait radiesthésiste, il était capable de retrouver des noyés, des aliénés qui s'étaient égarés. » Paulette, l'écolo du village, alla ramasser des rameaux tombés. Sa manie de tenir tout très propre.

J'aurais tant voulu parler avec elles, leur annoncer qu'il y avait une piste, « la piste Albert Marois » et, ainsi, un peu d'espoir pour Vincent.

Paulette s'était fait un fagot de branches qu'elle liait avec de la ficelle trouvée. Janine se tourna soudain vers moi. Me voyait-elle ? Elle me fit un sourire plein de chaleur, j'en étais stupéfaite. Non. Il y avait deux gamines derrière moi, penchées sur un énorme château de sable. Personne ne me voyait. Je restais si seule. Janine alla les aider à façonner une tour crénelée. Paulette haussa la voix : « Notre Vincent, tu le sais, c'est un zéro en cuisine. À chaque fin d'après-midi, comme un veuf, il va faire la queue à l'École hôtelière, pour sa bouffe du soir. »

Mon pauvre amour ! Combien de jours encore ce calvaire, ce chemin de croix ? Je tentai de comptabiliser le temps passé depuis mon accident. Je n'y arrivais pas. Je repensai à cette Olga : son rouquin avec un masque et une perruque. Mon fou se déguisant pour traverser la frontière, par crainte de la police qu'il imaginait à ses trousses ? Encore ce flash : l'orignal, la gueule en sang ! Ma peur. Signal avertisseur d'un Saint-Louis en train de rater son intervention quelque part au-delà de nos frontières ? Envie d'aller écrire autour du château de sable : *S.O.S. Vincent : ton Aile ne va pas bien du tout* !

J'avais si peur de me retrouver avec le fou ! Je me sentais moins désincarnée. Étais-je en train d'être soulagée, de guérir, sur la table d'un chirurgien chassé de son ordre quelque part aux États-Unis ? Je marchai dans la rue.

Je vis notre ami le chef Claude fixant des lanternes décoratives sur sa terrasse. Mes vains saluts. Mes grimaces aussi. Je craignais de m'affaler en pleine rue. Grand mal à me tenir debout. Je m'accrochais. Frayeur de me retrouver auprès du fou, je m'efforçais de lire, relire, relire les mots du menu du *Délices*. Vision encore : la jeep. Et heureux, Albert au volant qui roule très vite sur une autoroute. Panneaux fréquents marqués SUD-SOUTH. Trois secondes.

Je criai au chef du *Délices* sur sa terrasse : « Claude ! Je vais mal. Je vais m'écrouler. Sauvez-moi ! » Il me regarda, me sembla-t-il, puis tourna les talons, entra dans la salle avec des lampions plein les mains. J'allais tomber par terre.

Éclair maudit encore, une annonce : USA-SOUTH. Deux secondes. Le cadran du tableau de bord : 140 kilomètres à l'heure. Deux secondes.

Je suis enveloppée d'une couverture de laine rouge. Je criai encore : « Claude, avez-vous pu acheter de ces soupières importées ? » Je le vis revenir vers moi, me cherchait-il du regard, avait-il entendu, au moins faiblement, mes cris? Non. Il alla à une corbeille de pétunias roses, élimina les fleurs fanées. Impasse. Toujours invisible. Je m'accrochais. Rester ici. Ne pas aller là-bas, Dieu seul savait où.

Vision nouvelle: un fauteuil roulant. Il est là, le fou! Penché sur moi: «Ton Vincent était un monstrueux jaloux.» Je m'entendis répondre: «Je l'admets, tu es content?» Je l'entendis grogner: «Dans le hall du Rideau Vert, je l'avais frappé, tu t'en souviens, tu criais. J'aurais voulu le tuer!» Je sortais et je rentrais: rue lumineuse, couloir sombre. Lumières intermittentes.

Ouvrir, fermer. Soleil, pénombre. J'avais très mal à l'épaule, à la tête, je ne pus m'empêcher de crier.

Même vision furtive de Marois-le-fou: «Calme-toi, c'est un fameux médecin, tu vas voir ça.»

Je m'éteignis, je me rallumai. Je voyais du noir puis du blanc. Le temps était une bousculade. Un panneau encore: USA-FRONTIÈRE. Sur le trottoir, je lis le menu encadré: *Mahï Mahï, sauce provençale*. Un couple de clients s'amène sur la terrasse de Claude. Éclair: trois secondes, un homme en sarrau blanc, des outils étincelants à la main. Autre éclair, deux secondes, je lis mal un grand panneau: *N xt Ex: Mon peli*. Douleur devenue intolérable et…

Et je me suis retrouvée à notre pied-à-terre en ville. Ouf! De nouveau, le temps irréel. L'autre dimension, sur une autoroute, m'échappait. Je ne retournerais pas chez mon dément. J'avais réussi. Étais-je enfin revenue tout à fait? Étais-je au bout du cauchemar? La police m'avait peut-être retrouvée.

Fini la fantôme, la revenante? Avais-je été soignée là-bas, puis retrouvée et ramenée chez moi? Allais-je reprendre ma vie normale? Convalescence méritée, mais difficile tout de même?

J'allai m'installer à l'ordinateur de Vincent, un vieux iMac de l'an 2000, quand il avait accepté de s'y mettre. Marco, jeune ex-camarade en journalisme, l'avait initié à la rédaction électronique. Vincent avait fini par se débarrasser de sa machine Sélectric à marguerite. Ce Marco lui avait même installé un site sur la toile: notes biographiques, articles fameux, pamphlets notoires, critiques de ses essais, prix remportés, livres traduits, quelques photos, un forum. Vincent admirait, mais s'était exclamé: «C'est comme une stèle funéraire, il ne me reste plus qu'à mourir.» Il venait d'avoir 63 ans, et moi, 54.

J'entendis le familier grondement d'un long train de marchandises qui filait vers l'ouest. J'ouvris la porte patio de notre balcon de l'ex-usine Kraft rénovée. Nos deux chaises, la table ronde, une brosse aux poils bleus. Des géraniums encore vifs. Sur la colline voisine, les feuillus bruissaient sous un fort vent d'est. Tantôt, sur la plage, il n'y avait pas de vent. Quel jour étions-nous? Je rentrai, m'étendis sur notre lit. Nous étions toujours ensemble, Vincent et moi. À cœur de jour. Sans cesse. Nous deux, sans cesse. Toujours ensemble. Inséparables, surtout ici dans notre chambre. Sur les murs, des aquarelles de Vincent. Des photos aussi: ses parents morts. Son cher papa, l'artiste du dimanche. Sa mère, la vaillante Germaine, avec, dans ses bras, un bébé joufflu, lui. Sur un autre mur, mes parents à moi.

Mon pauvre papa mortifié sa vie durant de ce qu'on ne lui avait pas permis d'étudier bien longtemps. Ses lourds regrets là-dessus, son lamento perpétuel, je m'en souviens. Il était l'aîné qui devait vite se débrouiller, on avait fait instruire le cadet, pourtant moins doué que lui à l'école. La complainte de l'inconsolé. Maman, dans sa photo, me regarde intensément, ses yeux bougent, il me semble. Me voilà expédiée illico dans son village acadien natal au bord de l'océan Atlantique. Houle furieuse à l'horizon. Une vieille femme, c'est bien ma mère, me sourit, tient par la main une fillette heureuse. Elle-même, enfant ? Je me souvenais bien des photos de son vieil album. La bambine, une pelle à la main, me montre du doigt un petit cerisier qu'elle a planté au bord de la galerie. Toujours souriante, ma mère retire vivement ses gants de jardinage, va sur la galerie chercher une boîte de carton, l'ouvre, me montre une poupée richement vêtue. Ma poupée intouchable ! Je m'en souviens, réservée d'avance, mise de côté par le marchand de jouets, payée en versements mensuels durant des mois. Ce Noël, j'avais été folle de joie. La fillette m'offre la poupée, je m'en empare aussitôt. Ma mère rit de mon empressement, puis elle me l'arrache des mains et la redonne à l'enfant rieuse.

Ma mère, souvenir encore vif, s'était donc endettée pour ce cadeau hors de ses moyens – j'avais six ans – une si jolie catin avec les yeux à longs cils qui s'ouvrent et se ferment. La sortir du placard le dimanche matin seulement ; jouer à la poupée quelques heures par semaine. Ordre ne pas l'abîmer.

Faire en sorte qu'elle me dure très longtemps. L'admirer sans la déballer tout à fait de sa cellophane. Ma vie pauvre en ce temps-là.

Ma mère m'invite à entrer dans sa maison natale, chez sa famille adoptive. Je crains bêtement de rencontrer ceux-là qui ne sont pas ses père et mère biologiques.

Punition pour cette frayeur niaise? Me voilà dans le logis de mon adolescence. Long couloir à l'étage. Toutes ces chambres à louer à la petite semaine. Maman, essoufflée, qui range sa serpillière, un seau, des torchons à essorer. Elle sort son vieil aspirateur d'un placard. Je la plains sans le lui dire. Un mouchoir à pois retient ses cheveux, le front couvert de sueurs. Me voilà donc à l'étage d'une succursale de banque, logis obligé, fatidique, pas cher loué, mon père est ce modeste gérant que l'on déplace sans cesse. Affectations capricieuses. Le mal instruit si désolé et l'homme qui boit. Trop. Le chagrin et les humiliations de ma mère. Les miennes aussi. Tant de prières, de pieuses neuvaines pour qu'il cesse de boire. Je revois la Remington de ma mère, sur laquelle, fatiguée, harassée, elle tape, du matin jusqu'à tard le soir, de fastidieux courriers pour des agences caritatives. Ses maigres émoluments.

Ne pas avoir pu vraiment jouer à la poupée.

Oui, ma vie, anémiée en ce temps-là.

Voilà ma mère me conduisant au quai de son village acadien. Les odeurs de poissons frais pêchés. Des mariniers déchargent des caisses de homards, les prises d'une nuit? Un caboteur est amarré, un homme costaud, casquette de capitaine sur le front, m'invite à son bord. Est-ce mon Zénon? C'est mon grand-père Calixte, la pipe au bec. Est-ce que je dors debout? La vague se renforce, cogne le béton du quai! Bonheur, mon père est à la proue du caboteur, il me tend la main, sort d'un gousset sa montre, bel oignon doré aux chiffres romains. Je cours le rejoindre. Il lève la main, dit: «Il va tomber beaucoup d'eau, ma jambe me le dit!» Je ris. Papa rit aussi, maigrement comme toujours, vieil enfant privé d'études. Ma mère nous fait des signes d'adieu sur le quai, sa jupe vole au vent. Elle tient ma poupée dans ses bras.

Son bébé mort? Sa petite enfant morte trop tôt? Ma sœur perdue que j'ai à peine connue? Un matelot fait lever l'ancre, bruit de poulie, de chaîne. Une sirène mugit. De ma poche de sœur, j'ai sorti mon mouchoir blanc brodé et l'agite frénétiquement. Je pars en voyage avec papa dans ma robe noire d'écolière, moi la première de classe, toujours. Un voyage pour aller où? Je suis si bien avec lui. Nous voilà déjà sur la Rivière des Iroquois, rebaptisée la Richelieu. Vite, accostage près d'un barrage. À terre, des cousines, des cousins, saluts joyeux. Horizon d'un champ aux belles rangées de pommiers en fleurs, l'oncle agronome content de nous accueillir. Quai de bois du village, Richelieu. Remise à l'eau de l'ancre de fer rouillé. La parenté en liesse sur le rivage. Neveux et nièces entourent papa qui bourre sa pipe. Joie de ces retrouvailles.

Y a-t-il un anniversaire, une fête quelconque? Personne ne m'explique la raison du rassemblement. Partout sur les pelouses de longues tables aux nappes à carreaux et de gros bouquets de fleurs sauvages. Nous marchons vers une tente de toile jaune ; ici et là, des dessertes aux victuailles diverses. Des oncles, en gueulant des airs campagnards, ouvrent des bouteilles de vin rouge. Un musicien guilleret, pompette, le nez luisant, circule entre les tables en jouant de son immense accordéon. Quelle gaieté dans l'air ! Ma mère, elle nous a donc rejoints ? En robe de mariée, elle pleure de bonheur.

Mon père, soudain tout rajeuni, lui fait voir un écrin de velours violet, ma mère en est radieuse, c'est une bague de prix. Je veux voir la bague, je m'approche et papa se métamorphose, devient une statue. Il est figé, raide, immobile. Statue du Commandeur ! Près de lui, un immense coffre-fort, celui de sa banque ? Une voûte blindée, porte entrouverte. Je vais y regarder : plein de poupées aux yeux grands ouverts qui me sourient, me tendent les bras sous la cellophane des couvercles !

La pluie tombe soudain. À verse. Cris des invités. Fuites en tous sens, bousculades agressives pour trouver refuge sous la grande tente jaune. Des parapluies s'ouvrent. Araignées sinistres à mes yeux. Les gens s'en vont, je les vois monter dans un raide sentier entre des murets de pierres sèches. Au loin, les allées de pommiers en fleurs blanches. Je veux rejoindre ma mère. Elle n'est plus là. Au bout d'une table, indifférent aux trombes d'eau, lui ! Marois-le-fou. Tout mouillé, dégoulinant, un chat de gouttière. Il m'a vue, me sourit, jette sa serviette, prend le bouquet des mariés, monte sur la table, écarte les jambes, bombe le torse. La main sur le cœur, il me récite du Verlaine, de sa belle voix placée : « Dans le grand parc solitaire et glacé… deux spectres ont évoqué le passé… » Avec le bouquet, il se flagelle le visage, ricane.

Je le fuis, je cours vers le quai. Le bateau y est encore, un jeune marin lève l'ancre, pressé de quitter ce rivage sous la pluie. Je crie qu'il doit m'attendre, je m'accroche au câble d'une rampe, je tombe, me relève, à la poupe, ma mère en larmes déchire son voile de mariée.

« Maman, maman ! » Je cours vers elle, je tremble, mes genoux flageolent. L'Algonquine, ma guérisseuse, surgit, les bras ouverts, me barre le chemin. Couché sur un brancard improvisé, son fils, Clovis ! Le pilote, est-ce bien Yves-Zénon ?, yeux de cobalt, sort d'une soupente, bouscule l'Algonquine. Il me dit : « Il faut fuir tout cela et très vite ! » Un homme se rapproche, sarrau blanc immaculé, le Saint-Louis du fou ? Derrière lui, un bouquet de roses rouges à la main, apparaît de nouveau mon tourmenteur. Redingote toute trempée, paire de gants beiges à la main, retenant son chapeau claque, Albert me supplie des yeux, m'ouvre grand les bras. Je fige. Sirène du caboteur. Au ciel, subitement, une noirceur bleutée descend rapidement. Je m'appuie au bastingage.

Me jeter à l'eau ? J'ai si mal à ma jambe gauche. Est-ce que l'on m'opère quelque part aux États-Unis ? J'ai très mal. Je suis en danger sur ce bateau irréel. Bientôt ce sera le noir absolu. Et le silence absolu aussi. Est-ce que, ailleurs, je me meurs ?

Chapitre 9

Elle n'en croit pas ses yeux. Tout est lumineux, d'une clarté apaisante. Elle ne sait pas où elle est rendue. Il y a cette belle lumière tout autour d'elle. Elle comprend à présent à quoi la préparaient ses dernières visions. Peu à peu, lentement, elle découvre son nouvel environnement. Elle est installée dans un moderne lit d'hôpital au matelas orthopédique, un bel oreiller à broderies lui soutient la tête. Elle porte une jaquette rose sous une robe de chambre bleu pâle. Elle voit sa jambe mise dans le plâtre, sorte de gros maillet blanc, elle tâte un bandage, un pansement sur son front à la naissance des cheveux. Elle voit de mieux en mieux. Non loin d'elle, dans cette jolie chambre, une table tripode en acajou sur laquelle, dans un haut vase chinois, s'éclate un énorme bouquet… de roses rouges.

Encore lui! Toujours lui! Sur une console à moulures ouvragées, des médicaments variés, pilules, fioles de liquides. Aussi, en vrac, des tampons d'ouate, des linges immaculés repliés en petits ballots. Sur sa table de chevet d'un vague style antiquisant, un thermomètre, des petits plats métalliques en gigogne, une aiguière et son bassin d'argent martelé, des comprimés dans un tube de verre.

Sur une table d'appoint dans un autre angle de cette chambre lumineuse, des bibelots fastueux. Pas loin d'un fauteuil roulant – pour elle? –, commode à quatre tiroirs dessus, un gras bouddha de porcelaine colorée, des bonsaïs de chaque côté. Sur tout un mur, bellement encadrées, des gravures variées d'un orientalisme commercial, sur un autre mur, des lithos d'un érotisme esthétisant. Du Léonor Fini? Plus rien à voir avec la lugubre chambre du camp de chasse.

Tout le mur du fond est constitué de larges baies vitrées. Une porte incorporée aux hautes fenêtres conduit à une galerie, un balcon. Par une de ces fenêtres, Rachel voit un soleil brillant et elle sent sur son visage un zéphir bienvenu.

Dans quelle ville est-elle donc rendue? se questionne-t-elle. Où donc l'avait menée la jeep du fou? En se haussant sur les coudes, elle peut apercevoir, dehors, une large avenue pleine d'édifices en briques rouges. Elle entend le ronronnement d'un trafic léger. Au loin, un bâtiment tout blanc surmonté d'une coupole dorée qui brille. Hôtel de ville, parlement local? Un grand drapeau flotte au vent, *Stars and Banners*.

Elle y est donc, aux États-Unis. Elle se rappelle les écriteaux: *SUD, SOUTH*. Elle se souvient d'un panonceau trop vite lu, marqué: *Mon… peli*? Elle est sans aucun doute chez ce Saint-Louis, l'ami du fou, médecin radié par son Collège.

La porte s'ouvre. Une femme très maigre, les os et la peau, entre précautionneusement dans la chambre et puis sursaute en la voyant : « Ah, vous êtes réveillée enfin ! Je vais prévenir tout de suite le docteur Saint-Louis. » Cure-dent en sarrau se sauve. Oui, elle a compris : Albert-le-fou la conduisait à toute vitesse chez son ami-chirurgien.

Ce n'est pas long que s'amène le médecin : une boule, pas de cou, le crâne rasé luisant. Une gesticulation agile cependant, il semble inspecter d'abord le mobilier. Il finit par foncer sur elle, le sarrau ouvert, tout sourire : « Ma chère madame Richer, soyez la très bienvenue dans ma clinique ! » Il lui tapote une main et va tripoter les roses rouges.

Albert, blazer marine aux boutons dorés, impeccable pantalon de serge, surgit à son tour : « Rachel, mon amour, tu vas mieux ? C'est merveilleux ! » Il lui prend les mains, les lève à sa bouche, les couvre de baisers : « Nous sommes arrivés juste à temps. » Elle remarque qu'il a maintenant les cheveux teints d'un roux plus affirmé. Olga-la-voyante l'avait bien vu. Pas de perruque cependant ! « Je te présente Louis, mon ami de toujours. Il a su rapidement te remettre sur le piton, comme on dit chez nous. » Le docteur rit, heureux comme un roi : « C'était facile. Ton amie a une constitution exceptionnellement solide. Albert, tu vas me promettre de conduire plus prudemment à l'avenir, compris ? » Cette boule en sarrau, en riant, montre deux rangées de petites dents grises serrées, très tassées. Elle comprend qu'Albert a brodé un conte pour son ami. Le médecin lui prend le pouls, marmotte du contentement, sort son stéthoscope d'un gousset, écoute, sonde… Encore très satisfait. Son ouvrage!

Son sourire à petits grains gris! Il s'active, va à une table, revient, lui fait avaler un comprimé rouge avec du jus d'orange. Elle remarque encore son agilité malgré son poids: «Tout ira très vite, madame Richer. La commotion cérébrale, c'est du passé. Votre épaule et votre jambe sont réparées et je constate que vous récupérez à la vitesse de l'éclair. C'est épatant.»

Cure-dent se nomme Marilyn. Elle accourt au moindre appel de son patron. Saint-Louis lui caresse l'épaule, un os saillant: «Marilyn, allez nous chercher une bonne bouteille de vin de glace.» Il lui donne une petite clé en or. Celle de sa cave? «Nous allons trinquer, madame Richer, à votre rapide mise sur pied. Vous allez pouvoir travailler au merveilleux projet de mon vieil ami.» Il s'en frotte les mains, tout guilleret.

Albert s'installe dans un fauteuil d'osier à ses côtés: «Ensemble, mon amour, nous allons accoucher de l'Œuvre-phare d'un cinéma nouveau.»

Il se lève, lui embrasse le front, lui tapote une main et, à voix basse et grave: «Rachel, j'oublie le passé. À quoi ça servirait? Ce que tu m'as fait, tu le regrettes, tu l'as reconnu là-haut. Je tourne donc la page, j'efface tout.»

Elle n'en revient pas. Elle ne dit rien. Il veut oublier l'accident provoqué? L'enlèvement? Le camp de chasse? Une Algonquine qu'il a tuée et enterrée, un Clovis complice, criblé de balles, qu'il a sans doute abandonné, gisant dans son sang?

Elle se sent mieux. Elle a été bien soignée, c'est évident, mais elle comprend qu'il n'y aura pas de retour au pays, que c'est bien fini les visions, les excursions au banc du centre commercial.

Quoi faire? Elle tente de bien rassembler ses esprits. Comment réagir, se comporter? Elle doit dissimuler son seul désir. S'échapper à tout prix de sa nouvelle jolie prison. Ce médecin exilé ici – où en fait, Vermont, New-Hampshire, Massachusetts? – ne sait rien sans doute de la folie de «son grand ami». Son assistante zélée était revenue, avait servi le vin, débouchonné en deux temps trois mouvements par le rondouillard toubib. L'adjointe alla à un appareil sophistiqué et mit de la musique. Mozart. *Les Noces.* «Levons nos verres au grand succès prochain de Rachel Richer, la meilleure!» s'exclama un Albert fébrile.

Elle ne fit que tremper ses lèvres, sa réticence était totale. Au prix d'efforts qui firent reluire davantage son crâne nu, le médecin approcha un lourd fauteuil de sa chaise longue: «Cette nuit, Albert n'a pas cessé de me vanter vos talents, il vous admire énormément et vous avez son entière confiance pour ce film.» Il se servit de nouveau. Il but. Se servit encore.

Cure-dent avait disparu. Albert buvait lentement, semblait songeur, calculait sans doute la suite à donner à son forfait. Il semblait franchement ému, lui jetait des regards énamourés. Il alla à la fenêtre ouverte pour humer un vent qui se renforçait. Elle entendit bruisser les feuilles des érables du grand parterre fleuri près de la galerie.

«Je ferai de mon mieux, Albert», finit-elle par dire hypocritement. «Oh, Louis, tu l'entends? Faire de son mieux? Non mais… Rachel a toujours été d'une trop grande modestie.» Elle observa le médecin chauve, il suait beaucoup, s'essuyait le crâne avec sa manche de sarrau; il devait trop bien manger et trop bien boire, pensa-t-elle.

La bouteille vite vidée, le médecin retira son sarrau, le plia sur son bras et vint planter ses courtes jambes devant sa chaise longue: «Ma chère Rachel, vous savez, nous ne nous sommes pas vus, Albert et moi, depuis très longtemps. Il m'a appris sa triste histoire, les humiliations, comment personne au pays n'a voulu reconnaître ses talents et ça m'a beaucoup peiné.» Ce «Ma chère Rachel», la familiarité commençait donc. Il s'assit au bout de la chaise longue: «Enfants, nous étions voisins et je peux vous dire que je l'admirais déjà beaucoup. Il était si doué.»

Albert, tête baissée, fit mine de déplisser un pan des tentures, tout modeste. «Oui, notre Albert était un animateur né. Je le suivais partout, il inventait des jeux dramatiques inouïs. C'est tout simple, il était notre idole.» Albert grommela, faisant mine de protester: «Tu vas encore exagérer, mon vieux.»

Saint-Louis se leva, s'approcha de lui: «Tu m'as fait rêver, Albert, j'étais un triste enfant unique, négligé par des parents mondains. J'étais le p'tit gros dont on se moquait. Tu m'as changé, Albert, en me faisant participer à tes spectacles improvisés.»

[214]

L'assistante dévouée était revenue, offrant des amuse-bouches sur un plateau de faïence fine. Pour Rachel, un bouillon. Pour eux, des tomates-cerises fourrées, du foie gras, du caviar, des fromages rares; les deux hommes s'y précipitèrent. La bouche pleine, le médecin continua son panégyrique laudateur : « Mon petit copain avait tant d'imagination ! Que de beaux week-ends dans le garage ou dans mon sous-sol transformé en mini-théâtre tout équipé, tu te souviens, Albert » ? Albert mâchouillait : « Rachel, mon Louis ne dit pas tout, il était indispensable pour les accessoires, les décors, les éclairages, c'était un fameux bricoleur, le p'tit Louis, un débrouillard. » Une séance de congratulations réciproques.

« Rachel, vous devez aussi savoir que votre Albert était doué pour la musique, il pouvait jouer de tout, flûte, clarinette, trompette. Au piano, et il n'avait pas quinze ans, il improvisait un jazz pas piqué des vers. »

Mollissait-elle ? Folie, elle trouvait plutôt sympathique le récit des deux adolescents nostalgiques. Devenait-elle la victime du fameux syndrome de Stockholm ? Elle se secoua. Il ne fallait pas. Ils ne tarissaient plus. L'hidalgo risible et ce rondouillard reconnaissant étaient plongés mentalement dans un vieil album. Saint-Louis avait envoyé sa maigrichonne chercher une autre bouteille. Elle les écoutait d'une oreille. Elle découvrait un autre Albert, apprenant qu'il venait d'une famille nombreuse et très modeste, que son père, mort aujourd'hui, était très souvent malade, que sa mère devait aller faire des ménages pour boucler le budget familial.

Elle se surprenait à éprouver une sorte de pitié pour cet enfant créateur de saynètes improvisées. Elle dut se faire violence pour se souvenir de l'autre Albert, celui qui arpentait vaillamment les couloirs de sa section à la SRC pour quémander des rôles. Il avait été, descendu de sa lointaine province, un amusant candidat à la gloire dramatique. Enthousiaste, affable, galant, il offrait des petits cadeaux à tout le monde, des babioles avec des cartes humoristiques, soulignant un anniversaire, ou l'Halloween, la Sainte-Catherine, Noël, les Rois, la Saint-Valentin, Pâques... Elle devait admettre que longtemps il avait été un troubadour amusant. Albert-le-jeune avait le don de les distraire tous, elle et ses camarades, par ses échos, ses potins sur le milieu. Aux pauses, à la cafetière ambulante du matin ou de l'après-midi, il divertissait tout le monde de sa section et avec succès, oui : distrayant les *horribles travailleurs* aux horaires capricieux, aux prises avec des budgets insuffisants pour incarner un peu solidement tous ces feuilletons à produire semaine après semaine. Hélas pour lui, avec le temps, Albert passa des rôles secondaires, pas du tout concluants, aux simples figurations, parfois muettes. Il en devint agressif et amer.

Un midi, il surgit à la machine-à-café ambulante de son étage, hagard, sans doute en état d'ivresse, s'écriant : « Je n'ai fait aucune école officielle, c'est pour ça qu'on me rejette. » Il se mentait. Des autodidactes comme lui jouissaient d'une fort belle réputation et étaient devenus des stars parce qu'ils avaient de forts talents. Pas Albert.

Il y avait eu ensuite les roses rouges rituelles, offertes chaque vendredi après-midi, puis ses billets doux, puis ses téléphones importuns. Enfin, du harcèlement, pas d'autre mot.

Vint donc un certain midi où, soudainement, Albert entra dans son bureau pour lui déclarer son grand amour. C'était trop. Elle prit donc ses distances. Son dépit grandissait, sa fulminante contrariété le fit sombrer dans la parano et les complots imaginaires. Et puis, bouclant la boucle des malheurs d'Albert, accélérant sa rage, vint la formidable chance de Rachel, ce prestigieux projet *Zénon loin de son port*.

Catastrophe pour Albert que son refus net de lui confier le rôle principal. Il lui avait craché : « Quoi ? C'est ça ton sempiternel « tu-auras-ta-chance-un-jour ? Salope ! » Porte qui claque. Stupeur de tous les témoins sur son étage. La guerre.

Finalement, pire encore : ce cauchemar horrible sous l'orignal pleureur. Cauchemar dont elle n'était pas encore délivrée dans cette clinique clandestine aux États-Unis.

Le palmarès élogieux achevé, le plateau vidé, la nouvelle bouteille aussi, Saint-Louis l'ausculta de nouveau, reprit sa pression et se montra toujours tout satisfait : « Vous êtes très forte, bravo chère Rachel ! » Il joua d'une sonnette cachée dans la tête de son lit et une sculpturale Noire, sarrau impeccable, fit son entrée. Les deux hommes se levèrent. Dans l'embrasure de la porte, Albert susurra : « À plus tard, mon amour. » Saint-Louis : « Chanceuse Rachel ! Vous avez

Gloria. C'est un ange-gardien d'une efficacité souvent éprouvée.»

La noiraude géante l'aida à se lever en la soutenant fermement: «Madame, nous avons une marchette et ce fauteuil roulant. Des béquilles aussi. Mais on me dit qu'une canne suffira tant vous progressez vite. La voici.» Jouant les magiciens, d'un geste de prestidigitateur, elle fit apparaître une solide canne à joli pommeau d'ivoire. «Un cadeau du patron», dit le noir ange-gardien musclé. Elle ne la remercia pas. «Je pourrais visiter la clinique?» dit-elle. Gloria lui offrit le bras et elles partirent, elle claudiquant, l'autre en utile et très ferme support.

Voisine de la sienne, Rachel admira en passant la très jolie chambre de sa gardienne. Un couloir, rampes aux murs, tapis de haute laine d'un ocre doux, murs à multiples torchères discrètes. Gloria lui montra la salle à manger, puis le salon, à l'angle d'un autre couloir, sol à carreaux d'une riche céramique, un petit laboratoire où un jeune homme échevelé, sarrau à manches courtes, manipulait fébrilement son pilon d'acier dans un mortier de porcelaine. Ce lieu jouxtait la salle d'opération. Elle imagina son arrivée en pleine nuit, sortie de la jeep, souffrante, délirante, avec un Albert survolté, énervé sans bon sens et ce Saint-Louis, prévenu d'avance, qui ajuste vite son masque de chirurgien, enfile ses gants de caoutchouc, prêt à soigner l'indispensable compagne de son cher vieil ami. Avait-elle été endormie ou simplement gelée? Le brouillard sur cet épisode.

Vu les rares rencontres en couloirs, elle conclut qu'il ne devait pas y avoir beaucoup de patients là-dedans. Trois, quatre? Elle vit une vieille dame couverte de bijoux, visage recouvert de bandages. Ce Saint-Louis pratiquait sans doute la chirurgie esthétique, dite plastique. Elle avait aussi croisé un type sur de hautes jambes, en robe de chambre, cheveux gris frisés, le visage très pointu. Elle remarqua sa démarche efféminée, ses mains fines, ses longs doigts effilés. Peut-être un ecclésiastique? Il avait salué Gloria avec emphase, préciosité même. Ce svelte gaillard devait être un homme important car Gloria avait été déférente, le félicitant pour sa prompte convalescence. Lui aussi? Partout, du mobilier chic, coûteux. Son infirmière musclée lui montra le vaste bureau de Saint-Louis. Voyant le téléphone, Rachel osa, comme pour la tester: «Est-ce que je peux donner un petit coup de fil, une minute seulement?» Gloria écarquilla les yeux: «Ah non! Je ne peux pas vous autoriser. Comprenez que j'ai des ordres très stricts à votre égard. Il faut récupérer, il y a votre film à préparer, n'est-ce pas? Je suis la gardienne de votre repos total.»

Elle l'entraîna d'une poigne solide. En la soutenant toujours, Gloria ajouta: «Je vous admire, madame. Le patron m'a fait comprendre qu'il s'agit d'un travail délicat, complexe, pas à la portée de tout le monde. Je vous admire.»

Son cerbère la ramena dans sa chambre, lui fit prendre un comprimé, lui fit avaler un jus frais et, avant de la quitter: «Vous partirez d'ici bientôt, demain ou après-demain, travaillez bien.»

Rachel jeta sa belle canne sur son lit, se laissa choir dans un lazy-boy de cuir bleu.

Ainsi, tout irait donc très vite. Vol pour le Mexique sous peu. Elle n'en revenait pas. Elle se leva et, se traînant de meuble en meuble, elle alla rouvrir le scénario laissé par Albert plus tôt. Après l'avoir enterrée de détails, Albert lui avait dit: «Bon assez, suffit! Tu vas le lire et tu vas vite constater le travail que j'y ai mis.»

Ce texte, si peu de pages, était un ouvrage d'amateur. Il était relié solidement. Il y avait les dialogues et les didascalies du génial auteur improvisé. Albert, enthousiaste à l'excès, lui avait aussi annoncé plus tôt: «Dès notre arrivée chez mon cousin du Mexique, tout sera déjà en place, les sites de tournage sont déjà loués, les décors montés. Ferdinand a reçu mes indications il y a longtemps.»

Elle en était restée muette.

Il avait ajouté: «Tu seras entourée des meilleurs. Ton directeur-photo est si content de pouvoir sortir des p'tites vues cochonnes! Carlos Fuente est un as reconnu et Ferdinand te servira d'interprète pour tous tes desiderata.»

Elle en avait été renversée. Albert devait bien savoir qu'un réalisateur veut et doit participer au casting, à la conception des décors, aux locations de sites. Elle saisissait davantage qu'elle avait affaire à un rêveur fou.

Elle lut et relut ce maigre script. C'était une légende folichonne, un enchevêtrement de scènes ultra courtes. Bien entendu, ce vaillant cheik était incompris de tous et triomphait sans cesse de tous ses adversaires. En épilogue à ce western de sauce orientale, il régnait en sultan, en pacha vengé et sa belle promise voilée, reconnaissante, tombait à ses genoux. L'amour gagnait. Fin, *the end, fine*!

Ce remake orientalisant servait de catharsis au raté, c'était clair. Une allégorie évidente: impossible de s'opposer à une telle volonté. Ses ennemis? Tous des couards, des poltrons. Un scénario tissé de puérilités au simplisme niais. Elle allait tourner ce qui se nomme un navet.

Elle était allée s'allonger dans un transat moelleux sur la véranda. Elle devait jouer le jeu, gagner du temps et, de toute urgence, jongler à un moyen de s'échapper. Elle tentait de se faire accroire que, là-haut, des policiers avaient appris le lien d'indéfectible amitié entre Albert Marois et ce médecin exilé, Saint-Louis.

Elle ouvrit un grand cahier aux pages quadrillées offert par son kidnappeur. Elle fit mine de griffonner des indications de mise en scène, on la surveillait peut-être à l'aide d'une caméra cachée. Son découpage factice des premières séquences n'empêchait pas la jonglerie: cette Gloria finirait par s'endormir comme tous les autres; alors, elle s'enfuirait. Après tout, elle n'était plus dans un camp de chasse isolé. Elle allait clopiner dans cette rue toute proche, trouver un café ou un bar ouvert la nuit; ou bien, en robe de chambre, elle hélerait un taxi en maraude et, vite, la police du lieu serait alertée. Délivrance. Elle s'imaginait libre enfin; dans une station de police, on lui offrait du café bien noir. Défilaient ensuite, menottés, un Albert penaud, un Saint-Louis revendicateur, une Gloria atterrée. Elle en tremblait de joie anticipée, se voyait répondre aux questions des inspecteurs Rhoe et Floti, se voyait blottie dans les bras d'un Vincent accouru. Délivrance.

Cela lui fit du bien, elle respirait mieux. Une hirondelle la frôla, elle sursauta. Dans ce jardin, des grenouilles coassaient. Y avait-il une fontaine avec un étang pas bien loin ? Une volée de pics à crête rouge se jetèrent sur une mangeoire suspendue au bout de la véranda. Cette nuit, malgré sa jambe plâtrée, son épaule fragile, elle devrait parvenir à franchir ce muret couvert de vignes sauvages qu'elle voyait, pas bien loin et, ensuite, traverser la clôture métallique à quelques dizaines de mètres de la clinique. Elle aurait du mal mais cela en valait la peine.

Là-haut, au pays, était-ce le black-out ? L'on piétinait peut-être, songea-t-elle, plus réaliste maintenant. On ne savait probablement pas trop de quel côté orienter la filature.

Oui, cette nuit donc, franchir la clôture dont elle voyait la portière au loin, sans parvenir à distinguer si celle-ci était cadenassée ou munie d'un système d'alarme.

Crayon en l'air, elle n'arrivait pas du tout à bien indiquer quel jeu de caméra saurait, un peu adéquatement, illustrer le cheik du début du film, ce héros invraisemblable aux prises avec de vilains mercenaires. Tâche impossible. Elle préférait s'imaginer enfin libérée et racontant les péripéties de sa mésaventure aux amis, à Monique, à Sonia, au beau Yves, au grand Robert, à Martine, sa femme de ménage. Elle rêvassait. Révélera-t-elle à son jeune boucher, Roger, à sa pâtissière favorite, la jolie Mado, qu'elle les a rencontrés… à leur insu, en femme invisible? Se lassera-t-elle de raconter la chambre sordide, l'orignal qui pleure, Sarah, l'Algonquine assassinée, son fils Clovis et cette mignonne fillette-au-chat qui s'assoit sur elle?

Elle se remit au scénario du dément… devoir faire semblant pour endormir ses gardiens. Maintenant, le crépuscule jaunissait les polygones de pierres du muret, charbonnait les barreaux de la clôture de fer. Elle se leva, prit sa jolie canne, voulut, avant la nuit noire, aller de nouveau fureter dans le petit hôpital privé. Dans le séjour de la clinique, elle vit son ange-gardien Gloria, une revue illustrée sur les genoux, qui sommeillait, la tête tombée sur le côté. Du sous-sol – dont l'escalier y conduisant était garni de rampes chantournées –, elle reconnut la forte voix du fou. Grandiloquent, Albert récitait des répliques de son scénario. En vrai métronome, la voix de Saint-Louis l'interrompait de : «Oh, bravo!» De : «Ah, excellent!»

Pathétique audition.

Elle traîna sa patte de plâtre plus loin. La maigre secrétaire, heureuse, nourrissait d'exotiques anges colorés dans l'énorme aquarium du hall. L'efféminé à la chevelure d'acier passa en trombe, son pointu visage très empourpré. Elle passa en revue un accrochage de photos dans le fumoir. L'une, en couleurs criardes, agrandie, montrait l'adjointe aux dents pointues assise sur les gros genoux de Saint-Louis. Une allumette sur un éléphant. Elle sourit. La prisonnière devenait méchante, pensa-t-elle.

L'aïeule aux bijoux multiples, masquée, alla se planter devant Gloria endormie et, d'une voix criarde, ordonna: «Réveillez-vous, nouille paresseuse! Vous m'avez oubliée encore? L'heure de mes pansements, l'onguent, c'est pour quand?» Gloria sauta aussitôt dans ses pantoufles, la suivit. Apercevant Rachel, le cerbère fronça les sourcils: «Vous? Vous ne devez pas sortir de votre chambre.» La vieille bandée lui donna des coups de canne, une canne semblable à la sienne, et Gloria la suivit aussitôt. C'était sa chance, elle entra dans le bureau ouvert de Saint-Louis, s'approcha lentement du téléphone, souleva doucement le récepteur.

Elle entendit le bourdonnement. «Juste donner le nom de la clinique et appeler au secours.» Elle entendit des pas, raccrocha vite. Saint-Louis était dans la porte: «On fouine? On fouine, madame Richer?» Elle balbutia: «Je regardais vos nombreux trophées, sans plus.» En effet, au mur du fond, sur une tablette, s'étalait une reluisante collection de statuettes dorées ou argentées.

«Ici, je suis devenu un fanatique du golf, je ne joue pas trop mal comme vous voyez.» Albert s'amena à son tour, son divin script à la main. Le toubib éclata: «Notre Albert vient de me lire des passages. Chanceuse Rachel, vous aurez la chance de signer bientôt un vrai chef-d'œuvre filmique. Cinéphile depuis le collège, je m'y connais pas mal.» L'obèse affable lui indiquait de la main grande ouverte un vaste fauteuil de cuir sang-de-bœuf: «Vous avez lu cette formidable scène inaugurale avec ce trio de lascars, de sinistres malandrins, pure merveille dramatique, non?» Sage, elle opina du bonnet, encore navrée d'avoir raté son coup de fil: «J'ai très hâte de tourner, c'est certain.» Albert vint se pencher sur elle, lui embrassa le front, tout rasséréné. Il ne l'aimait pas, il n'aimait que son projet. Elle le sentit fébrile quand il s'exclama: «On va enfin voir de quel bois je suis fait, et depuis toujours.»

Maigrichonne-en-sarrau entra avec des ballons à cognac entre les doigts. «Nos vêpres à nous vont commencer», rit Saint-Louis. Il ouvrit un bar dissimulé derrière une bibliothèque de bois d'ébène. Il choisit un cognac de prix à étiquette exotique. Cure-dent remplit les verres. Saint-Louis offrit un cigare à Albert. «Mon cher, c'est roulé chez le leader Maximo, le fidèle Castro!» souligna-t-il, coupant son bout de tabac à l'aide d'une cisaille dorée.

Le fou entonna, du ton d'un lion dompté: «Rachel, là-bas je serai d'une complète docilité, promis. Je serai, dans tes mains, de la simple pâte à modeler, tu verras ça.» Le médecin s'écria avant de se laisser tomber dans un fauteuil: «À votre succès!» Cliquetis des ballons de cognac. Il enchaîna: «Rachel, j'ai mis un peu de mon fric là-dedans et je suis confiant.» Et repartit la litanie louangeuse: «Albert fut un soleil, un phare, la radieuse lumière de mon enfance triste»… et le reste. Elle n'écoutait que d'une oreille, la tête dans son projet d'évasion prochaine. Elle entendit tout de même: «Je peux le dire, il a sauvé du suicide un p'tit gros!» Il y eut un silence. Albert, gêné, marmotta des mots confus. Les fenêtres s'étaient complètement noircies. Cure-dent alluma des lampes un peu partout. Sur une horloge, Rachel lut qu'il serait minuit dans moins d'une heure. Elle osa dire: «Pourquoi êtes-vous interdit de pratique là-haut, docteur?» Sans paraître nullement secoué, Saint-Louis prit une voix ferme: «Une folle! Oui, à cause d'une folle. J'ai eu tort et j'ai avoué. C'était une bien jolie patiente mais névrosée. Une nymphomane. Il y a eu dénonciation et mon épouse qui me quitte. Pas d'enfant heureusement. Enfin, cet exil ici.» Il avala une grande gorgée de cognac, ferma les yeux: «Rachel, vous devez bien le savoir, le succès nous attire des jaloux. J'avais beaucoup de succès. Beaucoup trop aux yeux des envieux.» Il pompa son cigare, fit de la boucane dans le bureau: «Mais cela s'achève, la sentence sera caduque sous peu et je remonterai au pays pour démontrer de quoi je suis capable. Vous savez, Rachel, j'ai beaucoup appris ici.»

Albert ne pipait mot. Il observait ses ronds de fumée à lui, bien calé dans son fauteuil, buvant à toutes petites lampées, la jambe croisée, l'air d'un matou qui va avaler sous peu la plus belle souris du monde: son fastueux film.

Louis Saint-Louis voulut allonger la liste des mérites d'Albert, mais ce dernier le coupa: «Louis, revenu au pays, tu seras le plus grand de nos spécialistes dans ta ligne, ça c'est certain. Tu feras honte à tous ces minables. Tu seras vengé.»

Rachel comprit qu'Albert devait s'identifier à son cher camarade d'enfance. Lui non plus, on ne l'avait pas apprécié à sa vraie valeur. Le médecin, vêtu Armani, d'une voix suave: «Sais-tu que je ne suis plus certain de vouloir remonter, de repartir à zéro? J'ai une belle clientèle, des amis, mon golf. Rachel, savez-vous que je n'ai aucune affiche à ma porte, pas de publicité nulle part, juste le bouche-à-oreille et, comme vous voyez, ça marche pas mal.» Il riait. Fumait. Buvait.

Albert se leva soudain, alla tapoter l'épaule du toubib, et sur un ton amer : «Quand on a du talent et qu'on ne peut compter sur personne, je vous le dis, il nous arrive une force. Oui, une force, une volonté implacable. Les gens comme Louis ou comme moi, nous gagnons, tôt ou tard.» Il semblait surexcité, alla promener un index sur les fioles du bar. Elle jonglait : sûr que ce Saint-Louis avait du talent, il l'avait si bien soignée et si vite remise sur pied. Son fou, lui, n'avait aucun talent.

L'efféminé aux cheveux gris surgit très soudainement, fonça sur Saint-Louis comme s'il était seul, cria presque : «Assez, c'est assez et trop, c'est trop ! Vous avez été payé, mon portable vient de me le confirmer. Je vais donc m'en aller.» Le médecin tenta de l'entraîner dans le couloir mais il lui résistait, les poings fermés : «Je veux m'en aller. Maintenant !» Saint-Louis essayait de rester calme : «Nick, très cher, la somme versée n'est pas suffisante, vous le savez bien. Nous avons une entente.» L'efféminé se mit à blasphémer, tenta de le frapper : «Je suis très pressé, je regrette, je pars.» Saint-Louis lui tenait les deux bras, le fit sortir de force dans le couloir, mais Rachel put entendre : «Vous êtes recherché, Nick. J'ai pris de gros risques en vous accueillant ici. Vous n'alliez pas bien du tout, souvenez-vous-en, Nick. Je vous ai sauvé la vie.» Comme Rachel s'était trompée, croyant voir en ce Nick un homme d'Église. Elle entendit encore ceci : «Laissez-moi partir. Vous aurez le reste de votre argent dans quelques jours, parole d'honneur.» Albert semblait gêné, toussa, montra des trophées à Rachel, vanta le champion, cherchant à couvrir les voix des protagonistes. Il lui dit: «Nous allons passer d'abord par New York, mon amour. Gloria nous accompagnera, elle veillera sur toi, avec tous les remèdes dont tu as besoin. Nos partirons demain.»

Demain, New York!

Elle en fut troublée. Il fallait vite qu'elle s'évade. Elle ne sut trop quoi dire, balbutia: «Pourquoi passer par New York?» Il s'assit sur le bras de son fauteuil, lui caressa la nuque: «Pour rencontrer notre producteur, ma chérie. Des papiers à signer avec Villonga. Nous assisterons à la fermeture de ses bureaux à Manhattan car il vient avec nous là-bas.»

Elle ne dit plus rien, ne songeait qu'au moyen de fuir au plus tôt. Elle aperçut un gardien venu s'interposer entre les querelleurs du couloir. Elle l'avait vu ici et là ce gaillard muet, bâti comme une armoire normande, complet anthracite, yeux de fouine, la mâchoire carrée d'un videur, stéréotype de cinéma à bagarres pégrieuses. Elle se calma, ce matamore irait dormir comme tout le monde, il n'était pas de nature angélique après tout. *Nature angélique* étaient deux mots chers à sa mère. Elle tenta de se concentrer pendant qu'Albert, se resservant du cognac, lui vantait la confiance du cher producteur, son ange providentiel. Gloria allait sûrement verrouiller la porte-patio de sa chambre. Sortir par une fenêtre, enjamber le court muret, gagner la grille de sortie de la clôture, espérer l'absence d'alarme automatique… Elle n'avait pas remarqué s'il y avait des barreaux aux fenêtres. Elle se le reprochait maintenant. Albert avait haussé le ton, ayant sans doute remarqué son absence d'écoute : «Tu sais, j'ai mis toutes mes économies dans mon film, mais ça ne suffisait pas, tu l'imagines, c'est ce Pedro qui y est allé d'une petite fortune, il est mon salut financier.» Elle fit des oui distraits. Il enchaîna : «Sans la main d'œuvre à bon marché là-bas, il n'y aurait pas de film, tu le comprends?»

Maintenant, elle pensait à des caméras cachées dans le jardin, déclencheuses de sonneries. Elle avait peur. Devoir aller à New York avec un fou et cette Gloria. Elle avait très peur. Elle supposait un jet privé et donc aucune possibilité d'alerter qui que ce soit ni même de faire un esclandre.

La peur grandissait, mais aussi sa décision de fuir la clinique. La voilà qui se dit qu'elle préférerait être malade, comateuse, retourner sur ce banc au soleil dans le centre commercial. Aller bavarder toute seule avec Madeleine, avec Roger le gentil boucher, admirer des clowns, voir les fleurs de l'automne précoce, revoir une jolie gamine au chat tout blanc qui s'asseoit sur ses genoux. Elle était débarrassée de ses douleurs intolérables, mais restait la victime d'un rapt.

Saint-Louis, mine souriante, revint en s'excusant, alla se verser un doigt de cognac : «Ce grossier personnage est un ingrat. Il était à l'article de la mort, criblé de balles, et moi, sans poser de questions, je l'ai ramené à la vie. Un sacré ingrat.»

Qu'avait-elle à perdre? Elle osa encore : «Criblé de balles, vous avez dit? Mais qui est donc ce

Nick?» Le toubib souriait: «Rachel, je suis médecin, pas curé. Ni policier. Je n'ai pas à questionner ceux qui viennent ici. Je fais mon métier, je ferme les yeux et je soigne. Devant repartir à zéro, chère Rachel, il me fallait survivre.» Albert en profita de nouveau: «Rachel, sans cette obsédée névrosée, Louis serait devenu une sommité là-haut, probablement directeur de l'un de nos hôpitaux.» Saint-Louis s'écrasa dans son fauteuil pivotant, mit les pieds sur son vaste pupitre laqué, eut un geste mou de protestation, ralluma son cigare.

La grande Gloria fit subitement une entrée nerveuse dans le bureau: «Mais, docteur! Qu'est-ce que je vois ici? Vous dérogez à vos propres directives? Madame Richer devrait être dans son lit et depuis longtemps.» Elle l'empoigna, la fit se lever de force: «Vite, au dodo!» Saint-Louis rigolait: «Allons, une petite récompense. Rachel s'est remise si vite et si bien de ses blessures.» Il ramassa sa canne tombée par terre, la lui mit dans la main: «Il est vrai que vous devez être en bonne forme pour ce voyage. À demain, chère amie.» Albert, jouant le galant, lui embrassa longuement la main: «Oui, à demain pour New York, mon amour. Nous approchons du grand jour, je te vois, criant: «Silence! Moteur! Action!»

En passant devant le fumoir, elle revit Marilyn aux longues dents qui cessa de tripoter des magazines et, empressée, sourire carnassier, se leva: «Madame Richer, si je ne vous revois pas, je veux vous souhaiter un bon séjour au Mexique et surtout un grand succès.» Puis fébrile, elle se dirigea vers le bureau de Saint-Louis. Rachel, devinant un couple saugrenu, l'imaginait pleine de hâte d'aller retrouver au lit son patron bien-aimé. Gloria la mena à sa luxueuse chambre, tira les tentures, lui fit avaler deux comprimés, disant avant de la quitter: «Je suppose qu'on vous a dit que j'étais du voyage. J'en suis très heureuse, madame.»

Pourvu, se dit Rachel, que ces comprimés ne soient pas des somnifères. Elle s'allongea dans son grand lit, éteignit sa lampe de chevet. Derrière les draperies, elle devinait de la lumière, celle des lampadaires dans le jardin sans doute. Elle se releva, boitilla jusqu'au fond de sa chambre et constata, hélas, qu'il y avait de fins et solides barreaux aux fenêtres et que sa porte-patio avait été verrouillée. Elle se demandait maintenant où le discret gardien remisait le trousseau de clés de la clinique. Elle chercherait et trouverait. Elle refusait le découragement. Chassait la peur. Rendue au Mexique, il ne fallait plus espérer une fuite. Albert lui avait bien dit qu'ils allaient tourner à l'orée d'un désert mexicain, loin de toute cité. Elle serait prisonnière pendant des semaines, peut-être même des mois. C'est d'ici, de sa chambre, qu'elle doit organiser sa fuite. Sa dernière chance. Vincent deviendra fou, c'est sûr, si elle ne réussit pas. Cela la motive. Elle fixe la porte de sa chambre, seule issue non verrouillée. Encore une fois, elle se demande si, là-haut, on a trouvé le lien Albert-Saint-Louis. Elle en doute maintenant. Elle est consciente qu'il a été d'une grande malice: le complot, l'alliance avec son homme de ménage, Clovis, ce projet de film, le cousin exilé, le riche producteur qui souhaitait changer sa production *3-X* vulgaire. Enfin… cette halte inespérée chez son fidèle ami de jeunesse, Saint-Louis.

C'était Albert-le-malin ! Davantage encore qu'elle l'avait cru. On ne trouvera pas le lien Marois-Saint-Louis. Elle le sent, elle doit se débrouiller seule. Elle sait bien qu'elle n'arrivera pas à tourner un scénario d'une telle ineptie, une affreuse parodie de son métier. Alors, tôt ou tard, là-bas, tout craquera, s'effondrera et l'aventure pourrait mal se terminer, très mal pour elle. Qui chercherait à la retrouver alors, enterrée dans un coin de désert mexicain ?

Elle a envie de pleurer. Pleurer comme elle pleurait parfois quand son père, malade de trop d'alcool, entrait à la maison tard, titubant, zézayant, cherchant son lit en tâtonnant sur les murs de l'appartement. Malgré les querelles parentales et l'accablement de sa mère épuisée, enfant, elle cherchait à fuir dans le sommeil. C'était difficile. Difficile de ne pas se laisser sombrer dans la somnolence pour fuir cette foutue clinique. Elle ne doit pas flancher. Pas de larmes. Plus de visions, plus de sortie hors-corps désormais. La réalité seulement. Fini les visites en esprit, au village, chez elle, dans ses souvenirs, et ses rencontres vaines, mais qui la fortifiaient, avec un Vincent anxieux.

La réalité seule. Elle va bien. Elle est rétablie… rétablie, mais à quoi bon ? Elle pourra prendre un avion pour New York. Elle va très bien. Bientôt elle donnera des indications de mise en scène à des comédiens mexicains, à un directeur-photo surdoué et le cousin Ferdinand traduira ses ordres, interprète à cœur de jour.

La peur. S'endormir! Envie de chialer de nouveau. Comme, lorsque fillette pauvre, elle braillait
à fendre l'âme au départ pour un camp de vacances
de sa riche meilleure amie. Ou quand elle pleurait
en secret pour une toute petite chute de notes dans
son bulletin scolaire mensuel, elle, l'indélogeable
première de classe. Oh, l'orgueil si nécessaire des
enfants pauvres!

Elle finit par s'endormir. Malgré elle. Étrange
cavalcade: il y a des chevaux sauvages. Un désert
tout blanc. Albert, déguisé en beau cheik, rajeuni
par son maquillage, chevauche un étalon noir. Elle
est derrière lui, bien accrochée sur sa selle. Une
hideuse hyène en sarrau blanc sort d'un bosquet,
poursuit une gazelle efflanquée à grandes dents,
contournant des cactus géants. Gloria fonce sur
elle, juchée sur un chameau. Elle crie à tue-tête.

Dormir, rêver.

Chapitre 10

Je ne rêve pas, je ne rêve plus aux étalons, aux hyènes ou aux chameaux. Je suis assise dans mon lit. La vieille dame aux bijoux m'observe. Rictus moqueur. Elle a frappé à la tête de mon lit avec sa canne pour me sortir des bras de Morphée. Mon réveil en sursaut.

Elle a allumé le plafonnier. Je ne vois que ses yeux et sa bouche à rictus, le reste n'est que bandelettes. Par la fenêtre, je constate que c'est encore la nuit, les lampadaires du jardin diffusent toujours leurs lueurs blafardes. Elle me parle en un français cassé : « Vous me paraître un peu beaucoup perdue, c'est-il pas vrai ? » Elle me contemple. Lui répondre quoi ? Pouvais-je me confier à une inconnue ? Qui était-elle au juste ? Peut-être une amie, voire une parente de Saint-Louis ? Ne rien lui confier, la renvoyer gentiment à sa couchette. Maintenant réveillée par elle, Dieu merci, je dois vite fuir d'ici.

Elle s'installe sur une chaise droite au pied de mon lit, sort un long porte-cigarette, y ajuste une cigarette à filtre doré prise dans un boîtier de vermeil, allume : « Jé sous bonne habituée du monde

perturbé, vous savez.» Je l'écoute. «Oui, déjà, petite fille, j'étais une témoin anxieuse d'un papa trom-
peur de mon mère, d'une mère qu'il installe dedans
très chics cliniques.» Je ne dis rien.

Elle tient sa cigarette comme un précieux bâ-
tonnet d'encens: «Moi je avais grande malaise à
échapper d'un paternel très puissant, gros magnat.
Rival de cette famille Kennedy, *oh yes*!» Elle parle,
parle, n'en finit pas de se souvenir.

Cette vieille héritière pourrait peut-être m'aider?
«Puzner, mon nom. Ce nom vous dira bien des
choses, non? Les Puzner de Boston?» Ça ne me
dit rien du tout. Elle plisse les yeux à chaque bouf-
fée qu'elle tire, croise et décroise les jambes qu'elle
a encore fort belles, se couvre les genoux de sa chic
robe de chambre rose: «Je avoir 77 ans dans deux
jours et j'ai pas bien vu le temps se défiler. Je suis
allée vivre longtemps en Espagne. En France aussi.
Excuses pour mon *so bad french*.»

Je dois m'en aller, fuir, elle me retarde cette pie
bavarde masquée. Elle me quête du regard, je lui
dis: «Vous êtes ici pour encore longtemps, madame
Puzner?» Sans me répondre, elle va vers les fenêtres, ouvre à petits gestes précis les tentures vapo-
reuses. Elle joue avec ses belles bagues, penche la
tête, tente de bien voir à l'extérieur: «Moi, dans ce
clinique ici, comme une sorte de emprisonnée. Mais
c'est de mon bon vouloir, des cachettes tranquilles.»
Son français s'améliorait-il un peu du seul fait de le
parler? «Je vis depuis des mois chez ce bon docteur Saint-Louis. Je me suis toujours sauvée de mon
propre vie. Comme mon maman morte. Je devrais

pourtant détester toutes les prisons.» Étrange parenté, nous deux, pensais-je.

Elle referme les rideaux, revient vers moi: «Comme je regrette mon caractère si grandement docile d'avant. Mon père-le-dictateur m'a fait me marier avec un vieux singe. Très riche. J'étais une vieille fille laide, comprenez-vous bien moi»? Je me lève, prends ma canne, vais vers elle et lui avoue: «Madame Puzner, on me garde ici de force. Je veux me sauver de cette clinique.» Pas de réaction. Elle enchaîne: «Comme Zelda, la épouse du grand Fitzgerald, mon maman à moi aussi est morte dans l'internement. Folle, elle était dans la paix. Moi aussi, je été déjà docteur.» Son ricanement. «Oui, docteur dans l'histoire des arts. J'ai visité l'Égypte. Dix fois. Aux dépenses de mon père. Je été spécialiste du propos de l'art égyptien.»

Se jetant dans un fauteuil près de mon lit, elle couine encore, une crécelle ébréchée. Puis, la tête en arrière: «J'avais voulu enseigner. Des universités me voulaient, mais mon père-le-richard avait dit: «Jamais. Une Puzner ne travaille pas.» Alors, avec tant de savoir dans la caboche, je servais à rien. À personne. À part de donner un peu de finance à ce brillant cher docteur Saint-Louis. Pour de ses recherches.»

Je jonglais: cette dame riche, qui avait engueulé Gloria plus tôt, devait pouvoir circuler librement. Aller et venir à son gré. Sortir même. Je lui prends les deux mains baguées: «Je n'ai pas sommeil, j'aurais besoin d'aller prendre l'air. Il y a ma jambe. Pourriez-vous m'accompagner dans le jardin?»

Aussitôt, elle s'empare de ma robe de chambre, l'ouvre devant moi: «Mettez-le, venez, venez, cela me fera du bon à moi aussi.» Je dis: «Non, je suis frileuse, je vais mettre mon linge.» J'ouvre le placard, m'habille à grande vitesse, prends ma canne. Elle me tient la porte grande ouverte. Le couloir. Grand silence partout. Petites veilleuses allumées aux plinthes. J'ai hâte de dépasser la chambre de Gloria. Mme Puzner parle à voix si basse que je l'entends à peine: «Mon papa fut mis en prison et longtemps. Une affaire de bourse. De grave fraude. C'était un très vilain garçon, mon papa.» Son rire de crécelle, étouffé: «Pourtant c'est lui qui a payé pour tout l'art de l'Égyptien antique dans le musée de Boston.» Crécelle encore. Une vieille gamine masquée. Elle me soutient et je suis surprise de sa solidité.

Ça y était, il y avait une lueur d'espoir solide. Une fois dans le grand jardin, je prétexterai un achat à faire dans un dépanneur. N'importe quoi. Sur une horloge j'ai pu lire qu'il était deux heures du matin. Le cœur me débat très fort. Allais-je trouver un café, un bar encore ouvert? Tant pis, je marcherai sur ma pauvre jambe des heures s'il le faut. Attendre, cachée, jusqu'à l'aube? Il devait bien y avoir dans cette petite ville un de ces comptoirs à beignets ouverts jour et nuit. Le couloir parcouru – elle semblait bien savoir où aller –, nous arrivons dans la cuisine ultra moderne avec appareils ménagers dernier cri. Une plaque murale mi-thermomètre, mi-baromètre, éclaire légèrement la pièce.

Accrochés à un flanc du bloc de bois central, des couteaux, des hachettes. Elle m'ouvre le chemin, je m'empare vitement de l'un des couteaux, le mets à ma ceinture. Je la vois exhiber un mince trousseau de clés. Elle me sourit, complice amusée, cherche la bonne clé. Ça y était vraiment. La liberté bientôt. J'en tremble un peu. Elle ouvre et me tient la porte : « Venez, ma belle, on a la bonne chance, il a tombé beaucoup des pluies ce soir mais c'est terminé. L'air est de douceur. Très douceur. Venez ! » Elle était devenue une vieille espiègle. Savait-elle qu'elle enfreignait un règlement ? Elle semblait si amusée de cette escapade nocturne, ricanait en sourdine.

Ça y était pour de bon.

Au jardin, je vois les lampadaires de la rue voisine, des lanternes sur les pelouses, des bosquets de vivaces, des massifs de pivoines, des arbustes fruitiers divers, le tout traversé d'allées de cailloux blancs. L'organisation d'un paysagiste compétent.

Soudain, ma dame masquée me tire violemment par une manche et, à voix très basse, fait : « Vous voulez vous fuir de la clinique ? C'est bien cela le vrai, oui ? » Je lui fais un signe positif de la tête et serre mon couteau sous ma veste de cuir. « Mais où irez-vous, petite madame ? Que ferez-vous ? Vous sans même avoir le sac à la main ? » Je reste muette dans l'allée de gravier pâle qui luit sous une sculpturale lanterne chinoise posée sur un bloc de béton décoré.

La Puzner semble excitée par ma fugue. Résolument, je dépasse le muret, marche avec ma canne vers la grille d'entrée de la clôture de fer. Est-elle cadenassée ? La vieille masquée me suit en ricanant, sorcière bienveillante. Elle insiste : « Mais qu'allez-vous faire ? Connaîtrez-vous un quelqu'un à Montpelier?» Je lui dis: «Je trouverai une place ouverte et je téléphonerai à la police!» Ai-je trop parlé? La vieille aux bijoux s'est immobilisée. Elle me rassure vite en disant: «Écoutez bien moi, je retourne à mon chambre et je vous rapporte de l'argent. Donnez à moi deux petites minoutes.»

Elle file. J'ai très peur... du mauvais sort. Qu'elle fasse des bruits dans sa hâte, que se réveille Gloria, ou le gardien mutique. Que tout s'écrase si proche du but. Je la vois ouvrant la porte de la cuisine. J'aurais dû lui demander si elle possédait la clé de la grille, puisqu'elle n'était pas une otage comme moi. Je m'en veux, chaque seconde compte. Je n'ai pas besoin de son argent. Libre, je trouverai un abri quelconque dans Montpelier. J'expliquerai mon cas, on comprendra. N'importe quel bon samaritain s'empressera d'alerter la police.

Hélas, je vois les lumières qu'elle allume une après l'autre, dans la cuisine puis dans le couloir, enfin dans sa chambre. C'était fatal. Je vois apparaître la silhouette du massif gardien dans sa chambre. Deux ombres chinoises discutent. Que pouvait-elle inventer? À cette heure de la nuit?

Trop tard, je vois le musclé patibulaire filer vers le couloir et la cuisine. Des phares illuminent les parterres. Il fonce vers moi. Je regarde la clôture: trop haute! Je clopine vers sa portière: un cadenas épais! J'aurais voulu avoir les ailes d'un ange! Une voix tonne: «Vous allez prendre froid, madame Richer. Il faut vite rentrer maintenant.» Sûr de lui, très calme, le vigile tient ouverte la porte de la cuisine. Pas un chat dans la rue voisine. Rien à faire.

Je passe devant lui. Il fait calmement: «Le docteur ne sera pas content demain, je vous préviens.» Il ajoute: «Oh madame, il manque un couteau, vous savez bien!»

Je remets le couteau à sa place. Je marche docilement devant ce garde bien poli. Il ouvre la porte de ma chambre, pas moins déférent, souriant même.

Gloria s'amène, visage de bois, regard de glace, elle me force à me coucher, me fait une piqûre. Vite, je sens un engourdissement. Je lutte, je ne veux pas dormir. Pour échapper au sommeil, je m'imagine dans l'entrée de la première maison sur mon chemin, je sonne, tremblante, bruit de serrure, un visage chiffonné m'interroge des yeux, j'explique mon cas: «Aidez-moi, sauvez-moi.» Ou je me vois, criant dans un magasin de dépannage: «Au secours, vite, vite, il faut appeler la police.» Aux agents accourus, dans mon mauvais anglais, je balbutie: «Amenez-moi vite. Protégez-moi, j'ai été kidnappée par un fou.» Souriante, Gloria, installée dans le fauteuil roulant, fait pivoter la machine électrique, attendant sans doute que je sombre dans le sommeil. Mes paupières s'alourdissent, je vois la vieille au masque qui m'observe dans l'embrasure de la porte, elle semble franchement désolée. Elle ouvre les mains comme pour signifier: «Qu'y puis-je? J'ai essayé.»

Qu'est-ce qu'on allait bien lui raconter demain, à cette vieille mécène de la clinique? Que j'étais un indispensable engrenage pour un projet de cinéma extravagant et qui, un instant, a paniqué? Demain, un avion privé sur un tarmac... demain, départ pour un aéroport régional. Et puis New York. Et puis le Mexique. Et rendue là, moi criant : « Silence partout ! Moteur ! Action ! » Oui, l'aéroport demain, Gloria à mes côtés avec ses seringues, aussi sans doute le gorille mutique et si poli. Armé en cas de grave pépin. Argument final si je tentais... une folie.

Pouvoir fuir, m'en aller sur ce banc du centre commercial, au soleil, pour regarder le bleu du ciel, le feuillage des érables rougissants, les bouleaux jaunissants, les cônes pointus des épinettes et des sapins, les badauds aimables... une mignonne fillette qui s'asseoit sur moi avec un petit chat blanc dans les bras. J'étais si bien, si légère, si débarrassée, débarrassée de tout, du fou surtout.

Mais non, j'ai été bien soignée. Je suis revenue à la vie ordinaire. Va s'enclencher, veut, veut pas, la fin de mon histoire. Je vais entrer, veut, veut pas, dans cette comédie triste inventée par un bouffon triste. Par un amoureux contrarié, un acteur raté qui veut absolument, désespéré, organiser la preuve de ses formidables talents. Mon cauchemar va prendre corps, je le sais trop bien maintenant. Je ne veux pas dormir.

Gloria s'en est allée, a refermé tout doucement. Je suis seule. Je me lève. J'ouvre toutes les lampes de la chambre. Je me traîne partout, jette au sol les roses déjà fanées, déplace les bibelots luxueux. Moi aussi, désemparée, je fais rouler le fauteuil d'infirme, puis j'ouvre les tentures. Je regarde là où je m'étais rendue avec une vieille complice innocente et maladroite. Je décroche et casse les vitres des gravures. Je me jette à la table-secrétaire, j'ouvre ce scénario bouffonnerie, je lacère les pages. Avec un feutre noir je griffonne des: *Pas bon. Ridicule. À refaire. Ordure. À détruire. À éviter. Affreux. Nul. Insipide…* Je m'essouffle. Je ne veux pas dormir. Je deviens folle… Ou je me protège? Je ne sais pas. Je ne veux pas m'endormir. Je dois me calmer. Puisqu'il n'y a plus rien à faire, je relis la première séquence. Me changer en vraie femme docile? Le faire ce maudit film! Là-bas, un jour, il y aura bien un moyen de m'échapper. Alors, jouer le jeu.

Bon: page une, *long shot…* voici mon Roméo à turban, en djellaba, cheval blanc superbe. Très bien… *zoom in* sur le cheval blanc. Bien, mon Rudolf imaginaire doit affronter de ces bédouins-brigands, bien… Où mettre ma caméra? Soyons gentille et docile, on me regardera travailler, exiger que la troupe d'indigènes aille se tapir un peu plus loin, *dolly in*, bien… Albert bombe le torse, fait virevolter un cimeterre. Bien… *close-up* sur sa monture magnifique. Bien… des serviteurs amènes m'entourent. Pedro Villonga, cigare au bec, ignare satisfait, surveille tout. Mon directeur-photo m'encourage, il aime mon découpage. Le cousin Ferdinand traduit sans cesse mes ordres, tout baigne. Joli plan panoramique. Un *travelling*, ce faux désert d'Arabie à perte de vue… L'oasis artificielle fait briller ses eaux convoitées. Très bien… *dolly in*. Je fais poser des rails. Albert-Valentino boit, se lave le visage. Il va foncer, il n'a peur de rien, *close-up* sur son sourire conquérant…

Et voici Gloria qui revient, une nouvelle seringue à la main: «Couchez-vous tout de suite, madame Richer, vous travaillerez demain. On ne partira pas avant midi, on me l'a dit. Vite, couchez-vous!»

[243]

Elle éteint tout. Reste là, assise sur un canapé près de la porte. Je joue la femme calme. Elle pourrait alerter le gorille si placide et si poli.

Je marmotte: «Gloria, nous irons ensemble à New York... comme deux amies, je suis contente.» Ma bouche s'est empâtée: «Gloria? Nous irons au Mexique...» Elle se lève, vient tapoter mes draps, mon oreiller, elle me sourit, me tire un bras hors des draps. Piqûre. L'injection pour aller finir sa nuit en paix. Elle dit: «Je viendrai vous réveiller tôt demain matin, ne craignez rien, vous aurez du temps pour travailler. Votre ami vous a acheté un bien joli costume, il me l'a montré, c'est une surprise. Vous verrez ça demain. Bonne nuit, madame Richer.»

Extinction rapide des feux! Le noir. Clé qui tourne dans ma porte. Elle s'en va, satisfaite. J'ai peur. Je me traîne hors du lit, la tête me tourne. J'allume une lampe. Je prends mon petit cahier à pages quadrillées. Je l'ouvre. J'écris en anglais, avec des fautes, en grosses lettres noires: «Au secours! Je suis en danger. Mon ravisseur se nomme Albert Marois et je suis Rachel Richer. Envoyez vite la police à la clinique Saint-Louis ou à l'aéroport local.»

Je suis au bord de l'évanouissement.

Demain, je jetterai ce cahier dans la rue par la vitre de la portière de l'auto. Une bouteille à la mer. Sait-on jamais? Je le ferai dès qu'Albert aura la tête ailleurs. Il me suffira d'un petit instant.

Une bouteille à la mer.

Je me traîne vers mon lit. Je tombe, j'accroche les couvertures. Je murmure à l'absente: «Gloria, je dors, Glo... ria, je... dors.»

Chapitre 11

❖

Elle avait donc sombré dans un sommeil profond. Elle a dormi longtemps... les somnifères de Gloria. Sortie de ses cauchemars, bien réveillée, elle entend des bruits dans le couloir de la clinique Saint-Louis.

On s'agite beaucoup.

Gloria fait une entrée joyeuse dans sa chambre, chantonnant. Très heureuse de ce prochain voyage à New York? Elle dépose sur un fauteuil une grande boîte. Elle lui fait d'abord avaler un comprimé – un calmant, suppose-t-elle – avec du jus de pamplemousse. Elle n'a pas le choix, cette gardienne obéit à des ordres stricts, elle sait ce que Gloria ferait si elle refusait le médicament.

Gloria ouvre la boîte avec précaution: «Levez-vous, madame. Venez voir, c'est pour vous.» Sur la bergère tapissée, Gloria vide la boîte pour étaler délicatement le chic costume-tailleur promis. Elle s'y rend en boitant, remarque la qualité du vêtement.

Le cadeau du fou annoncé hier soir par son noir cerbère. «Vous avez vu ce beau soleil, madame Richer? Habillez-vous vite, nous partons bientôt toutes les deux.» Il doit être assez tard, ce «beau soleil» est très haut dans un ciel au bleu saturé. On l'a donc laissé récupérer? Tout le monde, se dit-elle, doit être au courant de sa tentative d'évasion de cette nuit. Elle revêt le costume d'un joli grège, aux rebords noirs, payé cher sans doute par son fou. «Il vous va à ravir.» Gloria ramasse fougueusement les draps, les couvertures, l'oreiller: «Monsieur Albert sera fier de vous, je peux vous le garantir, et les gens de New York seront épatés aussi.» Elle sort, les bras chargés. C'est fini cette jolie chambre spacieuse, on déménage! Elle se sent un peu bizarre, la tête lui tourne et elle voit embrouillé. Sans doute l'effet des injections du cerbère qui perdure? Elle préfé-rait cette demi-conscience, ainsi elle allait entrer dans leurs manigances plus ou moins lucidement.

Gloria revient avec un sac à main tout neuf, le lui offre, souriante toujours: «Un autre cadeau de votre grand admirateur.» Elle l'ouvre: des effets de maquillage, un mince rouleau de dollars améri-cains, un petit bloc-notes à tranche dorée, un stylo en argent luisant. Albert la voyait donc en train de noter, en cours de voyage, quelques idées pour le film? Elle va chercher le scénario et surtout, sur-tout son précieux cahier avec ses appels de dé-tresse, les fourre dans son sac neuf.

On avait fait le ménage durant son sommeil. Plus de roses rouges au sol, plus de vitre cassée. Albert ne verrait pas sa fureur nocturne. Le voilà justement qui s'amène, fringant, dans un chic cos-tume de flanelle, couleur crème. Aucune allusion à cette nuit ratée! Il veut bien oublier sa tentative d'évasion, ou bien on ne lui a rien dit ? Il semble tout content, lui ouvre les bras. Elle ne bouge pas. Caresse furtive du fou, chaleureux baiser au milieu du front : «Mon amour, ma Rachel, la concrétisation de mon grand rêve se rapproche enfin.» Elle s'assoit dans un fauteuil, muette, si désespérée. «J'ai eu le bon flash pour ce costume, non ?» Elle ne dit rien, elle regarde intensément ce kidnappeur malade. «Nous allons vivre ensemble le projet de toute une vie, tu te rends compte, Rachel ?»

Elle regarda le ciel dehors, la rue tranquille. Au loin, les rares voitures qui roulaient avec des gens qui ignoraient tout du drame qui se jouait pour elle. La solitude fatale des humains ! Elle voyait le dôme doré luisant, pas loin. Des merles picoraient dans la mangeoire de la galerie. Elle regardait la liberté. «Il y a longtemps que l'on aurait dû travailler ensemble, Rachel. Ton maudit *Zénon*, ton erreur, Rachel, cette série faite sans moi, mais voilà que tout ça va être réparé, aboli. Tu reprends ta carrière à zéro.»

Il l'aide à se relever, lui donne sa canne, toujours de belle humeur, tente de la faire pivoter, mais elle résiste et se rassoit.

«Avoue que j'ai eu du flair, du bon goût pour ce costume. Tu l'aimes, j'espère ?» Elle ne dit toujours rien, serre son sac contre elle, sac si précieux avec ses appels à l'aide. Elle sait qu'elle doit jouer le jeu, se montrer un peu consentante, plus docile. Il y a ce cahier à jeter dans une rue. Tenir Albert dans son délire. De nouveau, elle se demande si Saint-Louis, les autres, ne lui ont pas caché, par calcul, sa tentative de cette nuit avec la Puzner masquée. «Allons-y, mon amour. » Albert lui tendait le bras, cavalier courtois et gentil. Ils sortirent.

Dans le hall d'entrée éclaboussé de soleil, derrière le salon, se tenait le mutique vigile, casquetté et ganté. Il gardait entre ses jambes ouvertes une grande valise de cuir marron. Sourire poli à son adresse, ça voulait dire : *Il ne s'est rien passé cette nuit, n'est ce pas ?* Non, absolument rien. Son échec. Le comédien lui confia son sac de toile noire et le chauffeur docile sortit au moment où Saint-Louis s'amenait, les bras ouverts. Il vint embrasser la main de Rachel, prit Albert dans ses bras : « Bon voyage, mon vieux ! Il faudra faire fructifier mon petit pécule. Je te souhaite le plus beau, le plus fantastique des succès, tu le mérites tant, Albert. » Le toubib exilé eut un regard vers Rachel, joua le sévère : « Bon. Vous avez notre congé, mais c'est un peu tôt. Heureusement, notre Gloria a tout ce qu'il vous faut, comprimés anti-douleurs, vitamines, tout. Soyez obéissante, chère Rachel. »

Soudainement, il lui prit le bras et l'entraîna à l'écart ; à voix chuchotée, il lui dit : « Rachel, je peux comprendre vos premières réticences à un projet aussi ambitieux, mais en acceptant de collaborer, vous allez guérir mon vieil ami et le rendre si heureux. Vous le sauvez, le savez-vous bien ? Vous le sauvez ! » Il avait pris un ton sérieux, un visage si grave qu'elle ne le reconnaissait plus. Louis Saint-Louis payait sa dette à un jeune garçon, Albert, qui l'avait sauvé. Elle se souvenait que dans son bureau il avait fait une brève allusion à la tentative de suicide d'un p'tit gros esseulé, perdu. Elle crut bon de le rassurer par un : « Je vais faire de mon mieux, docteur. »

Saint-Louis reprit son visage souriant, son masque habituel. Elle était certaine qu'il savait tout pour sa fugue ratée dans le jardin. Le médecin la soutenait de son bras ferme, marchant avec elle vers le vestibule et la sortie. Dehors, au bord d'un trottoir privé dallé d'ardoises sombres, le gardien promu chauffeur chargeait le coffre d'une Buick rouge raisin. Gloria était déjà assise sur un des sièges arrière, les mains jointes. Le soleil éclatant la fit cligner des yeux ; Albert, encore un cadeau, lui offrit en souriant une paire de verres fumés griffées. Se retournant, elle vit, sous le porche aux tuiles roses, un gardien inconnu. Un nouveau ! Marilyn suivait, dents sorties, agitait la main. S'amena aussi la vieille dame aux bijoux portant un masque plus léger – on voyait son front et son menton maintenant – qui saluait aussi son départ. Puis le mafioso argenté surgit à son tour, toujours hargneux, s'écria : « Docteur, mes gens s'en viennent, ça va mal se terminer si je ne sors pas vite d'ici. » Saint-Louis, très mal à l'aise, l'ignora, tentait de garder son calme, ouvrit la portière de la Buick.

La Puzner la fixait avec une rare intensité. Elle, la riche égyptologue retraitée, savait bien qu'elle était une otage et, pourtant, elle se taisait. Rachel tentait de lui communiquer un message muettement : « Sauvez-moi, alertez la police ! » Elle espérait mollement qu'elle se déciderait dans l'heure d'agir en sa faveur. Un vœu flou. Elle prit place docilement aux côtés de Gloria, serrant contre son cœur le sac qui contenait son cahier barré de ses appels au secours. Une bouteille à la mer.

Saint-Louis se pencha à la portière une dernière fois: «Selon Albert, vous avez du génie, alors j'ai déjà hâte d'en voir le résultat.» Il posa sa main sur la sienne, grave, répétant: «Vous le sauvez, Rachel, vous le sauvez.» Albert, installé près de son nouveau chauffeur, très gai, s'écria: «En route mes amis, en route!» Démarrage. Des «bon voyage» fusèrent encore. Elle avait la folle impression de jouer dans un film, un film d'horreur.

Ce matin, à l'aube, elle avait fait un rêve. Elle chassait dans une forêt du nord avec Vincent qui tenait, lui, une arbalète. Un orignal immense était apparu entre deux vieux chênes, aussitôt elle l'avait visé avec sa carabine, mais elle avait vu qu'il versait des larmes abondantes. Comme un humain. Elle s'était réveillée en sursaut pour vite se rendormir. La Buick rouge roula doucement dans une allée de gravillons d'un blanc luisant. Elle vit Albert sortir une carte, la consulter après l'avoir dépliée avec de grands gestes. Son fidèle chauffeur grogna: «Inutile, c'est pas bien loin et je connais le chemin.»

Elle vit les premières rues des alentours de la clinique. Une commande automatique, près du conducteur, gardait toutes les fenêtres fermées. Impossible donc de jeter dans une rue son précieux S.O.S. Elle se dit qu'à l'aéroport, elle trouverait bien le moment opportun de jeter sa bouteille à la mer, sa dernière chance avant le Mexique maudit. Aux feux rouges, elle fixait des promeneurs, sur des bancs de parc, des flâneurs, le visage offert à ce si beau soleil de début de septembre, aussi des gens dans leurs voitures, filant à travers un trafic léger, celui d'une petite ville, un monde fermé à son histoire, indifférent forcément. La solitude des êtres. Quoi faire, crier, se débattre, donner des coups de pied ? Gloria sortirait aussitôt une seringue. Comment donner des signes de détresse ? Comment… à ces deux jeunes hommes qui la regardaient à ce coin de rue, à cette jeune femme qui la dévisageait maintenant ? Comment faire signe de son désespoir, de quelle façon ? Y avait-il une manière de dire sans parler, sans crier : *je suis perdue, sauvez-moi* ? Non, bien sûr. Le chauffeur turluttait un air inconnu d'elle, tout guilleret. Il faisait si beau cet après-midi. De temps à autre, Albert lui jetait des regards énamourés. Il se rapprochait enfin de son grand rêve, lui.

À un nouveau feu rouge, elle vit, à ses côtés, fenêtre baissée, une grosse femme aux cheveux rouges qui mâchait du chewing-gum, souriante. Elle la regardait qui tambourinait sur son volant, cette ruminante en robe écarlate, ignorant que dans cette grosse bagnole rouge vin, étaient réunis le plus grand acteur de la planète, les matamores serviles d'un désaxé, et elle, une otage. Oui, l'indifférence des êtres.

Après une vingtaine de minutes, elle vit un grand panneau : BERLIN CORNERS. AIRPORT: 2 MILES. C'était la fin, ce serait l'envol pour New York, la rencontre avec le nabab mexicain, Villonga, l'avant-dernier acte de son drame. Aux bureaux du riche producteur de films cochons, converti à l'art, il y aura les signatures pour des contrats. Des paperasses.

Ensuite, pour elle, le long calvaire d'un tournage imposé. Elle imagine déjà les roulottes, une cantine, le désert nu, les traditionnelles deux équipes, celle des comédiens et celle des techniciens. Ses cris: «Silence partout! Moteur! Action!»... Cela allait durer des semaines, peut-être tout un mois, ou deux! Là-haut, au pays des orignaux, Vincent deviendrait sans doute fou de désespoir et la police baisserait les bras, impuissante à la retracer.

La voiture luxueuse atteignit le terrain pas bien vaste de l'aéroport et alla s'arrêter sous une petite marquise: BOB'S RENT-A-CAR. «Tout le monde descend, terminus!» crie Albert qui ouvre sa portière aussitôt. Il est pressé. Il a si hâte. Avant de descendre, Rachel ouvre son sac neuf et voit le cahier contenant ses appels. Le referme. L'homme aux allures de videur de cabaret sort de la Buick louée, les abandonne et se dirige vers la boutique toute proche du loueur d'autos. Elle voit la petite tour des contrôleurs pas loin au-dessus d'une sorte de bâtiment de béton. L'aérogare est à trente pas. Albert et Gloria la soutiennent. Le pommeau de sa canne lui fait mal, elle se plaint de sa jambe, les force à ralentir. Albert enrage, il est impatient et il le sera, se dit-elle, jusqu'à ce qu'il entende enfin: «Silence! Moteur! Action!»

Quand ils entrent dans la salle d'accueil des passagers, il lui semble qu'elle ne pourra pas tourner une fois rendue au Mexique, qu'elle va paralyser. Non, elle ne pourra pas, elle s'évanouira dès le premier jour de tournage, ou elle tombera gravement malade, elle le pressent. Il faudra lui injecter des fortifiants ou, carrément, la droguer? Le videur musclé est déjà revenu, il discute avec un jeune pilote proche d'un snack-bar. Échange d'enveloppes. Albert se mêle à la discussion, son visage s'éclaire: ils vont partir bientôt. Gloria la conduit lentement mais fermement vers le snack-bar du lieu. Au comptoir, elle aperçoit une jolie serveuse aux abondants cheveux verts qui offre ses sourires automatiques. Gloria a pris une voix rauque: «Si vous vous conduisez comme il faut, tout ira bien. Est-ce bien clair?» Comme clients, ils sont seuls, deux femmes, deux hommes. Le pilote a pris les bagages et est allé préparer l'appareil. Gloria ajoute: «C'est promis? Bonne conduite, sinon j'ai ce qu'il faut dans mon sac pour vous engourdir un très long moment et on vous prendra pour une très grande malade que l'on conduit à un hôpital de New York. Nous nous comprenons bien?» Elle la fait asseoir sur un des cinq tabourets face à la souriante serveuse, commande des limonades, deux petites salades.

À quoi s'accrocher? Son sac, avec le précieux cahier dedans, lui brûle la main maintenant. Derrière elles, Albert parle à voix basse à son chauffeur qui opine sans cesse du bonnet, le nez en l'air. Où jeter son cahier? Gloria, miracle, annonce qu'elle doit se rendre aux toilettes. Sa chance? Hélas, Albert et son garde viennent s'asseoir avec elle aux tabourets du comptoir. Le jeune pilote, larges dents luisantes, yeux vifs, s'amène à son tour. «Rachel, voici Jack Ratel, un bon ami du docteur Saint-Louis. Pas seulement un bon golfeur, un sacré bon pilote.» Leurs rires bien mâles. Mains serrées poliment. Ratel a jeté sa casquette de pilote sur le formica simili marbre. Elle n'a pas pu lire le nom de sa petite compagnie. Il l'a posée à l'envers sur le comptoir. Il commande du café, une brioche que la serveuse fait réchauffer dans son four micro-ondes. Le pilote Ratel se racle la gorge, déclare : « Monsieur Marois, mon co-pilote m'a dit, une dizaine de minutes et big-bang, on part ! Ça vous va ? » Albert acquiesce, ronronne : « Mon jeune ami, vous allez transporter à New York la plus importante cinéaste de tout l'univers. Alors, s'il vous plaît, prudence hein ! » Rires. Le jeune homme agrandit les yeux, s'incline, reçoit son café fumant, remercie Cheveux verts qui se trémousse derrière son bar. Le bouncer, complaisant, en rajoute : « Et lui, Albert Marois, c'est le plus grand acteur du monde. Sachez-le, Jack Ratel. » Rires encore.

Albert boit du thé trop chaud, il se penche sur sa tasse et sape. Elle se demande si l'aviateur sait tout de cette entreprise grotesque. Et le gardien ? Et Gloria ? Sont-ils tous de mèche ? Elle ne peut y croire, ce serait trop imprudent. Elle songe qu'il a fallu à son fou un certain courage pour régler tous les préparatifs : faux papiers, passeports truqués, contrats arrangés d'avance. Faux permis de travail sans doute. Un engrenage de démarches complexes. Aussi des pots de-vin certainement. Ils doivent atterrir à New York, en sortir. Atterrir ensuite quelque part au Mexique. Oui, Albert y avait mis bien des efforts, c'était certain. Tout cela pendant qu'il savait que, tôt ou tard, la police d'en haut se mettrait à sa recherche. Quels risques, quelle démentielle entreprise !

Il est là, calme, buvant son thé, grignotant un léger biscuit, hilare, confiant. Un fou! N'y aurait-il donc aucun pépin? Aucun empêchement? Où ce mégalomane d'Albert avait-il puisé tant d'énergie? Gloria revint des toilettes, elle saisit l'occasion, expliqua qu'à son tour, elle avait besoin d'aller au petit endroit. Albert s'inquiéta aussitôt: «Mon amour, il y a une toilette à bord et nous partons dans quelques instants.»

Elle agita sa canne, se leva, lui dit que c'était très urgent. Gloria calma le fou, disant: «Je l'accompagne, monsieur Marois.» Un évier, un vestiaire, une chaise où Gloria s'installe. La porte de sa cabine fermée, elle se dépêche de sortir son cahier, le dépose sur le couvercle de la lunette. Fait couler l'eau d'un robinet. Le départ étant imminent, personne de son groupe maudit ne viendrait donc s'installer ici. Elle espère que la jeune serveuse sera la première à découvrir son appel au secours. Elle active la chasse d'eau, reprend son cahier, l'ouvre, relit ses mots de détresse, sort son stylo, ajoute aussi ses numéros de téléphone.

Elle sort retrouver le bras ferme de Gloria. Pendant qu'ils voleront dans le ciel du Vermont, quelqu'un trouvera et donnera le cahier à la police. Elle le souhaitait tant qu'elle se vit sourire largement à Gloria qui le lui rendit aussitôt. Il lui semblait qu'elle pourrait marcher sur son plâtre sans sa canne maintenant. Folle espérance? Les deux hommes étaient dehors, les attendant. Voyant son sourire, Albert dit: «Rachel, mon amour, est-ce que je me trompe, tu sembles heureuse, as-tu hâte de te mettre à

[255]

l'ouvrage?» Elle s'entendit lui répondre: «Oui, c'est vrai, j'ai hâte.» Il en fut ravi, lui caressa les cheveux, l'épaule, l'embrassa chaudement sur les deux joues. Comme pour mieux lui cacher ce qu'elle venait de faire, elle rajouta: «J'ai relu ton histoire, formidable adaptation, bravo!» Il ne se contenait plus d'aise: «Vous l'entendez vous deux, oui? C'est de l'or en barre l'estimation de mon scénario par une Rachel Richer!» Ils marchèrent dehors vers le petit avion. Jubilant, fébrile, l'acteur raté parlait très fort: «Mes amis, nous marchons vers la réalisation d'un ouvrage qui va étonner le monde, vous verrez!» Elle en a assez, elle a envie de lui griffer le visage. De l'assommer à coups de canne, lui crier: «Albert Marois, tu es un fou, un grand malade, un sadique dangereux et tu iras bientôt en prison, ça ne sera plus très long maintenant.» Se taire pourtant.

Le pilote les accueillit à la porte coulissante de sa voix de jeune stentor: «Embarquement immédiat. Tout baigne dans l'huile à bord.» Gloria lui montre un siège, lui recommande de boucler sa ceinture. Les moteurs grondent, les hélices tournent. Elle a vu Albert, plus tôt, qui remettait une grande enveloppe brune à un gaillard bien campé, cicatrisé au menton. L'homme était sorti d'un bureau au fond de la petite gare aérienne. Échange complice ou simple remise de papiers et billets d'embarquement? Sa grande méfiance désormais. Elle prend un vieux numéro du *Time*, l'ouvre. Songe à son cahier abandonné à la petite salle de toilette, croise les doigts. Albert vient s'asseoir à ses côtés, de fort belle humeur. Il a ouvert sur ses genoux son génial script : « Mon ange, tu vas me désigner quelles scènes tu préfères, d'accord ? » Elle sort de son sac son exemplaire du texte, se souvient de ses ratures, le referme aussitôt et lui prend son exemplaire.

Mais elle n'est pas là vraiment, elle ne fait que songer à Cheveux verts qui découvre son cahier, qui se dépêche à appeler du secours. Ah oui, la serveuse a couru vite, très vite au bureau du cicatrisé. Soudainement, elle se dit que ce gérant, ce directeur d'aéroport, peu importe, pourrait bien avoir été mis dans le coup, alors il ne ferait rien, n'alerterait personne. Elle se mordit la lèvre, jongleuse. Ce géant costaud serait-il, lui aussi, un autre golfeur, ami de Saint-Louis, stipendié pour se taire ? Elle feuillette le scénario. Albert a passé son bras autour de son cou. L'avion prend de l'altitude, monte, monte, monte... Pas loin, Gloria sort un livre de poche de son sac à main, lui adresse son plus beau sourire, le gardien fait les mots croisés d'un magazine pris dans le sac au dos d'un siège. Ronronnement des moteurs. Soleil au ciel comme sur la terre. La beauté, la paix, la paix apparente. Tout ce qu'elle souhaite c'est de voir un *escadron de justice* quand leur appareil se posera au sol bientôt. Albert, tendrement appuyé sur elle, cherche ses plus belles répliques, ses moments de grâce et ne trouve pas. Il n'y en a pas, elle le sait. Que des dialogues insipides, des didascalies niaises. Quoi lui dire à ce dément penché avec elle sur son travail génial ? Elle préfère songer à des policiers alertés, imaginer les informations qui circulent partout en ce moment même. Elle veut croire à la prise d'assaut du petit avion maudit. Cela la calme, la rassure, l'apaise. New York : elle imagine des paires de menottes que l'on brandit enfin. Elle voit le mutique et digne chauffeur bousculé, résigné, apeuré, bien encadré par les flics venus de partout. Elle voit Gloria qui pleure à chaudes larmes, qui clame son innocence. Un Albert démoli, humilié, se cachant la tête dans son bel imperméable trench coat à la Humphrey Bogart. Elle imagine avec plaisir maintenant, tournant machinalement les pages du scénario, les flashes des photographes de presse prévenus de ces arrestations en grappe. L'aéroport vers lequel ils volent, rempli de reporters, transformé en un plateau de cinéma pour la une de tous les journaux de demain ! Son Vincent, son grand amour, aura fait le voyage. Ils vont pleurer de joie. Elle sera libre enfin et ils vont se serrer à s'étouffer.

Elle retournera un jour au petit centre commercial de son village, une fillette s'approchera de son banc au soleil. Elle lui ouvrira volontiers les bras, la fera volontiers s'asseoir sur ses genoux, caressera, si elle en a un, son petit chat. Blanc ? Elle sera vivante cette fois, bien vivante.

Chapitre 12

Je me retrouve, non pas comme je l'avais cru à l'aéroport de New York, mais de l'autre côté de l'Hudson, au New Jersey. J'ai lu les affiches sur le tarmac.

Soleil toujours brillant.

À l'horizon nord, rares petits nuages, boules d'ouate isolées au firmament tout bleu. Albert et Gloria se collent à moi… moi et ma canne, la soutenue sans cesse! Moins pour m'aider que pour bien me tenir à l'œil.

Cet aéroport, lui aussi, est très strictement privé. Peu de monde dans les alentours. Quelques petits hangars au bout des pistes. Gare froide, dépeuplée. Petit comptoir officiel avec un préposé à casquette. Albert toujours faraud, Gloria toujours nerveuse et mon ange gardien mâle – Bernie, pour Bernard sans doute – toujours méfiant. Ça joue les touristes contents, mais tous ne cessent de zieuter le nouveau décor sous tous ses angles.

Albert envoie son gendarme personnel louer une voiture. Il part aussitôt, ventre à terre, serviteur zélé.

À un kiosque aux parois de plastique bleu translucide, tamponnage vif de paperasses. Albert possédait donc tout ce qu'il fallait pour avoir la paix, passer en vitesse, vrai pater familias. Une enseigne attire mon attention: un panache en verre découpé au-dessus, écrit en néon: The Moose's Bar.

L'orignal me poursuivait-il?

Bernie nous revient vite, très fier, agitant des clés de voiture au-dessus de sa tête. Départ prochain du quatuor. Je termine en vitesse le gobelet de coca-cola offert par Gloria. Albert dépose son café: «Allons-y!» Nous quittons nos bancs moulés. Leur hâte de rencontrer le riche producteur. Avant de sortir, un bambin joufflu, frisé blond, vient vers moi, captivé d'abord par mon grand sac rouge, puis par mon pied plâtré. Les parents s'approchent. En français cassé, l'homme me dit: «Il me semble que je vous connais, madame?» Le blondinet prend mon sac, son père le lui arrache des mains, me le remet en souriant: «Il aime le rouge sans bon sens.» Sa mère rigole. «On s'est déjà rencontrés, vous et moi, vous ne croyez pas?» reprend cet homme à la carrure d'athlète. Albert s'éloigne un peu, nerveux. Je dis: «Non, je ne crois pas.» Gloria me soulage de mon sac, se fait pressante. Le couple à l'enfant s'éloigne lentement, l'homme se retourne plusieurs fois, me jetant sans cesse des petits coups d'œil. Me voilà intriguée et j'ose imaginer une astuce policière, de type FBI, signe discret que l'on m'a repérée et qu'il va y avoir filature. Est-ce que je m'excite en vain?

Gloria, calmée, me pousse un peu à l'écart, se penche sur moi: «Madame, j'ai ordre de vous prévenir. Monsieur Marois a mis des efforts gigantesques pour parvenir à ses fins. Regardez bien dans mon sac.» Elle en tire la fermeture éclair. J'aperçois un revolver! Elle referme son sac aussitôt: «Albert m'a dit, madame, qu'il y avait d'autres cinéastes dans le monde. Un faux pas, une folle tentative et j'ai l'ordre de vous abattre sur-le-champ. C'est bien clair?» Elle m'adresse son plus beau sourire. J'ai froid partout car, oui, l'idée de profiter de la présence de ce couple pour faire un esclandre m'avait effleurée. Nous sortons enfin, moi devant les autres. Dehors, portières grandes ouvertes, une neuve Chrysler au vert métallisé. Cette fois, Gloria devra s'asseoir avec notre chauffeur, car le fou prend place à mes côtés. Il serre mes mains entre les siennes: «Grâce à moi, très bientôt, tu redeviendras la grande réalisatrice que tu as toujours été.» Il se contente de mon maigre sourire. Je n'ai pas apprécié du tout cet engin «pour m'abattre». Du ciel, descend sur la piste un léger et moderne Cessna. Bel oiseau tanguant, blanc et bleu, planant sur notre quatuor inquiétant dont nul se soucie.

La Chrysler roule. Entrelacs de béton. Bretelles de ciment. Je lis sur un grand placard: NEW-YORK: NEXT RIGHT. Je remets mes verres fumés et jouant l'intéressée, reprends la lecture du scénario insensé. Albert soupire de contentement, me tapote une main comme pour m'encourager à me pénétrer de sa géniale prose dramatique. Mais moi, c'est à mon cahier quadrillé laissé à Berlin Corners que je pensais. J'imaginais des policiers accourus aux aéroports de New York comme je l'avais écrit au feutre noir. J'imaginais leur déception à Long Island, pas bien loin d'ici. Ce Jack Ratel, pilote, ne devait-il pas, obligatoirement, indiquer son lieu d'atterrissage, le New Jersey? Alors, ce couple à l'enfant, étaient-ce des policiers déguisés? Je me retourne: gros trafic, sommes-nous suivis? Je l'espère. Ou bien, suis-je à jamais perdue? Condamnée à cette rencontre avec le producteur Villonga? Albert signera les documents et puis on ira s'installer au Mexique. J'aurai ma roulotte bien à moi. J'irai bouffer avec mes camarades de travail à la cafétéria ambulante. Chaque soir, avec Albert, nous visionnerons les rushes. Je devrai m'adapter aux machins branchés, au modus numérique, aux fibres optiques. À l'infographie peut-être? Ce grand expert, ce Carlos Fuente, s'exaspèrera-t-il d'avoir à m'expliquer sans cesse les recours modernes de son caméscope de pointe *made in Japan*?

Sur ce *fastway*, ce *throughway*, désolée, affolée même, je regarde défiler les paysages de la rive ouest de l'Hudson River. À l'horizon, soudain, je distingue les silhouettes des gratte-ciel de Manhattan. Un large panneau suspendu indique: LINCOLN TUNNEL-HOLLAND TUNNEL: TAKE RIGHT FOR MANHATTAN.

Bernie, excité: «On va y être mes amis, on approche.» Heureux, le musclé Bernie accepte un cigarillo d'Albert. Ce dernier me presse les mains encore: «Premier coup de manivelle bientôt, mon amour. Tu vas pouvoir déployer tes immenses talents de nouveau.»

À notre gauche, la Grosse Pomme se dresse, se précise, sort de la brume matinale. Gloria l'ouvre: «À la clinique, madame, on m'a fait voir un ruban magnéto de votre manière de faire. C'était magique. Tous vos hurluberlus dans une sorte d'asile de fous. Magique, vraiment. Bravo!» Je me souviens de cette dramatique ambitieuse intitulée *La télé du bonheur*, histoire folichonne rédigée par un groupe de jeunes, sorte de fantaisie surréaliste. J'en étais pas trop fière, je débutais. Ma gardienne ajoute: «J'ai pas tout compris mais, ouow!, vous avez un très grand talent. Vous allez réussir là-bas, j'en suis certaine.»

Celle qui me parlait si gentiment avait un fusil dans son sac. Pour m'abattre! Bernie nous cherche dans son rétroviseur: «Votre film, qu'est-ce que ça va être au juste? Un polar, un film d'aventure, d'action?» Gloria enchaîne: «Ou bien un film d'horreur, j'aime bien avoir peur au cinéma, moi.» Albert se tourne vers moi: «Rachel, explique un peu, vasy.» Je ne sais trop quoi dire: «Euh… je dirais une sorte de film d'amour.»

Nous entrons dans un tunnel pas trop éclairé. Je bafouille: «Oui, ce sera romanesque, mais avec des scènes rocambolesques, des batailles. Albert devra être en très grande forme pour incarner son héros.» Il frétille aussitôt sur son siège: «Je pète le feu, mes amis. Il y a si longtemps que j'attends. J'ai bûché comme un démon, Rachel, c'est la dixième version que tu tiens dans tes mains. J'étais devenu une sorte de moine copiste.»

Il me fait vraiment pitié. Tout ce temps pour accoucher d'une telle ineptie, en même temps, un désir flou, j'ai envie de sauver ce navet navrant. J'éprouve une étrange compassion pour mon pitre déboussolé.

Rendue au Mexique, je lui quémanderai une faveur, une seule : téléphoner quelques instants, une seule fois, à Vincent. Pour le rassurer. Juste lui dire que je reviendrai saine et sauve. Juste ceci : « Ne me cherche plus, Vincent. Je suis vivante, je vais bien, je travaille à un film avec un riche producteur anonyme. » Mais Albert m'accordera-t-il cette faveur unique ? Je pense : s'il refuse, je ferai grève et je ne tournerai pas. Il devra accepter, Gloria ne m'abattra pas, il le veut tant son film. À tout prix. Il sera piégé. Chantage efficace de ma part. Ensuite, Vincent enfin rassuré, oui, j'essayerais de sauver de l'abîme ce vain script.

Grasse flèche sur un panneau blanc et noir : PARKING FOR OUR CUSTOMERS. La Chrysler descend doucement sur la pente asphaltée d'un vaste parking souterrain. J'imagine un luxueux hôtel au-dessus.

Stop. Barrière à péage. Bernie pousse un bouton, prend un ticket. Immense garage bétonné. En route pour les ascenseurs souterrains, soutenue par Gloria, je suis obsédée par le revolver, c'est comme si je le voyais dans son sac. Portes qui s'ouvrent, deux jeunes asiatiques, portables à l'oreille, appareils photo au cou, en sortent. Ils ne nous voient même pas, nous sommes deux couples ordinaires, deux femmes, deux hommes. Bernie enfonce le bouton marqué HALL. Portes qui s'ouvrent : luxueux espace, canapés et fauteuils tapissés de velours grenat.

Les deux hommes vont au comptoir d'accueil. Gloria me sourit, me fait m'asseoir. Bonne maman armée qui veille sur moi. Devant un commis, casquette à fil doré, notre colosse a sorti une carte de crédit et signe un formulaire. Il joue le bon valet dévoué. Il reçoit deux cartes magnétisées.

Plein de monde dans ce hall, un va-et-vient étourdissant. Si je m'enfuyais, me débattais, criais ? Le revolver ou une seringue ? Trois gaillards, des Noirs bien costauds, guides touristiques à la main, se rangent à nos côtés. Gloria leur sourit. Aller vite à eux, en boitant, me cacher derrière eux, hurler : «*Help! help!* On veut me conduire de force au Mexique, au secours !» Que se passerait-il ? J'imaginais la Gloria se jetant sur moi et s'excusant, se déclarant infirmière autorisée, parlant d'une personne «gravement malade» que l'on allait faire hospitaliser de toute urgence. Ou faire interner.

Interner… Je revois en pensée la vieille masquée aux lourds bijoux, madame Puzner, dans un jardin, ma maladroite complice d'une nuit… Des touristes m'entourent, me bousculent parfois, mais à quoi bon m'agiter, protester, crier ? Les gens ne veulent être mêlés malgré eux aux affaires des autres, surtout dans un hôtel chic d'une mégapole où ils ne sont que de passage.

Ascenseur encore dans un couloir de marbre très veiné. Rampes de cuivre luisant. Dernier étage. Sortie. Couloir désert. Bernie ouvre deux portes d'un beau bois massif avec des cartes, deux suites voisines l'une de l'autre.

Entrons. Un valet demande où poser les bagages. Généreux pourboire du colosse poli car le jeune homme remercie quatre fois en s'inclinant. Gloria file rapidement au salon, d'un geste vif arrache le fil du téléphone du mur, va ramasser l'appareil sur un buffet. Clair: «Aucun coup de fil, nulle part, chère madame!» Albert joue le courtois, le galant total, se plie en deux, ouvre un bras, la main: «Voici la chambre de notre grand réalisateur, Rachel Richer.»

Je vois Gloria et Bernie filer, bras dessus, bras dessous, vers l'autre chambre, avec notre téléphone. À la clinique, j'avais remarqué des sourires entendus, des caresses furtives entre eux. Sont-ils amant et maîtresse? Albert a refermé tout doucement la porte de la chambre. Je vais à la fenêtre, ouvre une tenture.

New York, canyons de béton et de verre. New York, tranchées profondes aux défilés incessants de voitures. New York, sillages de fumée, sillons d'ombres froides partout. New York, entailles rectilignes, hauts murs. Centaines de jérichos. New York, Vincent et moi. Je me souvenais de notre dernière visite. Un week-end, au printemps. Pâques à New York, monsieur Cendrars. Des marronniers fleuris. Central Park en beauté.

Je pense à lui, à lui. À lui! Des larmes aux yeux. Ce n'est pas le bon moment. Devoir me montrer forte. Je n'étais pas morte après tout, pas morte du tout dans ce ravin proche de l'autoroute du nord. Je suis encore vivante, toujours vivante après tout. Albert, sifflotant, heureux, tripote les boutons de l'air climatisé, puis déverrouille la porte du bar installé à côté d'un immense téléviseur pivotant. Il manipule la zapette, la jette sur un des deux lits. Puis il sort un mini-portable de sa poche et compose un numéro.

Je me penche de nouveau à la fenêtre panoramique, je revois, sur tous les trottoirs, les fourmis humaines, le monde pressé, dizaines de milliers d'individus et personne, c'est fatal, personne pour imaginer au-dessus de leur tête, qui les observe, une femme dans une impasse sordide. La vie. La vie. Je referme la lourde tenture, déjà lasse de ce kaléidoscope aux indifférents: monde à petits soucis, à grands chagrins, aux amours éphémères ou durables. Grouillant univers aux multiples projets de fumistes pressés, aux grandiloquents échanges, destins emmêlés et séparés selon les diktats d'invisibles pythonisses.

Soudain je me demande si, au pays, Madame Olga balance toujours son pendule sur une carte dépliée, posera-t-elle son doigt sur la Grosse Pomme, s'écriant: «Je la vois, elle est là, à la fenêtre d'une sorte de cellule richement tapissée!»

Bêtise. Ils ont abandonné les recherches, découragés. Un dossier qui dort sur une tablette avec tous les autres. Suis-je un simple dossier judiciaire parmi des milliers?

Bernie fait son entrée. Je comprends qu'il vient me surveiller pendant qu'Albert s'en va prendre une douche. Je retourne à la contemplation de ce vide bien rempli: vagabonds en loques fouillant des poubelles, chics Crésus qui ne les voient pas, petits commis alertes, trépignant, commis habiles sur des vélos, lourds camions, jaunes taxis en bolides-tamponneurs calculant des trouées. Je devine une mégapole toute grouillante de saints et de bandits, de doux dingues et de retors calculateurs. Je fixe, comme hypnotisée, ce glacial paysage d'acier, d'aluminium, de béton, pyramides de miroirs réfléchissants aux alvéoles noirâtres, infini jeu de blocs de pierre grise, rouge. Ici et là, petits pâtés de vieilles briques, anachroniques vestiges d'une cité tentaculaire et vivace.

New York, vivante ruche, vorace, gargantuesque. New York, Babel toujours recommencée. Au moment où j'admirais, jaune, vert et roux, le crépuscule qui jouait à saute-mouton dans les dédales des édifices, au moment où je me demandais combien de jours nous allions rester ici, où je songeais que là-haut, c'est certain, on ne mettait plus ma photo dans le journal, que l'on m'avait oubliée dans la bousculade des faits divers de cette cruelle page trois, on frappa à la porte. Bernie alla ouvrir. Un jeune livreur lui remit un bouquet de... roses rouges!

Oh lui!

Je les jette sur le lit avec une envie de dégobiller. Mon fou sort en peignoir de la salle d'eau et vient se coller sur moi. Bernie s'esquive. J'échappe ma canne. Albert m'entoure de ses deux bras fermes: «Des roses, comme avant, comme il y a si longtemps, tu te souviens?» Il roucoule, la bouche collée sur ma nuque: «Demain, signature des derniers documents et nous nous envolerons vers le Mexique.» Il sent ma froideur, mes réticences, va remplir deux verres de Porto: «J'ai recommandé à Bernie de nous faire monter le meilleur du menu de l'hôtel. On va se régaler.»

Je m'installe sur un divan trop moelleux, il vient me porter un verre: «Rachel, nous faisons un vrai voyage de noces et ce sera, enfin, notre première nuit d'amour.» J'en suis comme assommée. Je retiens tant bien que mal des tremblements.

Rage et dégoût. Mais jouer son jeu : «Écoute-moi bien, Albert. Je veux bien réaliser ton film et j'en ferai un grand succès. Le monde entier constatera que tu es un grand comédien mais, pour y arriver, la nature de notre relation doit être ce qu'elle doit toujours être entre un réalisateur et son interprète. Tu le comprends?»

Il s'éloigne un peu sur le divan.

Il semble réfléchir, se calmer, se raisonner. Il dépose son verre de Porto, se rend au bar et se sert du scotch dans un high ball. Je crois bon d'ajouter : «Je peux t'assurer d'une chose : une fois le *Cheik* tourné, si je réussis un fameux film et si tu réussis à être formidable, je serai à toi, toute à toi. Tu dois me croire. Il ne faut jamais mêler travail et sentiments. Est-ce un marché conclu?» Toujours debout, il boit d'un trait son scotch et puis ouvre une autre mini-bouteille. Il met la radio, va s'asseoir dans un fauteuil loin de moi. Il grignote des croustilles : «Est-ce que je serai capable de patienter si longtemps?» Il souriait gentiment. J'étais rassurée : «Il le faut, Albert, ce sera notre récompense. J'ai toujours rêvé de visiter tout le Mexique.» Redevenu nerveux, il va chercher un sac de noix : «Tu as dit "notre" récompense, tu l'as dit, oui? Rachel, je ne te suis donc plus indifférent, c'est bien vrai?» Je dois jouer de prudence : «Oui, c'est la vérité, ton acharnement a fini par me séduire, je l'admets, Albert.» Il va aux fenêtres, tire les rideaux, regarde la mégapole : «Tu vois, plus jeune, je m'étais convaincu qu'un grand amour, tôt ou tard, attirait LE grand amour. Je ne me trompais pas, je le constate.»

Il continue sans me regarder : «J'ai eu des aventures stériles, j'ai vécu quelques liaisons futiles, mais c'est toi que j'avais toujours au fond du cœur, Rachel Richer.» Il prend une voix étrangement sourde : «Après chaque échec, chaque rupture, je revenais rôder autour de toi, avec mes roses rouges.» Il rit soudain : «Oui, un éternel soupirant avec mes satanées roses rouges. Tu as été très dure avec moi, Rachel.» Il revient au divan, s'installe à une certaine distance, il a maintenant un visage triste, tête d'épagneul soumis, je ne reconnais plus le faraud d'antan. Je dois absolument profiter du moment. Je lui dis : «Si tu avais mieux su, dans le temps, d'où je venais. De très loin, Albert. Cette grande créatrice que tu vantes sans cesse, il lui a fallu se battre, le milieu était très dur pour la simple petite secrétaire venue de l'étage de la publicité. Il a fallu que j'apprenne vite et par moi-même. Alors, à la fin, j'étais peut-être devenue, comme tu me l'as dit, une dure.» Ça fonctionne, il m'a écoutée, tout attendri. A-t-il songé à l'adolescent pauvre, en province, qui animait ce p'tit gros copain riche, Louis ?

Il ne dit plus rien, va me chercher une corbeille de fruits frais posée sur une commode. Je prends une grappe de raisins verts. «Rachel, nous allons passer cette nuit ensemble. Il y a deux lits. Je te promets d'être très sage. Tu me fais confiance ?» Je prends ma canne, je ramasse ses roses sur le lit, les mets dans un vase et me rends à la salle d'eau.

La paix. Gagner du temps. Quand je reviens avec le vase, Bernie fait son entrée, chemise rayée de prix, minces bretelles blanches, il ne manque que la courroie à étui avec revolver sous le bras tant il a les allures d'un pégrieux: «Votre producteur, Monsieur Villonga, vient de téléphoner, il achève d'empaqueter ses affaires. Il part avec nous. Il m'a prié de vous dire qu'on devra être à ses bureaux dès huit heures demain matin. Il a hâte de tout régler. Est-ce que ça vous va?» Albert jubile: «Très bon signe, Rachel! Cet homme d'affaires, qui mène treize projets à la douzaine, va se consacrer entièrement à notre film.» Le molosse à bretelles lui fait un signe discret, il veut lui parler privément. Je fais mine de ranger des choses et ils vont dans la dînette au fond du salon. Albert, soudain, hausse la voix: «Ah non, Bernie, non, elle reste ici avec moi, c'est terminé la méfiance. Nous avons discuté et madame Richer va collaborer à fond. Elle tient à notre film, je suis sûr d'elle maintenant.» Tout souriant, Albert vient me prendre par le cou. Oh, le gentil couple! Bernie m'accorde un sourire prudent, puis: «Monsieur Villonga est inquiet à propos de Ferdinand Poitevin, votre cousin. Il a appris qu'il buvait de plus en plus, qu'il courait la galipote là-bas.» Albert éclate de rire: «Il y a longtemps que je le connais, c'est un rastaquouère. On va prendre sa petite poche de fric et on le laissera loin derrière, ça vient de finir.» Il lui verse un scotch.

À son tour, Gloria fait son entrée, vêtue de cuir noir luisant: «Monsieur Marois, le bureau de l'hôtel a été prévenu. Ils vont nous faire réveiller à sept heures pile, le temps de nous débarbouiller, de petit-déjeuner et on filera au gratte-ciel de votre producteur.» Bernie, aussitôt: «Ah non, pas question, votre producteur y tient, il me l'a bien spécifié, il nous veut, tous, pour le petit-déjeuner dans ses bureaux.»

Gloria hausse les épaules et va au bar pour trinquer avec le bulldog, radieuse. Elle boit une gorgée et dit: «Est-ce que Rachel doit venir avec moi ou…?» Aussitôt, Albert: «Rachel reste ici, avec moi. Nous allons travailler tard. Il n'y a plus de temps à perdre.»

Il me fait asseoir à une table ronde près des fenêtres. Le ciel de New York s'est empourpré.

Mon fou est transformé: «Tu verras, tout sera prêt en arrivant à l'hacienda du cousin bambocheur, les décors, ton équipe technique, toute la troupe.» Débute un étrange long laïus, il parle, parle… Des maquillages, des perruques, des costumes arabes, va allumer des lampes partout, un ballet fou. Il dépose son texte et des stylos sur une table dans un petit vivoir attenant à la dînette. Il parle sans cesse, névrosé visiblement, des effets d'éclairages, et vient, justement, régler l'éclairage au-dessus de ma tête! Il m'offre des noisettes, parle encore technique pour vanter l'efficacité de cette caméra ultra moderne…

Je n'existe pas vraiment. N'être plus pour lui qu'une oreille, déversoir utile. Je pense encore à l'aéroport, à ce couple et leur enfant fasciné par mon sac… imagine de nouveau que l'on a trouvé ma piste, que, demain matin, au pied d'un gratte-ciel à bureaux, surgira toute une escouade de cette NYPD, policiers si efficaces vus souvent aux actualités et dans des films. Demain matin, ils allaient, cagoulés, revêtus de gilets anti-balles, cerner et arrêter ce maudit trio… Demain matin, ce sera la fin, enfin.

Mon fou continue de parler tout seul, fixe les plans, les cadrages, les prises de vue panoramiques et «ses» gros plans à lui. «Extrêmes», bien entendu. Narcisse!

Mon rêveur hausse le ton pour dire : «À la Clint Eastwood, Rachel! Oui, oui, on m'a dit souvent que j'avais son profil, ses allures.» Quand j'entends frapper à la porte avec insistance, Clint Eastwood arrête enfin son monologue, va ouvrir. Entrent alors deux employés de l'hôtel poussant une table mobile à panneaux et sa desserte, cloches métalliques sur les mets en guise de réchauds, chandelier à quatre branches, vase de porcelaine, petit bouquet, bouteille de vin blanc, chaudière à glace en argent martelé sur un support tripode. Ils installent ustensiles et napperons. Satisfaits, les jeunes laquais nous invitent du geste à nous attabler.

Pourboire généreux de mon fou. Saluts polis. Ils s'en vont sur la pointe des pieds, émettant des : «*Enjoy, good appetite.*» Albert déplie sa serviette, s'installe, soulève les cloches, se frotte les mains, fonce sur le potage. Je n'avais pas faim.

Je songeais à mon échec, la faillite du cahier abandonné sur la cuvette des toilettes à Berlin Corners. On l'avait peut-être montré à une autorité quelconque. À quoi cela avait-il servi? À rien, c'était évident.

Goinfre, content de ce qu'il croit être ma totale adhésion, Albert vide vite les plats. J'ai mangé du bout des lèvres. Il retourne à la table du petit séjour, un verre à la main, il y étale des crayons de couleurs, son scénario relié, des pages d'un bloc-notes à l'enseigne de l'hôtel et allume son iBook. Quel acharnement! Je le trouve presque touchant, cet acteur raté. Son enfermement, de l'ordre du délire, me le rend pathétique, mais émouvant aussi. Syndrome de Stockholm encore? J'ai changé?

Plus tôt, il avait servi le vin presque en tremblant tant il était exubérant, fébrile. Il avait engouffré l'entrée de crevettes en lorgnant les champignons fourrés et le filet mignon cuit *rare*. Il avait parlé sans relâche en mangeant, la bouche pleine, avalant sans mâcher, décrivant ses galopades sur son bel étalon blanc tavelé, ses audacieuses cascades – «pas de doublure, j'en voudrai pas» –, ses cabrioles de cavalier émérite. «Je me suis entraîné à fond et durant des semaines là-haut.» Il prévoyait avec joie les acrobaties de ses scènes de fuites et poursuites. Un petit garçon allant jouer au cow-boy! Cette galère m'effrayait, moi, je n'aimais que le psychologisme, les sombres drames. De toute ma vie, je n'avais jamais réalisé un seul scénario d'action. Toute cette folle confiance en lui m'avait coupé davantage l'appétit. J'avais bu beaucoup de vin. Il lui avait fallu ouvrir une deuxième bouteille, puis entamer une troisième. Une envie de m'enivrer… pour oublier la réalité: personne ne viendrait à mon secours. Trop boire pour oublier cet avion à prendre, demain, ces équipes d'inconnus qui allaient m'entourer. Tant boire pour oublier ce chef-d'œuvre immortel à mettre au monde.

Quand, grignotant à peine, je prétextai des crampes au ventre, Albert s'exclama : « Ah ! C'est bien, ça, c'est le trac ! Le trac commun chez tous les vrais créateurs. Bravo ! » Un fou. Et quand je lui balbutiai : « Il y a ta trop grande confiance en moi, ça me terrifie », il y alla d'un : « Je t'interdis, tu m'entends, je te défends de douter un seul instant de tes formidables talents ! » À son idée, deux génies s'unissaient, fusionnaient !

Au séjour, il fait dérouler sur son écran d'ordinateur les pages de son script, attentif, soucieux. Soudainement, quittant son clavier et disant : « Tu seras l'unique patronne, Rachel. Si ça ne va pas à ton goût, tu cogneras, tu frapperas, tu me corrigeras sans vergogne. J'y tiens, je serai vraiment ton docile toutou, tu verras. »

Je ne dis rien.

Il ajoute : « Je me suis tellement projeté dans mon personnage, je pourrais me tromper carrément. Mais j'ai entendu parler de ta grande rigueur, tu me reprendras s'il le faut, Rachel, et sans aucune gêne, d'accord ? » Je ne dis rien. Il s'est levé, déambule, ma canne à la main, il trace des signaux confus dans l'air. Ma canne… symbole de ce qu'il m'a fait et qu'il a oublié. Il cogne sur un mur : « Notre connivence ne doit pas sombrer dans la complaisance. Je compte sur toi, il en va de mon avenir. C'est important, Rachel. » Il est fou et je ne dis rien.

Il éteint et ferme le couvercle-écran de son portatif, éteint les lampes, va se dévêtir dans les toilettes de la suite. Devoir en faire autant ? Quand il s'étend dans le lit voisin du mien, j'y vais à mon tour, la salle de bain est tapissée d'une étoffe feutrée aux motifs géométriques, camaïeu terra cota, robinetterie dorée, comptoir de marbre beige, granit noir tout autour, robes de chambre satinées, peignoirs très spongieux. Le luxe. Était-ce Villonga qui payait? Grands miroirs sur deux murs, je m'y vois, ne me reconnais pas. J'étais une actrice dans une pièce dont je ne savais pas la fin. Je me fais peur.

Quand je m'allonge sur mon lit, il rejette les couvertures du sien et, nu, il se faufile dans mon lit! Paralysie totale. «Ne crains rien Rachel, j'imagine ce trac, ta peur même, je suis un artiste moi aussi. Je ne te demanderai rien, je serai patient.» J'en profite: «Oui, il va me falloir plusieurs jours de tournage là-bas avant de pouvoir relaxer un peu. Je sais que tu comprends ça, tu es du métier.» Il se lève pour éteindre la lumière dans la salle d'eau, revient près de moi. Dans la noirceur totale, je l'écoute encore, davantage étonnée: «Tu sais à quoi je pense? Il se pourrait que ce pays au si beau climat nous plaise tant à tous les deux, qu'une fois le film tourné, une envie de nous y installer pour toujours nous prenne. Plausible non?» Dans sa folie, mon Vincent, mon grand amour, n'existait donc plus? «Nous ferions une belle vie, Rachel, Pedro sera toujours là pour collaborer à de nouveaux projets, j'ai des idées de scénarios plein la tête, tu sais.»

Ne rien dire. Silence. Écouter. Faire comme les analystes puisqu'il est vraiment malade. «Je nous imagine formant un couple emblématique. On tourne un deuxième film. Un autre succès nous tombe dessus. Heureux comme des rois, on voyage partout dans le monde. Nous deux, ce serait mieux qu'une simple union, la fusion parfaite. » Je joue l'endormie, l'épuisée.

Il s'est levé pour retourner se coucher dans l'autre lit et je l'entends un peu mal qui marmotte tout un chapelet de projets, il a en tête d'autres remakes. Celui du *Parrain*, de *Scorpio*, de *Great Gatsby*, de *Bonny and Clyde*… je veux vite m'endormir, j'y arrive mal. Être délivrée de cet aliéné.

Il y a enfin un long silence. Je prends ma canne, vais aux fenêtres scellées, ouvre les tentures. New York ne dort jamais. Je regarde la nuit sans noirceur de la mégacité aux canyons de carreaux illuminés, le trafic à sillages blancs et rouges, quadrilatère aux entailles de hauts bâtiments bordés d'affiches clignotantes. New York ne dort jamais.

Je suis seulement une femme à une fenêtre, désespérée, anonyme parmi les anonymes. J'aurais voulu me retrouver en fantôme une fois de plus, moi la bien soignée, la convalescente qui avait épaté ce gras docteur Saint-Louis de Montpelier. Plutôt que cette confortable chambre-prison, retrouver la paix comateuse de mon banc au soleil dans mon village à collines remplies de conifères. Revoir le vieux Théophile, entendre sa voix de bon vieillard sage pendant qu'il se fait un bouquet de chèvrefeuille près de ce couvent de nonnes sur ce sommet où brille, ce soir même, comme toujours, un immense crucifix métallique.

En bas, au milieu de la rue, clignotements de feux multiples, New York, un accident de plus, de moins… Je sens le bras nu d'Albert qu'il pose tout doucement autour de mon cou: «Il faut dormir, Rachel, retourne vite dans ton lit, tu dois absolument dormir. Demain viendra vite.»

J'y vais en boitillant.

Dormir, rêver... m'en aller, loin d'ici, me sauver. Je ne me nomme pas New York–l'insomniaque, moi, je me nomme Rachel–l'introuvable. Que Morphée m'assaille rapidement maintenant, qu'il vienne à ma rescousse, qu'il me délivre puisque Vincent ne surgira pas, ni lui, ni l'inspecteur Rhoe, ni l'expert Floti, ni les gars de la NYPD. Personne.

Chapitre 13

E lle avait fini par s'endormir.

Elle avait d'abord réussi au moins une chose : pendant qu'Albert dormait – profondément, souhaitait-elle – elle lui avait subtilisé du fond d'un gousset de son veston, son petit portable. Un téléphone cellulaire de prix. Elle n'avait pas osé téléphoner. Trop risqué.

Maintenant à New York, le jour se lève, matin fatidique pour elle. Le ciel new-yorkais distribue ses premières lumières entre les édifices des canyons de gratte-ciel.

Elle ne sait rien. Elle ne sait pas qu'a été mise en marche une opération policière pour sa délivrance. Non, Rachel Richer ne sait rien du tout. Elle ignorait que son cahier quadrillé avait été trouvé par la serveuse aux cheveux verts, qu'elle l'avait lu, qu'elle l'avait remis aussitôt à son patron, le gérant du petit aéroport de Berlin Corners, au Vermont.

L'homme s'était empressé d'alerter la police locale. Celle-ci avait contacté les autorités policières régionales : découverte d'un étrange appel au secours, une femme du nom de Rachel Richer se disant victime d'un enlèvement, tenue prisonnière dans une clinique du lieu. Et les numéros de téléphone. Un branle-bas de combat s'était amorcé. Ça n'avait pas traîné : la police de l'État avait communiqué avec la police fédérale.

Le FBI avait fait d'utiles coups de fil aux agents des Pays d'en Haut : oui, on recherchait partout une disparue du nom de Rachel Richer. La boucle était bouclée. Un vaste appareil de sauvetage s'était mis en place, à toute vitesse, des deux côtés de la frontière.

Rachel dormait. Elle ne savait pas, bien sûr, que les enquêteurs Jos Rhoe et son adjoint Floti s'étaient rués chez Vincent : « Votre Rachel est bel et bien vivante. La police américaine vient de nous contacter. Ils auraient retrouvé sa trace dans une clinique du Vermont. Des témoins oculaires, à Montpelier, ont parlé et décrit deux hommes, et l'un d'eux correspond exactement au signalement de votre Albert Marois. Nous partons à sa recherche. »

Dans son sommeil agité, celui d'avant l'aube, Rachel ne soupçonnait pas qu'un groupe de secouristes allait de toute urgence affréter un avion à Berlin Corners, là même où elle avait laissé son cahier jaune. Départ pour New York. Son grand amour, son cher Vincent, avait insisté pour être de cette expédition de sauvetage et ils avaient accepté, se disant : cette femme désespérée, une fois délivrée, aura bien besoin de lui. À l'aéroport, Rhoe avait dit : « On va les coffrer tous, nous serons chez ce Pedro Villonga avant midi. »

Sept heures du matin avait sonné. Le bureau de l'hôtel avait téléphoné, comme demandé, à la chambre des deux gardes. Bernie vint discrètement réveiller son patron, s'en retournant aussitôt pour faire les bagages. Le fou alla caresser doucement sa compagne dans le lit voisin, énamouré comme jamais. Elle ouvrit les yeux. Elle lui fit un sourire de convenance.

Elle s'était vêtue pas moins lentement.

Pourvu qu'il ne veuille pas donner un coup de fil, qu'il n'aille pas chercher où diable il avait pu mettre son portable. Rachel ouvrit la porte, parfumée, maquillée, bien réveillée. Bernie et Gloria attendaient dans le couloir. Elle vit les bagages à leurs pieds. Albert marcha vers elle, les bras ouverts, exultant: «Allons-y, maintenant. Ça fait si longtemps, Rachel, que j'attends ce grand et beau jour.»

Elle se détourna de lui pour marcher dans le corridor... de sa mort annoncée, vers cet exil mexicain tant haï.

Chapitre 14

❖

Je me surprenais. J'avais osé dormir. C'est vrai. D'abord, n'y arrivant pas, j'avais pris la Bible dans un tiroir. Je lus: «La passion du méchant ne saurait le justifier, car le poids de sa passion l'entraîne à sa ruine. L'homme patient tient bon jusqu'à son heure, mais à la fin, sa joie éclate.» *L'ecclésiastique*. Je fouinai partout, tournant les pages. Isaïe me fortifia. J'allai mettre ce livre dans mon sac. Ainsi, si on m'enfermait, je ne serais pas seule.

D'avoir réussi au moins à lui piquer son portable, mal caché au fond d'un gousset, m'autorisait cette fuite désespérée. Chez Morphée. Dormir compensait pour ma dépression. Une dépression totale que je bluffais. Dormir? Tentative inconsciente pour nier mes tracas insurmontables avec mon grand acteur raté.

J'avais fait, avant l'aube, un rêve terrifiant: j'étais installée dans une rue d'un village mexicain. On m'avait acheté un chapeau de paille, je portais une robe de coton fleuri, j'avais sur le nez de larges verres fumés. À l'un de mes poignets, des bracelets trouvés chez un artisan; à mon autre poignet, l'on m'avait fixé un bracelet de fer relié par une chaîne à la ceinture de Gloria. Albert, vêtu en cheik, trottait devant nous, cheveux gominés. Il blaguait avec Bernie, reluquant de très jeunes filles de ce village, très amusées par ces flirts. J'étais leur caniche, chien obéissant. Gloria m'offrait une glace au chocolat, m'installait une serviette de papier autour du cou. Une enfant! Albert sortit de courtes lanières de cuir de sa djellaba et, pour faire rire les pucelles, se mit en frais de me fouetter. Des badauds indifférents à mes grimaces de douleur applaudissaient volontiers à ce spectacle. Je m'étais réveillée en sursaut. J'avais les larmes aux yeux. Pendant que ronflait son rasoir électrique et qu'il chantonnait un air de *Carmen*, j'étais allée en vitesse vérifier. Oui, dans mon sac, enveloppé de kleenex, il y avait ce précieux téléphone cellulaire. Les portes des deux suites grandes ouvertes. Brouhaha. Valises dans le couloir. Départ imminent. De la gaieté chez mes kidnappeurs.

Mal au ventre, mal au cœur. Mon épaule et ma jambe me faisaient mal comme aux premiers jours de mon incarcération. Effets de ma vaine réticence à m'en aller avec eux tous? Symptômes clairs de mon impuissance?

Dans le miroir de la salle de toilette, je vis une inconnue. Moi. Visage terrifié, une actrice qui allait jouer une scène qu'elle détestait. Je ne me ressemblais pas. J'étais une autre une fois de plus. Gloria, qui a terminé de boucler les valises, lance: «Prêts? On y va?» Bernie, à son tour, s'écrie: «Écoutez donc, avez-vous faim comme moi? Paraît que ça va être une bouffe glorieuse aux bureaux du cher Pedro. On part, oui?» Albert, très joyeux, élégant dans un costume bleu acier, vient me prendre par le bras avec déférence, tout galant, souriant, m'offre ma canne.

J'éprouve une sorte d'affreux frisson quand, dans le corridor, les portes d'ascenseur s'ouvrent devant le quatuor. Gloria me colle toujours au train, je voyais le revolver dans son large sac vert. Dans le hall, des clients nombreux. Une musique de Verdi vrombit, venant de partout. Une bande d'ados, avec leurs sacs à dos griffés, se bousculent en riant. L'un me cogne sans le vouloir. Je vacille et manque de tomber, Gloria me redresse fermement. Au comptoir, c'est Albert cette fois-ci qui règle les factures. Son chargé d'affaires est parti au sous-sol chercher la voiture. Devoir les suivre. Portes tournantes. Ma docilité apparente. Une envie de courir. Non, non, les accompagner en toutou gentil. Je titube sur le trottoir, fragile poupée de chiffon, hébétée. Sous l'auvent marron, la Chrysler nous attend. Embarquement de tous.

Bernie démarre, filant vers le sud. Broad... way! Grisaille des avenues aux ombres projetées, défilé convenu, vu dans tant de films, tant de séries télévisées avec ses cabs jaunis à chauffeurs-métèques. Je suis vraiment une actrice dans un film détestable.

Je lève la tête vers un ciel tout bleu, le soleil brille, jaune d'œuf céleste, solitaire dans le firmament. Je le hais. Moi, «la» tournesol, l'héliotrope. Feux rouges. Arrêts obligés. Douleurs nouvelles. Une élégante admire une vitrine, boutique de luxe, un vendeur de marrons chauds danse sur place, une gamine, nombril à l'air, tape sur un gamin aux dents cassées. Clones parfaits, deux hommes à mallettes d'acier

se serrent la main, un vieillard appuyé à un lampadaire parle dans deux portables à la fois, une ambulance roule tout lentement, un vieux cabot à poil
court aboie autour d'un marmot pétrifié, une nonne
quête, un crieur de journaux s'époumone en vain.

Entre ses colonnes corinthiennes, une grosse
horloge nous indique: 7 h 35. «L'avenir est à ceux
qui se lèvent tôt», nous serinait-on, enfants.

Une affiche: BATTERY PARK. NEXT LEFT. STOP.
Virage subit. Stop. Boîte noire. Barrière jaune. Bouton pressoir. Bernie étire le bras. Ticket éjectable.
Tournoiement classique. Roues qui crissent. Enfin,
dans une encoignure à l'un des étages de ce vaste
garage, une place libre. Ma gardienne sort la première dans cet antre souterrain bétonné, me donne
ma canne, m'offre son bras solide.

Ascenseur. Immense, imposant hall d'édifice.
Mon Clint Eastwood de pacotille, fier comme
Artaban, fait rouler ses mécaniques en fonçant vers
un kiosque d'information. Son très sonore: «Les
bureaux de M. Villonga, nous sommes attendus, quel
étage?» résonne dans l'espace. Le préposé, facile-
ment impressionnable, aussitôt lui adresse un très
large sourire et fouille avec empressement dans
son cardex à listes. Ce Pedro Villonga est certainement, dans ce gigantesque gratte-ciel, un locataire
very important.

Jouant l'infirmière indispensable, Gloria me
soutient des deux bras maintenant comme si j'avais
les jambes cassées. New York la trépidante, la be-
sogneuse, l'énergique, Manhattan l'inépuisable,
l'infatigable, si tôt et déjà tant de monde dans ce

vaste hall. Ascenseurs au choix. Sonnerie légère, les portes qui s'ouvrent, qui se referment. Prison sans cesse. Ascension en mode soft, aérien, rapide, silencieux. Lueurs vives sur des chiffres à un haut tableau de bord.

Nous allons être au cœur même du projet de film. L'argent. Furtif et nerveux regard d'Albert-le-fou, m'enveloppant, un mélange de joie et de fierté. Aussi, d'une certaine appréhension. Portes qui s'ouvrent de nouveau. À gauche comme à droite, longs couloirs, riches tapis, éclairages tamisés, musique de type Musak au rythme vague, mélodie fade. Murailles vitrées le long d'un couloir. Du verre bruni partout. Larges portes encastrées, poussoir chromé. Nous y sommes. Albert me laisse passer la première, me tenant la porte de verre où je lis sur un panonceau : VILLONGA INC. FILM-PRODUCING. Les bras ouverts, la bouche fendue jusqu'aux oreilles d'un accueillant sourire, apparemment émerveillé de notre arrivée, un type s'approche. Était-ce lui, le nabab ? Non, il se présente, Cristopho, accent espagnol, cabochon luisant à l'annuaire gauche, chic costume, souliers pointus. « Je suis le directeur, le gérant du patron, comme vous voulez. Entrez, entrez. » S'amène, souriante, ravie sur commande, une grande cheftaine, secrétaire zélée, roulée comme une star de cinéma porno : « Chers amis, Pedro vous attend impatiemment dans notre petite salle à manger. Venez, venez vite ! »

Un autre couloir, défilé de bureaux fastueux à aires libres, aux cloisons plastifiées. De plantureux palmiers nains et autres plantes tropicales, une rangée de gros cactus. *Viva Mexico!* Albert bombe le torse, me soutient fermement : « Nous ne sommes pas chez des quémandeurs de subventions comme chez nous, tu le constates ? »

Le Cristopho nous fait entrer dans une salle à manger aux murs couverts de tableaux, paysages mexicains. Une table ronde est déjà pleine de tout ce qu'il faut pour un petit-déjeuner parfait. Cafetières fumantes, paniers de brioches, de croissants frais. Des portes battantes à persiennes de pin blond s'ouvrent. En tête d'un petit cortège de trois dévouées secrétaires, s'amène le parrain du film d'Albert. « Enfin, vous voilà ! Bienvenue, mes amis. Oui, enfin cher ami ! Fini les fax, les e-mails, les téléphones. Je vous vois en personne, mon très cher Albert ! » Pacha Pedro et Albert se serrent longuement, vigoureusement les mains, s'examinant avec enthousiasme. Le fou fait les présentations. Gloria ploie le genou. Un monarque à ses yeux ? Bernie, sobrement, lui serre la pince et, pendant qu'il me bise le dos de la main en gentleman bien éduqué, je lui balbutie des : « Enchantée, ravie… » Je voyais une sorte de géant volubile, cheveux d'acier, physique altier, latin au maximum, le contraire du nabot chauve et gras, Saint-Louis. Une cicatrice lui barre la joue gauche, traces d'une carrière agressive, celle d'un producteur combatif en un milieu porno, sans doute sordide ? Une des secrétaires sert le café, une autre s'amène avec des plateaux aux plats garnis d'œufs brouillés, de rôties, de croissants, de fruits frais découpés finement, de petits pots de confitures variées. « Mangeons d'abord, mes amis », fait ce convivial commensal-en-chef. Au-dessus d'une table d'appoint, je remarque un calendrier électronique, un chiffre lumineux: 11. Soudain, éclate la voix de Christopho: «Dites-moi, madame, vous vous êtes blessée à la jambe, ici, à New York?» Albert s'empresse d'expliquer: «Oh, un malheureux accident de voiture survenu là-haut, au pays.» Sur un bahut, je remarque un immense bouquet de... roses rouges dans un énorme vase pseudo inca!

Sultan Pedro voit mon regard: «Ces fleurs sont un premier cadeau pour vous, chère madame Richer. Votre comédien préféré nous a confié votre amour des roses rouges.» Aussitôt, élancements, mal à mon épaule et à ma jambe: «Je ne veux pas partir là-bas pour tourner un navet.»

Bernie s'empiffre, Gloria aussi. Le temps s'écoule. Je n'aime pas ça. Ils ont tous bien mangé, moi à peine. Le noble Pedro ne cesse de se verser café sur café, bien noir. Il offre aux hommes des cigares de petit format, je lis *Cubana* sur le joli coffret de balsa. «Là-bas, à Cabo Pulmo, pas de cette stupide querelle américaine avec Castro! On en fumera tant qu'on voudra», rigole Pedro.

Bernie, bon valet, allume aussitôt celui de son bon maître. Mentalement, j'avais enregistré: *Cabo Pulmo*.

Le mécène providentiel, dans un français martyrisé, n'a pas cessé de parler. Maintenant, il vante les équipes louées qui nous attendent pour tourner ce remake... exceptionnel. Son mot favori. Le grand producteur mexicain fait un signe et une secrétaire se précipite sur un buffet vitré pour des liqueurs digestives. Il émet avec fierté: «Madame, vous aimerez Cabo Pulmo, c'est très proche de la Californie, on y trouve toutes les commodités modernes. Vous allez apprécier.»

Albert, ayant entendu les vantardises villongaïennes sur les techniciens déjà installés à Cabo Pulmo, croit bon d'en rajouter: «Cher Pedro, je peux vous appeler Pedro? Rachel, qui a le génie de la mise en scène, et moi, nous vous donnerons bientôt un film digne des anthologies du cinéma!» Il rit. Seul. Personne d'autre ne rit. Gloria et Bernie doivent chercher le sens du mot *anthologie*.

Un homme aux cheveux blancs passe dans un couloir et, malgré le verre brun, je crois voir Vincent! C'est son exact profil! Le cœur me cogne dans la poitrine, j'en ai le souffle coupé. Que fait Vincent dans ce gratte-ciel? Est-ce la fin du cauchemar? L'homme, qui tient un journal, se tourne vers nous, fait de petits saluts au nabab qui fait de même et il continue son chemin. De face, ce n'est pas Vincent du tout.

Ma vive déception qui fait que, très soudainement, j'en ai vraiment assez de tout ce cirque. Une force mystérieuse – était-ce cette vision trompeuse d'un faux Vincent? – me commande impérieusement d'agir. Je prends mon sac, me lève pour demander à une serveuse où se trouve la salle de toilette. Cette dernière, visage grêlé, se propose de m'y conduire illico. Gloria jette aussitôt sa serviette sur la table et se lève. Albert la force, d'un geste ferme, à se rasseoir. En passant derrière elle, je l'entends lui dire à voix retenue : « Rien à craindre, Rachel est vraiment avec nous désormais. »

Je suis sauvée, suivant la serveuse à vilaine peau, je mets déjà ma main dans mon sac... ce portable béni, bouée de sauvetage inouïe !

Au fond d'un petit couloir étroit, la grêlée, les bras maintenant chargés de verres vides, me conduit à la salle d'eau et tourne les talons aussitôt. J'entre : à ma gauche, une porte capitonnée qui doit donner sur d'autres bureaux, à droite deux éviers, au fond deux cabinets d'aisance.

Enfin seule ? Non, une toute petite femme rousse est là, comme accrochée à un des lavabos. Très nerveuse, elle me dit en anglais : « On espérait votre venue ici. » On ? Qui on ? J'ai peur, très peur. Elle me fait un maigre sourire, me touche le bras : « Vous êtes bien Rachel Richer, oui ? » Elle ouvre son sac, me remet un bout de papier plié en quatre et, après un bref *good luck*, sort précipitamment. Vite, j'entre dans une des deux cabines. J'accroche ma canne à une patère derrière la porte. Je déplie et je lis, reconnaissant immédiatement la calligraphie d'un ex-dessinateur, Vincent : « C'est fini, Rachel. Ils n'iront nulle part. La police est partout. Un homme aux cheveux blancs, il me ressemble, a une oreillette et communique avec nous en bas. Tiens bon. Je t'aime. V. »

Je crains de m'évanouir ! Ils m'ont retrouvée ! Je tremble, une envie de fondre en larmes. Il ne faut surtout pas craquer.

Rester calme. Je fais une boulette du message, la jette dans la cuvette et j'actionne la chasse d'eau.

Je sors le portable d'Albert de mon sac, inutile désormais, je le jette dans le réservoir derrière la cuvette. Je me tiens le cœur à deux mains. Comment être certaine que je ne rêve pas? Je vais à un évier et me douche le visage d'eau froide. Un instant, j'ai une envie folle: foncer sur eux, les battre en gueulant, défigurer mon fou, crier victoire, proclamer ma vengeance... Mais, un peu calmée, je cherche plutôt à «comment garder le même visage» pour rester impassible une fois revenue dans cette salle à manger. Je n'irai pas à Cabo Pulmo.

Adieu beau cheik blanc d'une Arabie de pacotille! Quand j'entre dans la salle à manger, la table a été débarrassée et des paperasses y sont étalées. Albert, Mont Blanc à la main, tout souriant, signe des documents en tirant sur son petit cigare. Pedro, debout à son côté, lui tourne les pages, pas moins souriant. J'ai eu peur pour rien, personne ne me regarde, personne ne fait attention à moi. Le décor m'apparaît différent, plus sombre, plus tragique même. Moi seule connais la fin de cette noire comédie. S'ils savaient! Oui, j'ai changé.

Voilà que j'éprouve une certaine pitié pour mon fou. Son beau projet allait être mis en miettes, broyé, jeté à la poubelle. Le cheik serait déshabillé de cette djellaba brodée d'argent et d'or qui l'attendait sur un cintre à Cabo Pulmo. Il irait en prison. Mon étrange compassion pour le petit garçon pauvre qui animait des séances dramatiques dans un garage! J'avais donc changé, je revenais de loin, de si loin. Je le regarde se lever, confiant, si satisfait, allant se servir, le matin!, un grand verre de rhum and coke. En riant, une serveuse jette une cerise dans son verre ; lui, de la même façon, lui jette un baiser sonore sur une joue. Il gagnait, il triomphait. Il vient me prendre dans ses bras. Il susurre, se prenant une voix toute calme, méconnaissable, la voix d'un winner, agitant sous mon nez une liasse de feuillets : « Rachel, mon amour, veux-tu lire ? Tu seras le seul maître d'œuvre. Tu pourras exiger tout ce que tu voudras, dicter tes quatre volontés. C'est écrit dans le contrat en noir sur blanc, chérie. » Il me sourit, me serre très fort dans ses bras puis me soulève de terre. Je dis : « Ma jambe ! »

Gloria et Bernie applaudissent ce couple parfait. Albert récite des bouts du contrat. Je ne l'écoute pas vraiment, je n'entends plus que mon cœur qui bat, qui bat. J'imagine les policiers, au pied du gratte-ciel, attendant impatiemment la sortie de mes kidnappeurs. Je guette le couloir extérieur en souhaitant revoir l'homme aux cheveux blancs… à l'oreillette. Bientôt je vais tomber dans les bras de mon amour, mon Vincent. Joie anticipée ! Il est à New York, ici, pas loin de moi ! Refréner ma hâte. Bien jouer mon rôle d'active participante à ma libération prochaine. Je tente de rester, de paraître calme. J'ai changé.

Revenue au village, je dirai à mon grand amour, Vincent, que nous devrions accepter cette offre récente : pour de maigres émoluments, partir un an pour Kigali et y enseigner, lui en radio et moi en télé. J'ai changé. Notre existence prendrait davantage de sens. Essayer de penser à n'importe quoi pour rester calme. Comment ce serait dans l'Afrique rwandaise mal cicatrisée ? Je grignote un reste de croissant. Un peu d'appétit me revient. «Rachel ? Rachel mon amour ? Tu n'écoutes pas ce que Pedro te dit, on dirait ?» Albert se penche sur moi: «Ce cher Pedro te disait que, les bagages faits, les bureaux fermés, dans moins d'une heure, on sera à bord de son Jet.» Je décoche une sorte de sourire reconnaissant en direction du producteur mécène puis je me lève, je vais marcher dans l'étroit couloir intérieur des bureaux. Je regarde à travers ces murs de vitre brunie du couloir commun. Peut-être y verrai-je Vincent avec cet homme à l'oreillette camouflée ? Des ombres pressées circulent en tous sens dans le corridor. Des employés avec des dossiers dans les bras. Personne ne voit personne. Tout New York, si tôt, déjà au boulot ?

Je souris… Au cas… Je souris dans le vide. J'imagine quelqu'un, quelque part, invisible, qui guette – avec des lunettes d'approche –, caché derrière une de ces colonnes de granit rose, surveillant tout. Me voilà plongée dans un film de Bond. *James Bond mon nom.*

Envie de faire des signes, des gestes… pour cet autre côté de ma vie. Signifier à d'invisibles guetteurs: «Oui, je sais, j'ai bien lu: tout s'achève et ils n'iront nulle part. Voyez: je reste calme.» Je suis si soulagée.

Gloria vient vers moi avec, dans sa main, encore des comprimés. Des vitamines prescrites par le docte Saint-Louis ? Docile, je les avale avec un peu d'eau minérale. «Madame Richer, vous êtes changée, vous avez l'air tout drôle, qu'est-ce qui se passe ?»

Clairvoyante, ma gardienne : « J'espère que vous n'avez pas pris d'alcool, ça vous est défendu, vous le savez bien. » Je lui mens : « Je suppose, chère Gloria, que c'est ce départ imminent pour Cabo Pulmo, ce merveilleux film à réaliser. »

Des secrétaires circulent sans cesse autour de nous, vont et viennent, les cheveux dans le visage, installant des piles de cartons remplis de dossiers. Le grand déménagement de Villonga. Je me sers un reste de café, devenu froid.

Je vois Bernie revenant d'une course, essoufflé. Je n'avais pas remarqué son absence. Était-il allé reporter la Chrysler louée ? Il n'y aurait donc que la limousine du senior Pedro – aux vitres bleues ? –, pour nous conduire à son Jet privé ? J'imaginai que les policiers du rez-de-chaussée avaient filé Bernie dans leur voiture banalisée, mais l'avaient laissé remonter ici. Ils veulent toute la bande.

Albert regarde dehors un moment : « Mes amis, beau ciel. D'un beau bleu pur. Ça va être le vol parfait. » Tout content, Bernie se sert un petit verre de brandy. Je l'imagine moins rieur, les menottes aux poignets dans peu de temps. Je reprends ma canne et retourne aux murs vitrés nous séparant du grand couloir commun. Je vois passer l'homme aux cheveux blancs, il marche très lentement cette fois, comme absorbé par un magazine ouvert dans ses mains. Faisait-il mine de lire ? Soudainement, il baisse son journal, me regarde droit dans les yeux, quelques instants. Je lui souris. Mais lui, rien, pas le moindre signe de solidarité, un visage de marbre. J'ai peur. Il s'éloigne et je peux voir qu'en effet, il porte, au fond de son oreille droite, une sorte d'écouteur. Je vois s'approchant de moi – son reflet dans la vitre – Pedro Villonga, toujours digne et noble, coiffant d'une main alerte son abondante chevelure argentée. Poliment, il m'arrache à ma stérile tentative de communication : « Venez par ici, Rachel. » Il me soutient galamment jusqu'à un fauteuil d'un coquet petit lobby attenant à sa salle à manger. Il m'aide à m'asseoir : « Je dois vous faire un aveu, madame Richer. Quand notre ami a mis votre nom dans le projet, j'ai vite pris bouche avec mes contacts du métier, là-haut, chez vous. Eh bien, les louanges furent unanimes, je tenais à vous le dire avant notre départ, chère amie. » Je grignote une toast entamée. Villonga regarde sa belle montre suisse, me sourit : « Départ dans, oh, à peine une heure. »

Il avale de la crème de menthe. « J'ai enquêté sur vous, je tenais à vous l'avouer. » Je crois bon de lui dire – mais c'est tellement inutile que j'en ai honte : « Vous risquez gros. Vous ignorez certainement que ce sera mon tout premier film de cinéma. C'est la vérité. » Je vois son front se plisser, sa bouche former une moue. Est-ce qu'on lui avait menti là-dessus ? Il devient tout triste et me confie : « Écoutez, Rachel, nous sommes sur un pied d'égalité, vous et moi. Ce sera mon premier vrai film à moi aussi. Il y a vingt ans, débutant, je rêvais de devenir le producteur d'un nouveau Bergman, d'un jeune Fellini ou d'un Altman. Pour survivre, hélas, je suis tombé bas. Bien bas. Si vous saviez. »

Bernie s'étouffe avec je ne sais quoi, court à la salle de toilette, se frappant l'estomac. Albert en rit, puis se rapproche de moi et de Pedro. Mon comédien raté fume son cigare, les yeux brillants à la pensée de se voir, dans peu de temps, en plein ciel mexicain. Il prend le producteur par le cou et se compose une mine grave. L'air de sa chanson rejoint celle de Villonga : « Pedro, savez-vous bien que vous m'offrez la chance de changer de vie, de me permettre d'être celui dont j'ai rêvé toute ma jeunesse ? Fini les rôles de figurants, souvent muets, les burlesques coups de pied au cul à l'Auguste-de-service, mal payé, à la télé des enfants, ou le clown grotesque dans des pubs idiotes. Merci pour la confiance, Pedro. » Ce dernier reste silencieux, apparemment ému.

Albert vient derrière moi, m'embrasse sur la nuque, chaudement, met ses deux mains sur mes épaules : « Pedro, merci encore, car il y a mieux : vous permettez la réunion d'une femme avec un homme qui l'aime depuis toujours. »

J'ai mal. Je voudrais lui témoigner au moins une toute petite et pauvre dernière marque d'affection. Ça m'est impossible. Je cherche vainement quelques mots quand on entend Bernie qui hurle et vient se jeter sur nous, affolé, nous montrant de l'index les fenêtres extérieures. Le gérant Cristopho se colle aux fenêtres. Comme les secrétaires. Gloria crie aussi, recule, les mains sur les yeux. Un avion fonce droit sur nous ! Albert renverse le vase de roses rouges, bondit à une fenêtre, y plaque les deux mains, râle, ouvre les bras comme un crucifié. Les moteurs de cet avion fou… comme des orignaux, je les vois si noirs, si proches ! Je crois être subitement replongée dans mes visions. Un tonnerre fracassant quelque part au-dessus de nos têtes! Un tremblement de terre! Et puis tout est noir et silence absolu. Ne me cherchez plus. Je suis dans une sorte de lumière, mieux que la lumière.

Du même auteur (suite de la page 4)

Alice vous fait dire bonsoir, roman, Leméac, 1986.

Safari au centre-ville, roman, Leméac, 1987.

Une saison en studio, récit, Guérin littérature, 1987.

Pour tout vous dire, journal, Guérin littérature, 1988.

Pour ne rien vous cacher, journal, Leméac, 1989.

Le gamin, roman, l'Hexagone, 1990.

Comme un fou, récit, l'Hexagone, 1992.

La vie suspendue, roman, Leméac, 1994.

Partir à l'aventure, loin, très loin, Éditions Québécor, 1995.

Un été trop court, Éditions Québécor, 1995.

La nuit, tous les singes sont gris, Éditions Québécor, 1996.

Pâques à Miami, roman, Lanctôt éditeur, 1996.

L'homme de Germaine, roman, Lanctôt éditeur, 1997.

Albina et Angela, poèmes, Lanctôt éditeur, 1998.

Duplessis, essai, Lanctôt éditeur, 1999.

Papa Papinachois, roman, Lanctôt Éditeur, 1999.

Enfant de Villeray, récit, Lanctôt éditeur, 2000.

Je vous dis merci, Éditions Alain Stanké, 2001.

Pour l'argent et la gloire, essai, Éditions Trois-Pistoles, 2002.

À cœur de jour, journal, Éditions Trois-Pistoles, 2002.

Écrivain chassant aussi le bébé écureuil, journal, Éditions Trois-Pistoles, 2003.

La mort proche, journal, Éditions Trois-Pistoles, 2003.

Cette liste ne comprend pas certains essais, textes dramatiques, livres de commande et nombre de « collectifs » auxquels Claude Jasmin a participé.

Cet ouvrage, composé en New Caledonia,
a été achevé d'imprimer à Boucherville, sur les presses
de Marc Veilleux imprimeur,
en octobre deux mille quatre.